BRIGANTESSA

GIUSEPPE CATOZZELLA

BRIGANTESSA

Traduit de l'italien
par Nathalie Bauer

BUCHET • CHASTEL

Titre original : *Italiana*
Éditeur original : Mondadori
© Giuseppe Catozzella, 2021

Et pour la traduction française :
© Libella, Paris, 2022

Première publication en Italie par Mondadori Libri S.p.A., Milan, 2021.
Cette édition a été publiée en accord avec Giuseppe Catozzella,
représenté par MalaTesta Lit. Ag. (Milan, Italie)
et Books And More Agency #BAM (Paris, France).
Tous droits réservés.

ISBN : 978-2-283-03566-5

À Chiara, toujours.
À Giulia.

*Ce qu'il faut de courage
Pour se jouer des ans,
Comme jouent les orages,
Comme se jouent les vents...*

BORIS PASTERNAK[1]

*Il faut bien quelque chose à ceux qui sont en bas,
aux va-nu-pieds, aux gagne-petit, aux misérables.
On leur donne à gober les légendes, les chimères,
l'âme, l'immortalité, le paradis, les étoiles.*

VICTOR HUGO, Les Misérables

---

1. « Bacchanale », in *L'Éclaircie*, recueil traduit par M. Aucouturier, G. Gache, A. Laurent et M. Loridon, coll. La Pléiade, Gallimard, 1990.

Ce roman documenté raconte une histoire véridique. Les événements et les personnages dépeints ici ne sont donc pas issus de l'imagination de l'auteur.

Plusieurs sources illustrent les épisodes et les faits historiques que ces pages décrivent. Les documents qui y figurent (télégrammes, condamnations, proclamations, discours, lettres) sont réels.

La vie publique et privée de Maria Oliverio et de Pietro Monaco est attestée par les actes des procès déposés aux Archives nationales de Rome, aux Archives de l'État-Major de l'armée à Rome et aux Archives départementales de Cosenza.

Tribunal militaire de Catanzaro

16 février 1864

« *Nous faisons savoir qu'elle s'est présentée ici, vêtue comme un homme d'un gilet en drap de couleur, d'une veste et d'un pantalon en drap noir, la tête enveloppée dans un foulard.* »

« *Je m'appelle Maria Oliverio, née Biaggio, âgée de vingt-deux ans. Née et domiciliée à Casole, Cosenza, sans enfant, épouse de Pietro Monaco. Tisserande, catholique, illettrée.* »

En réalité, je ne suis pas illettrée, j'ai appris à lire et à écrire pendant quatre ans à l'école, puis dans les livres que je volais en cachette à mon mari Pietro ; mais, avec la loi, mieux vaut simuler l'idiotie quand vous n'êtes qu'une tisserande.

J'ai échoué devant le juge militaire comme à Mardi gras, les cheveux coupés court, le visage sale et marqué par deux années dans les montagnes, les ongles cassés. On m'a débusquée à l'intérieur d'une grotte située dans le bois de Caccuri, au cœur de la Sila[1] ; à mes pieds, la vallée ensoleillée et profonde ; en face, telle une bouffée d'air, le Mont Carlomagno et le Monte Scuro. J'étais tapie là depuis des semaines, comme un ours.

L'antre était profond et humide, peuplé de vers et de musaraignes, il possédait une entrée minuscule, mais s'élargissait ensuite et, l'absence de lumière exceptée, je n'y étais pas mal lorsque je faisais du feu. Il me restait une boîte d'allumettes de bonne qualité et, la nuit, je m'offrais une belle flambée avec le bois que j'avais mis à sécher au soleil. J'y avais installé un lit de rameaux et d'aiguilles de pin, ainsi qu'un petit autel en pierre, doté d'une croix rudimentaire, qui me tenait compagnie. C'est dans la forêt que j'ai commencé à chercher Dieu ; auparavant, je n'avais pour lui que des prières de convenance qui me servaient à éloigner la peur chaque fois qu'elle me prenait. Dehors, les troncs des mélèzes étouffaient les cris des milans, les hurlements des faucons pèlerins, les vols en piqué des circaètes jean-le-blanc. Au cours de ces journées et de ces nuits interminables, je repensais à mes parents, à ma sœur Vincenza, à mes frères Salvo, Angelo et Raffaele, à mon diable de mari Pietro, que nous avions abandonné, mort, brûlé vif, dans un triste nid d'aigle.

Avant que le soleil se couche, j'allais arpenter la montagne à la recherche de nourriture. À cause de l'écho, je préférais me passer de mon fusil à deux coups : j'avais appris à chasser des bestioles à mains nues ou au moyen d'une fronde – petits oiseaux, lérots –, et quelques carpes de rivière à l'aide d'une ligne. Je les rôtissais

---

1. La Sila est un haut plateau situé en Calabre, d'une superficie de 1 700 km^2. *(Toutes les notes sont de la traductrice)*

sur une *pierrasse* plate avec des châtaignes, des morilles et des pigeonneaux, j'attendais que la nuit masque la fumée et mangeais comme une bête qui n'a pas vu de proies pendant des jours. Je recueillais de l'eau de pluie et laissais le temps suivre son cours.

L'après-midi, ou plus tard à la lumière de la lune, je descendais au torrent, plongeais la tête et le cou dans l'eau glacée et me désaltérais, accroupie comme Bacca, la louve qui est demeurée à nos côtés jusqu'à ce qu'elle flaire la trahison. Le jour, je me déshabillais entièrement et pénétrais dans l'eau, je flottais sur le dos au gré du courant, me perdais dans le spectacle des nuages, et alors tout se suspendait, le passé et l'avenir se remplissaient de vie ; puis, cachée sous les frondaisons, je prenais un peu le soleil. Je regagnais mon refuge, mouillée et heureuse. En ce mois de février, l'eau du Neto était glaciale, rien ne m'effrayait.

À mon retour, je refermais bien l'entrée en entassant des pierres, mais je laissais un petit trou pour regarder à travers : je rêvais d'atteindre les sommets, les sapins blancs et les châtaigniers du ciel, d'imiter l'autour qui se posait sur ces branches avant de s'envoler pour apporter un levreau à ses petits.

Or ce n'était qu'une question de temps. On nous avait déjà trahis une fois, on me cherchait sûrement dans toute la Sila. Les soldats du Nord ne m'inquiétaient pas, même s'ils comptaient dans leurs rangs des chasseurs alpins, des montagnards qui avaient libéré leurs terres et qui traquaient maintenant les Méridionaux assoiffés de liberté : jamais ils ne s'aventureraient dans certains coins de nos forêts et de nos montagnes, ils ne pouvaient pas connaître les sentiers que nos grands-parents avaient baptisés, les voies ouvertes par nos aïeux. Mais ils avaient commencé à prendre pour guides des vachers, des charbonniers, des bûcherons, et cela m'empêchait de dormir : j'avais le sentiment d'être harcelée.

Au printemps, avais-je décidé, je me sauverais en direction de la vallée, de la mer. Je volerais une barque et voguerais vers le nord. Avant d'atteindre Scalea, je remonterais le fleuve Argentino, débarquerais à Orsomarso et, de là, grimperais de nouveau à l'intérieur de la Sila ; le long du trajet, de nombreuses personnes s'uniraient à moi, nous escaladerions le Mont Curcio et prendrions les soldats à revers : ce serait la bataille finale.

Et puis c'est arrivé.

Ils m'ont encerclée et, sans me laisser le temps de le regarder droit dans les yeux, ont emmené le traître qui les avait conduits à moi. Ils ont longuement tiré pendant la nuit et j'ai répondu au feu, comme prise de folie. J'ai résisté une journée entière, mais à quoi bon ? Il m'était désormais impossible de chasser, je n'avais plus d'eau, ils étaient très nombreux. Que pouvais-je faire d'autre ?

L'homme qui m'a capturée, le sous-lieutenant Giacomo Ferraris, a vu un homme derrière mes cheveux courts et mes vêtements sombres. Il a fallu un certain temps à ces crétins de bersagliers pour comprendre que j'étais une femme, l'illustre brigande de notre Italie tout juste unifiée par le sang versé. J'étais déjà attachée, le visage écrasé contre la terre brune ; l'un d'eux m'a retournée et, du canon de son fusil, a déchiré ma *camise*.

« Des nénets ! s'est-il exclamé au milieu des rires avec son ridicule accent du Piémont. Des nénets ! »

BRIGANTESSA

Ses camarades ne cessaient de me fixer, penchaient la tête et me toisaient. J'ignore quels signes ils croyaient lire sur mon visage, mais peut-être n'avaient-ils jamais vu de *tételles*. Puis ils ont compris et ont sauté de joie ; ils se félicitaient, s'étreignaient, dansaient comme des crétins : ils avaient capturé Ciccilla, la célèbre Ciccilla, la terrible Ciccilla. Seul le sous-lieutenant gardait le silence ; on aurait dit qu'il craignait même de s'approcher, tandis que les autres me frappaient de la pointe de leurs bottes et du canon de leurs fusils. Enfin il leur a ordonné d'arrêter.

C'était moi, bien sûr, et je n'étais pas un homme, pour rien au monde je n'aurais voulu en être un. Depuis deux ans, je ressemblais davantage à Bacca qu'à un homme, et il n'y a rien de plus éloigné d'un homme qu'une louve.

Mais que les choses soient claires : si j'ai utilisé un couteau pour me couper les cheveux et enfilé des vêtements d'homme, ce n'était pas pour en devenir un. Je l'ai fait parce que, autrement, je ne me serais jamais libérée. Autrement, je serais restée Maria.

PREMIÈRE PARTIE
AU VILLAGE

1

Enfant, j'avais décidé de partir à la recherche de cette sœur aînée qui n'avait jamais vécu avec nous. Nous étions six enfants, mais il ne subsistait de notre sœur Teresa que cinq petits bâtons tracés à côté d'un T dessiné au crayon sur le mur de la cheminée où papa indiquait notre taille tous les ans, à l'anniversaire de chacun d'entre nous, pour voir combien nous avions grandi.

Il était interdit de parler d'elle à la maison. Papa et maman la mentionnaient rarement, le dimanche ou lors des fêtes d'obligation, quand il y avait un peu de vin sur la table ou qu'un villageois qui distillait de l'eau-de-vie leur en apportait un quart.

Raffaele, mon grand frère, croyait qu'elle n'existait même pas, contrairement à Salvo, le cadet. Papa l'évoquait le soir, ivre et rêveur, à la lumière de la lampe à pétrole, avant de tout nier, et maman lui lançait : « Chut, *ensilence*-toi, ne dis rien. » Les yeux remplis de larmes – chose qui n'arrivait jamais –, elle levait la tête vers le plafond, puis cherchait involontairement les contours des montagnes à travers la fenêtre et souriait. « Chut, *ensilence*-toi, tais-toi, sinon les marmousets parleront et, au village, on dira qu'on galèje. Qu'on se donne de grands airs », disait-elle encore pour empêcher papa de poursuivre.

J'étais la seule à savoir que notre sœur n'était pas une invention : maman me l'avait révélé un dimanche soir de pluie battante, après m'avoir prise en aparté, et avoir déposé un baiser sur ma tête en me faisant jurer de ne le répéter à personne, pas même à mes frères et à ma petite sœur. « Mari, tu t'en iras bientôt, avait-elle déclaré, les yeux luisants. Tu auras toi aussi tout ce qu'elle a. »

Cette phrase m'avait bouleversée. Dès lors j'avais eu le sentiment de vivre dans deux mondes séparés : d'un côté, m'attendait une vie nouvelle, mystérieuse et terrifiante, que j'imaginais remplie de richesses, en compagnie de ma sœur inconnue ; de l'autre, demeuraient ma famille, le village et la maison où j'étais née. Mais je feignais de croire qu'il s'agissait d'un mensonge, que maman me racontait des histoires, que rien ne changerait jamais.

Après chaque fête Vincenzina, qui avait trois ans de moins que moi, se glissait à l'intérieur de mon lit, voisin du sien, dans la pièce même où nous mangions et préparions les repas. L'odeur de la soupe imprégnait nos vêtements, nos oreillers, nos cheveux. L'eau qui s'évaporait de la casserole, sur le poêle, avait taché le plafond, d'où tombaient des gouttes que Raffaele et Salvo s'amusaient à attraper au vol. De l'autre côté, contre le mur, près de la cheminée, se trouvaient les matelas de nos frères ; quant à Angelino, âgé d'un an seulement, il dormait dans la chambre avec papa et maman.

La maison où nous vivions était située dans le vico I dei Bruzi, à Casole, sur la colline de la Presila[1]. Bâtie autour d'une cheminée,

---

1. Casole (Bruzio) est une commune du haut plateau de la Sila, qui comprend au sud-est et au sud la Presila, formation du tertiaire moins élevée (moins de 1 000 mètres d'altitude).

elle avait appartenu au père de notre grand-père. Avec ses grosses pierres angulaires, sa porte en forme d'arc, elle était à mes yeux la plus belle demeure du monde. Au début, elle ne possédait qu'une seule pièce, que jouxtait une étable, à l'arrière. Puis pépé Biaggio, dont papa avait hérité le prénom, avait éliminé les quelques vaches et les chèvres qui étaient tombées malades et, avec l'aide de ses fils, avait transformé l'étable en chambre à coucher. La famille s'était alors consacrée à la terre, au service des Morelli.

Voilà comment nous sommes devenus journaliers, livrés aux caprices des « messieurs ». Manquer d'espace était le cadet de nos soucis. À la fin du mois, quand il n'y avait rien à manger, la faim se faisait sentir, surtout chez Raffaele, l'aîné, mais nous évitions d'y penser, nous évitions tous d'y penser de peur de perdre la tête. Nous évitions de penser que nous trimions jour et nuit, que les « messieurs » clôturaient et confiaient tout – terres, bois et pâturages collectifs – à la garde de chiens féroces, interdisant aux manouvriers de ramasser un peu de bois, de glaner après la récolte, de rafler une poignée de champignons rosés et de châtaignes, de chasser une jeune caille dans un bois ou de pêcher une épinoche dans la rivière. Nous évitions d'y penser. Nous digérions notre faim et nous nous réveillions le matin en nous rappelant que la dignité – « La dignité ! » répétait papa – était un bien dont personne ne devait nous priver.

Vincenza sautait sur mon matelas en laine de chèvre, se couchait sur le côté et plaçait sa tête contre la mienne : elle aimait jouer aux cils qui se touchent.

« Mari, t'*encrois* qu'on l'a, c'te *sœurote* ?
– Oui, répondais-je.

– Moi aussi, je l'*encrois*. Et qu'elle a des *richeries* ?
– Des tas.
– Et pourquoi qu'elle est partie ?
– Passe qu'elle est trop riche et que cette maison lui *hausse* le cœur.
– Et pourquoi qu'elle lui *hausse* le cœur ? »

J'inventais chaque fois une explication différente. « Passe qu'elle a des cabinets et que nous, on a encore un *pot de nuit*. » Je lui montrais le seau en métal, à côté de la porte de la chambre. Vincenza n'en avait pas besoin, elle avait quatre ans, mais il lui arrivait encore de faire pipi dans sa culotte et, lorsqu'elle oubliait de mettre un petit paquet de toiles de lin, maintenu par des épingles à nourrice, elle mouillait le lit. « Elle aime faire sa *pissarelle*, bien calée sur ses cuisses. Comme ça, son mari la voit pas ! » lui murmurais-je à l'oreille. Nous avions entendu maman raconter qu'un jeune homme très riche avait demandé sa main, et cela alimentait nos rêveries. Alors Vincenzina éclatait de rire, elle plaquait les mains sur sa bouche et nous cessions d'en parler. Je m'endormais, mon souffle mêlé au sien.

Un matin de mars, nous avons reçu un télégramme.

Quelques mots, que maman a réussi à lire sans aide. L'après-midi, après la classe, elle m'a attirée à l'écart et me les a murmurés à l'oreille en les indiquant d'un doigt tremblant :

« *Préparez fillette. Télégraphierons pour nous entendre sur transport à Naples par coche. Partons maintenant, prêts pour adoption. Comte Tommaso et comtesse Rosanna.* »

Une lumière ravie brillait dans ses yeux. « Tu vas avoir de nouveaux parents. Des parents riches, a-t-elle annoncé. Et tu vivras avec ta sœur. »

Vincenzina avait remarqué qu'il se passait quelque chose de bizarre, aussi nous épiait-elle, cachée dans un coin sombre. Comme les murs étaient froids, elle a éternué ; alors je me suis arrachée à notre mère et j'ai couru l'embrasser. Elle vibrait et son regard trahissait sa terreur de rester seule. Jamais je ne la quitterais, pour rien au monde.

« Je serai toujours avec toi, lui ai-je promis en l'étreignant. Toi et moi, toujours. »

Elle me regardait, la tête baissée, les yeux ronds, bouffis. « D'accord », a-t-elle dit en reniflant et en opinant du chef.

Au cours des jours suivants, les mots du télégramme ont continué de retentir dans mes oreilles. Adoption. Nouveaux parents. Je serais riche. Je ferais la connaissance de ma mystérieuse sœur. Je verrais Naples, la capitale[1]. Je désirais tout cela et en étais épouvantée en même temps.

Mais l'année 1848 venait de débuter. Par un fait incroyable il n'était pas tombé un seul flocon de neige et, comme en vertu du même prodige, tout semblait devoir changer : de Milan à Palerme, en passant par Naples, des révoltes nous libéreraient tous, à commencer par moi.

Papa, qui rentrait chaque soir le dos brisé, et qui secouait la tête devant la soupe au chou et à la chicorée – « la besogne, c'est

---

1. Depuis 1816 Naples était la capitale du Royaume des Deux-Siciles (le royaume de Naples et le royaume de Sicile).

la racine de la mort », disait-il –, avait lui aussi changé d'humeur : pour la première fois, il se montrait optimiste. Il contemplait l'encens et sainte Marine de Bithynie dans la niche votive, l'air de croire à une vie dont seraient absents le trot de sa mule, le souffle des bêtes, les écarts, le vacarme et le battement en rythme des chaînes contre les bâts ; du moins à une vie où tout cela lui appartiendrait enfin.

Moi, j'ai regardé à travers la fenêtre.

Au loin, on voyait la montagne et, derrière, le bois de Colla della Vacca. Voilà où je m'enfuirais. Là-bas et seulement là-bas se trouvait le salut. Si je disparaissais quelque temps, il serait impossible de me donner à d'autres parents.

Saisie de *folle-fougue*, je suis sortie et me suis engagée sur le sentier qui grimpait dans la montagne. J'étais attirée par les bâtiments en ruine qui subsistaient dans les bois : avec leurs murs de pierre, leurs fenêtres et leur toit enfoncés, ils traduisaient à la perfection l'idée de protection qui les avait engendrés. Après quelques heures de marche, j'ai atteint une maison croulante. Je ne l'avais vue qu'à trois reprises. Nous passions devant quand maman me conduisait, en d'interminables trottes sur des chemins muletiers et des raidillons de plus en plus escarpés, chez mémé Tinuzza, dans le village de bûcherons et de chasseurs où elle était née, au-dessus de Lorica, sur le Mont Botte Donato[1]. Là-bas la misère était encore plus noire que chez nous.

« Mais ici, y a pas de maîtres ! » criaillait mémé, aussi petite et ridée qu'une larve de phalène. Elle avait raison, les maîtres ne

---

1. Cette montagne, qui culmine à 1 928 m, est la plus élevée du haut plateau de la Sila.

s'aventuraient jamais dans la montagne et, malgré la pauvreté, on y vivait le cœur plus léger.

La nuit tombait. Il s'est bientôt mis à bruiner, puis à pleuvoir à grosses gouttes. Des éclairs déchiraient le ciel, les ténèbres avançaient.

Soudain j'ai été saisie d'une terreur inconnue. Je m'étais fourrée dans quelque chose qui me dépassait, le bois s'était changé en un monstre gigantesque qui m'enveloppait de son manteau noir, j'avais eu tort de partir et je ne savais que faire. Combien de temps résisterais-je seule, sans papa ni maman ? Où croyais-je aller ? La peur me paralysait les jambes.

« Au secours ! » ai-je crié en direction de la clairière. Pour toute réponse, quelques milans ont secoué leurs ailes et se sont posés sur des branches plus lointaines. « Papa... Au secours ! »

Or papa ne pouvait pas m'entendre.

Devant la vieille maison se trouvait un four en pierre intact. Rassemblant mon courage, je m'y suis hissée et, au bout d'un moment, je me suis endormie à l'intérieur.

Le lendemain, à l'aube, le bois brillait d'une lumière argentée et vive, tel un grand serpent de métal. J'avais faim et soif. J'ai jeté un regard circulaire, à la recherche de nourriture, mais il n'y avait rien à manger. Je m'interrogeais. Le ciel était noir et la pluie menaçait. Si je restais dans le bois, je mourrais. Je n'avais pas le choix : je devais rebrousser chemin et admettre mon erreur.

À mon arrivée, avant l'heure du déjeuner, papa s'est écrié :

« Où t'étais, hein ? J'ai perdu une matinée de travail, on t'a cherchée dans toute la vallée. Si le maître me chasse, ce sera de ta faute.

– J'étais dans la forêt.
– Dans la forêt ? » Il m'a dévisagée comme on dévisage les fous. « Cette petite est née libre, a-t-il lancé sans s'adresser à personne. Elle a la tête de travers. » Puis il s'est tourné vers maman : « Elle tient de toi, c'te drôle de *marmousette*. »

Il disait toujours ce genre de choses en fixant du regard la niche votive qui contenait la statuette de la sainte patronne de Casole, sainte Marine de Bithynie, une religieuse qui avait coupé ses cheveux et qui avait vécu dans un couvent d'hommes en se faisant passer pour l'un d'eux jusqu'à ce qu'elle meure, accusée d'un meurtre qu'elle n'avait pas commis. Pour les villageois, sainte Marine symbolisait le sacrifice que les femmes étaient obligées d'accomplir face à leurs hommes. Pour lui, maman devait être sainte Marine. Et je devais l'être moi aussi. Or je n'avais aucune intention de me sacrifier, pour personne ni pour quoi que ce soit ; en vérité, tant que je vivais dans cette maison je n'étais même pas libre de décider de mon destin, parce que j'étais pauvre. Exactement comme eux.

« Je ne tiens pas de maman, ai-je répondu. Je tiens de mémé Tinuzza. »

Papa m'a frappée. La liberté n'existait pas chez nous, elle était réservée aux maîtres ou aux fous. Mais, serrant les fesses, j'ai éternué volontairement pour lui montrer que l'humidité me faisait plus de mal que ses coups et j'ai feint l'indifférence. Alors maman m'a appelée, un petit sourire aux lèvres, et, regardant ma robe souillée de terre, a dit :

« Viens, on va la laver. »

Pour ces choses-là, papa et maman étaient à l'opposé l'un de l'autre.

BRIGANTESSA

Papa était né pour prendre soin de la terre, il avait de grosses mains calleuses et des mollets maigres d'homme des plaines, le visage crevassé comme l'argile de la forêt, brûlé par trois décennies d'un soleil féroce. « Méfie-toi du richard *empauvri* et du pauvre enrichi », disait-il toujours : pour lui, les choses ne devaient pas changer, même si elles vous *haussaient* le cœur. C'était un grand travailleur ; trente années durant, il avait supporté les rétributions mensuelles impayées, les coups et les menaces, les engagements « au mois » et, à la fin de chaque mois, les mêmes prières, les mêmes fièvres, les mêmes disputes avec maman, les mêmes drames ; il surmontait tout et il retournait travailler avec plus d'ardeur encore deux ou trois jours sans s'arrêter. Son maître, « monsieur » Donato Morelli, le surnommait « la Mule ».

Maman était l'exact contraire, elle était faite pour la forêt et pour la Sila, où elle avait vécu jusqu'à son mariage. « Quand on se conduit comme un mouton, on finit dans la gueule des loups », disait-elle. Pourtant, si j'ai appris à fuir, c'est grâce à son regard résigné devant les crinolines et les jupes en mousseline indienne de la comtesse Gullo, sa patronne. Pour elle, l'ordre et le monde étaient juste des choses que la forêt balayait de votre esprit : tout avait un cœur mystérieux qui se desséchait au soleil comme les groseilles à maquereau ; elle croyait en un dieu qui vengerait les doux après la mort et elle parlait peu. Chaque fois que nous jouions au jeu des arbres préférés, elle choisissait le sapin blanc, une essence qui ne voyait jamais la lumière du jour et dont l'écorce douce, humide, ne vous réchauffait pas, l'hiver.

Papa préférait les durs mélèzes avec lesquels on fabrique des objets et des maisons que le temps a du mal à détruire, comme la ferme dont les Morelli étaient propriétaires. Pour lui, il importait qu'il y eût des mots en abondance : de la vie de richesses qu'il enviait aux bourgeois, c'était sa seule possession. « L'acier », disait-il en savourant ces sons. Je l'observais à la dérobée et m'efforçais de saisir le secret de ce mot qu'il prononçait en fermant à demi les yeux sous l'effet du plaisir. Il rêvait de voir la route ferrée reliant Naples à Portici qu'on appelait « chemin de fer » et qui – il le jurait – irait un jour jusqu'à Reggio de Calabre, il rêvait de voir les usines napolitaines, les industries de la soie et les établissements métallurgiques de Mongiana et Ferdinandea[1], qui masquaient la décadence du Royaume. « L'acier. » Ainsi, chaque soir, papa s'endormait en rêvant à des richesses qu'il n'aurait jamais.

---

1. Dans les années 1830, les Bourbons implantèrent dans ces deux localités calabraises des forges destinées à produire de la fonte. Ferdinand II donna son nom à la seconde.

2

Maman filait du matin jusqu'au soir entre les quatre murs de la maison et je passais ces journées de printemps à observer ses doigts fuselés qui s'engourdissaient en tissant les broderies pour la filature des Gullo, à espérer que nous ne recevrions pas de télégramme de Naples concernant l'adoption. Seuls ses poignets et ses mains effectuaient un mouvement rapide de rotation ; ses bras demeuraient immobiles.

Les tissus des Gullo étaient célèbres dans le Royaume, non seulement en Calabre, mais aussi dans les demeures des riches Napolitaines, et l'on disait que Marie-Thérèse[1] – « Tetella », comme nous appelions cette bonne reine autrichienne, alors que nous avions détesté la première épouse savoyarde du roi – conservait les plus beaux dans le palais royal de Caserte, sans imaginer peut-être que des femmes au dos courbé, aux doigts paralysés, aux yeux abîmés les avaient produits. Pendant que maman travaillait, je me représentais ma future mère – grande et blonde, sublime – portant les étoffes chatoyantes sur lesquelles la mienne était penchée.

---

1. Marie-Thérèse Isabelle de Habsbourg-Teschen (1816-1867), archiduchesse d'Autriche, épousa en 1837 Ferdinand II, roi des Deux-Siciles, veuf de Marie-Christine de Savoie. « Tetella » est le diminutif affectueux de « Teresa » (Thérèse).

« Viens ici, apprends au lieu de rester plantée là », disait-elle.

Mais je me sauvais. J'aimais que maman m'emmène marcher dans la montagne, j'aimais la regarder se transformer, une fois dans son village natal, rire avec les bûcherons et les bergers. En revanche, la voir enfermée à la maison, silencieuse et courbée, me déplaisait. Ses yeux s'assombrissaient et, du fait de l'absence de lumière, adoptaient une expression mauvaise, ils me fixaient, comme privés de vie, effrayants.

Elle recevait les patrons de tissage dans des boîtes plates de carton beige, frappées de l'inscription *Gullo* en lettres dorées et en relief, que Vincenzina et moi utilisions ensuite pour conserver nos trésors – boutons dépareillés, petits cailloux ronds qui nous servaient à jouer aux osselets, rubans de couleur – ou nos secrets. Et quand elle achevait une commande, notre frère Raffaele faisait des montgolfières avec tous ces papiers de soie. Il coupait le long des plis la grande feuille étalée, obtenant de nombreux carrés, puis sifflait, les doigts dans la bouche.

« On va les faire voler ! s'exclamait-il, nous attirant tous.

– Je veux essayer », disait toujours Salvo.

C'était inutile : seul Raffaele y parvenait. Avec ces papiers très légers, il formait des cônes, pointe en haut, dont il brûlait la base au moyen d'un tison pris dans la cheminée. Tandis que le feu dévorait le papier, les dessins s'élevaient eux aussi vers le plafond, et nous les admirions, fascinés, en rêvant de nous rapetisser au point de voler avec eux, d'être emportés et emmenés ailleurs, n'importe où, pourvu que ce ne fût pas à Casole.

Maman nous observait en silence.

Puis elle ouvrait la fenêtre et, la tête dressée, pareille à un chien de chasse ou à un geai sur l'eau, cherchait l'odeur de la neige qui, en hiver, provenait du Mont Botte Donato. Moi aussi, je respirais fort cet air froid qui vous brûlait le nez et vous remplissait les poumons. L'odeur disparaissait aux saisons suivantes, mais maman s'attardait là quand même et s'obstinait à regarder dehors. Ce n'était pas de la nostalgie, comme je l'ai compris bien des années plus tard en allant à mon tour dans la montagne : c'était l'appel d'une autre vie.

En mars, on tuait le cochon. Nous étions une des rares familles de journaliers à en avoir un : le monsieur qui employait papa nous l'offrait. Vers la fin des gelées, les abominables hurlements de terreur de ces pauvres bêtes s'élevaient des campagnes, et je me bouchais les oreilles pour ne pas les entendre. Le jour où l'on tuait le nôtre, maman se rendait elle aussi dans la ferme que possédait le comte Donato Morelli pour décider de la découpe, et papa la priait d'arborer des vêtements neufs. Elle soupirait, feignait de s'en moquer, mais il était évident qu'elle aimait, du moins ce jour-là, s'endimancher comme une dame.

« Je veux t'accompagner, disais-je en pleurnichant car, les cris des cochons avaient beau m'épouvanter, j'avais envie de les entendre.

– C'est dur à supporter. Il vaut mieux que tu restes à la maison. Tu viendras l'année prochaine, tu seras plus grande », répliquait-elle chaque année.

Comme toujours, ç'avait été une grande fête et nous avions mangé de la cervelle frite, accompagnée de pommes de terre et de poivrons secs. Les villageois qui passaient devant la porte lançaient en gémissant : « *Malvaise* chance a l'homme qui tue pas de pourceau et *croche* pas de saucisses à son plafond. » Alors maman s'emparait d'un saucisson qui séchait, pendu à une poutre, ou d'un morceau de *'nduja*[1] et le leur offrait.

Mais un après-midi, à la fin du mois de mai 1848, elle a déclaré qu'elle parlerait à la comtesse Gullo, sa patronne, à l'occasion de la visite que celle-ci rendait tous les mois à ses tisserandes. Depuis quelques jours, elle était bizarre, agitée ; à n'en pas douter, quelque chose la tracassait : dans ce genre de situations, elle n'avalait plus une seule bouchée.

D'habitude, la comtesse Gullo arrivait chez nous comme une grande dame, suivie d'un cortège de domestiques. Or ce jour-là elle se présenta seule, la tête nue, pâle comme un linge, le visage creusé par l'inquiétude. En réalité, malgré son air désagréable, la comtesse était gentille : libérale, elle avait le courage d'aller chez ses tisserandes, cas unique parmi les patronnes, et elle s'adressait à nous aimablement. Les « messieurs » bourboniens, eux, nous considéraient comme des idiots, ils nous traitaient de culs-terreux et, parce qu'ils avaient fait quelques années d'études de plus, nous regardaient avec suffisance. Nous avions pourtant un cerveau pour penser, et comment ! Nous étions juste obligés de nous taire, raison pour laquelle ils se croyaient plus intelligents. Ils nous croisaient donc sans daigner nous accorder un coup d'œil et rentraient chez eux tout contents. Les libéraux étaient très différents et on les distinguait facilement : c'étaient ces riches qui

---

[1]. Ce saucisson mou, pimenté et épicé est une spécialité de la Calabre. Son nom viendrait du français « andouille ».

esquissaient un geste, souriaient et vous donnaient le sentiment de leur ressembler un peu.

Ce jour-là, en entrant, la comtesse Gullo affichait une expression d'épouvante et tremblait de la tête aux pieds. Maman l'a invitée à s'asseoir dans le fauteuil, puis lui a apporté une tasse de lait chaud avec du miel, comme à un membre de la famille. Des exécutions avaient eu lieu quelques semaines plus tôt. Trois hommes avaient été fusillés sur la grand-place de Rogliano, un village voisin, et nous étions tous bouleversés. Les riches libéraux en particulier étaient terrifiés : pour la première fois, ils craignaient eux aussi de mourir. La Garde nationale avait interpellé trois d'entre eux, soupçonnés de comploter contre le roi, et les avait exécutés sans interrogatoire, sans procès, devant tout le monde. Ils s'étaient effondrés, dans des cris et un dégoût unanimes, tandis que leurs hauts-de-forme roulaient sur les pavés. Les gardes ne se contentaient pas de tuer, ils passaient au crible toutes les habitations à la recherche des révolutionnaires afin de les inscrire dans les registres des « individus sous surveillance », les privant ainsi de leurs droits civils et politiques. Tout notable qui échouait dans ces pages se retrouvait de fait ruiné, isolé, comme mort. S'il tentait de se rebeller ou s'il se conduisait mal, les gardes revenaient et le jetaient en prison. Ou encore le fusillaient. Des histoires circulaient à propos de la Fossa, la prison du fort de Santa Caterina, sur l'île de Favignana, en Sicile, un lieu maléfique. « Ceux qui pénètrent dans la prison de Santa Caterina dotés de la parole en ressortent sans voix », ou morts, disait-on. Voilà pourquoi de nombreux « messieurs » avaient fait leurs bagages et quitté le Royaume en cachette au cours des derniers jours. Pour émigrer, parfois même dans le pays de nos ennemis : le Piémont[1].

Maman a dévisagé la comtesse, atterrée. « Et... vous aussi... » a-t-elle dit d'un ton hésitant. Si les Gullo s'enfuyaient à leur tour, elle perdrait son emploi.

« Non, non, a répondu sa patronne avec un geste de sa main tremblante. Nous ne partons pas. Nous n'allons pas jeter aux orties cent années d'activité. Mais nous devons nous tenir sur nos gardes. Aujourd'hui plus que jamais. »

Elle a ensuite lancé un regard circulaire, comme si elle craignait que d'autres oreilles ne l'entendent.

« C'est ici que nous devons faire la révolution, a-t-elle poursuivi à voix basse en indiquant nos personnes, nos murs humides et nos quelques meubles. Vous autres ouvriers et nous autres maîtres. Ensemble. Il faut que nous chassions le roi Ferdinand et que nous bâtissions un nouveau pays, une Italie unie et juste, libérée des abus des Bourbons, gouvernée par un nouveau roi. »

Elle évoquait le roi qui parlait français tout en étant italien, le roi du Nord, Charles-Albert de Savoie. Or ce roi nous plaisait encore moins que l'autre, car non seulement il se moquait des ouvriers, mais il était aussi l'ennemi du Royaume, et par conséquent le nôtre.

Rassurée, maman lui a souri, puis, la voyant calmée, elle s'est levée, dans l'intention de nous chasser.

---

[1]. Avant l'Unité (1861), l'Italie était constituée de plusieurs États, soumis à diverses influences. Les deux maisons rivales étaient celle des Bourbons, à la tête du Royaume des Deux-Siciles, et celle de Savoie, au Nord. C'est cette dernière qui régnera dans l'Italie unifiée.

BRIGANTESSA

« Allez donc faire un tour sur la grand-place ! » nous a-t-elle ordonné. Elle voulait profiter de la présence de la comtesse, et rien – ni les exécutions ni le vent du changement – ne l'en empêcherait. Comprenant que quelque chose clochait, j'ai repensé au télégramme qui n'était pas arrivé. J'ai donc croisé les bras et Salvo m'a imitée : certains de tirer avantage de cette situation, nous ne comptions pas céder facilement.

« Misérables ! » s'est écriée maman. Elle s'est glissée derrière le rideau et a ouvert un des tiroirs interdits, avant de ressurgir munie de deux tournois. Comme nous ne voyions jamais la couleur des pièces de monnaie, j'avais du mal à en croire mes yeux. « Tenez, allez chez Tonio acheter deux gâteaux », a-t-elle dit.

Tonio était un voisin, propriétaire d'une pâtisserie. Il avait une fille du même âge que Salvo, prénommée Carmelina et affectée de poliomyélite depuis ses deux ans : elle était « blessée à une jambe », expliquait-elle, les yeux embués de larmes ; une nuit, son pied s'était subitement tordu vers l'extérieur. Malgré tout, une fois la douleur passée, elle avait continué de venir jouer chez nous à pierre-feuille-ciseaux et à peindre les cailloux du torrent en compagnie de son frère Giovanni. Au début, j'essayais de ne pas regarder son pied bizarre, puis j'avais cessé d'y prêter attention. Quelques années plus tard, son père avait trouvé de quoi lui payer une opération à Naples et elle avait réapparu, une jambe plus courte que l'autre. Honteuse de cette jambe qui lui semblait étrangère, elle ne s'était plus montrée chez nous.

Avant de sortir, les tournois dans la poche, j'ai jeté un coup d'œil à la fenêtre. Par chance, elle était à moitié ouverte.

Nous avons fait le tour de la maison.

Nous irions un autre jour acheter des gâteaux chez Tonio : nous ne voulions pour rien au monde rater cette conversation.

J'ai grimpé sur le rebord de la fenêtre, puis Salvo m'a aidée à poser les pieds sur deux briques saillantes, sous le regard sévère de sainte Marine de Bithynie. Maman avait puisé dans la commode des feuilles de papier repliées dans une enveloppe. Une lettre. Aussitôt, j'ai pensé avec terreur au comte Tommaso, à Naples, à mon adoption, à toute cette histoire que je m'efforçais d'oublier.

En bas, Salvo et Vincenza me tiraient par la jupe.

Maman était capable de lire quelques mots sans aide, certainement pas une lettre entière ; de plus, à force de fixer son ouvrage, ses yeux « se bousillaient », selon ses propres termes, ce qui lui rendait la tâche encore plus difficile.

« De quoi elles parlent ? continuait de demander Vincenza.

– Chut !

– Mari, de quoi elles parlent ? interrogeait Salvo.

– Taisez-vous ! »

Je me concentrais sur la voix de la patronne qui lisait cette lettre.

« Maria. »

Je suis restée un bon moment immobile, tandis que la comtesse Gullo adoptait une expression de plus en plus sérieuse. Au bout d'un moment, j'ai senti mon sang se glacer dans mes veines.

« Maria ! »

Alors je me suis retournée tout doucement.

« Elles parlent de T-Teresa », ai-je balbutié. Mais elles avaient également parlé de moi et ça, je ne pouvais pas le leur révéler.

« Teresa qui ? a dit Salvo, qui connaissait pourtant la réponse.
– Teresa notre sœur. »

Au lieu de nous rendre chez Tonio, nous nous sommes réfugiés dans le jardin public. Devant stationnaient d'élégantes voitures, attelées à d'énormes chevaux calabrais pourvus d'œillères tout comme leurs propriétaires qui se promenaient en redingotes et en gilets pour exhiber leurs nouveaux hauts-de-forme. Mais il y avait là deux grandes haies de laurier-cerise et de laurier vrai où une ouverture avait été pratiquée ; en rampant, on atteignait un vaste espace qui nous servait d'abri.

Treize ans plus tôt – elle avait alors moins de six ans – notre sœur avait été adoptée par des cousins des maîtres de papa, une branche de la famille Morelli, de nobles propriétaires terriens de Campanie qui, s'ils possédaient tout, ne pouvaient pas avoir d'enfant. Il s'était agi non d'un choix, mais d'un chantage : en refusant de donner sa fille au cousin de don Donato, le comte Tommaso, papa aurait perdu son emploi et, sans emploi, il lui aurait été impossible de fonder une famille. Il aurait par la suite d'autres enfants, mais pas de travail, avait-il compris.

Papa et maman avaient donc accepté. En échange, les parents adoptifs s'étaient engagés à payer des études à leur fille et à l'entretenir jusqu'au jour de son mariage. Une fois par an, ils nous envoyaient un cochon en signe de gratitude.

« Heureusement, a commenté Salvo, sinon on serait morts de faim. »

Le comte Tommaso, poursuivit la comtesse Gullo en lisant la lettre qu'un noble ami des Morelli avait écrite, était un bourbonien convaincu, soit « un de ces conservateurs qui veulent que les choses demeurent inchangées, que les pauvres meurent à la tâche et soient privés de droits, exposés aux abus, aux horaires et aux salaires dont ils ont, eux, décidé », expliqua la patronne de maman. Voilà donc où mes parents voulaient m'envoyer, un bien bel endroit…

Étant libéraux, les Gullo savaient que le vent allait se lever, un vent soufflant du nord au sud, le vent de la liberté ; ils savaient qu'on avait annoncé dans le Royaume une Constitution, ainsi que l'instauration d'un Parlement ; que le roi perdait du pouvoir et que le peuple en gagnait, ce qui avait entraîné rafles, exécutions et emprisonnements. La comtesse savait que la Sicile s'était déclarée indépendante, que pendant cinq journées grandioses à Milan les femmes avaient elles aussi pris les armes pour chasser les Autrichiens, pouvoir crier comme en France « Liberté pour le peuple ! », et que les hommes avaient arboré des couvre-chefs pointus, pareils aux nôtres, pour montrer aux envahisseurs autrichiens que l'Italie entière les soutenait. À Naples, ajouta la comtesse d'un air à la fois exalté et inquiet, les jeunes avaient empoigné leurs fusils contre le roi Bourbon[1].

« C'est vrai, a commenté Salvo. Je l'ai lu chez le barbier Tosca.

– Qu'est-ce qui est vrai ? ai-je interrogé.

---

1. Du 18 au 22 mars 1848, la population milanaise chassa les autorités et les troupes autrichiennes qui occupaient le royaume lombardo-vénitien. Lui accordant son appui, le roi Charles-Albert de Sardaigne déclara la guerre à l'Autriche et annexa la Lombardie. Le 12 janvier 1848, la Sicile se révolta contre les Bourbons et proclama son indépendance le 25 mars. Suivant cet exemple, la population napolitaine se révolta le 17 janvier.

– Giovanni Tosca a accroché à l'intérieur d'une armoire un article qu'il a découpé dans le journal *Lume a gas*, et si la Garde nationale le trouve, elle le fusillera. Mais tout le monde est au courant et on fait la queue pour aller lire cette page.
– Qu'est-ce qu'y est écrit ? a demandé Vincenzina.
– "Le mot a retenti. Le mot qui rachète une nation s'est fait entendre ! Constitution !" a répété Salvo comme un perroquet sans bien comprendre ce que cela signifiait. D'après Raffaele, c'est une vieille page qui ne vaut plus rien. Le roi est revenu sur la parole donnée. »

Dès le mois de mars, à l'annonce de l'instauration d'un Parlement, le comte Tommaso et la comtesse Rosanna, les parents adoptifs de Teresa, avaient quitté leur habitation de Pontelandolfo pour se rendre à Naples où ils avaient rencontré à plusieurs reprises le roi Ferdinand, ami d'enfance du comte. Il importait de favoriser leurs intérêts avant que ne soit promulguée la Constitution, puisque les libéraux intriguaient pour priver les bourboniens et eux-mêmes des privilèges dont ils avaient toujours joui. De plus, disait la lettre, ils confirmaient qu'ils seraient heureux de m'adopter, moi, la sœur cadette de Teresa, et qu'ils attendaient le bon moment pour me faire conduire à Naples, puis chez eux à Pontelandolfo. La comtesse pointa alors les yeux sur maman et demanda : « C'est vrai ? » Maman acquiesça et il me sembla que quelque chose se brisait dans ma poitrine.

Mais le 15 mai, jour où le Parlement était censé siéger, le roi avait refusé de signer la Constitution. Il s'était agi d'une mise en scène, commenta la patronne de maman : le roi n'avait jamais eu l'intention d'instaurer un Parlement ni de céder son pouvoir.

Aussi, quelques heures plus tard, de jeunes Napolitains étaient-ils descendus dans la rue et une révolte avait-elle éclaté, pour se prolonger dans la nuit. Le lendemain à l'aube, en se penchant à une de ses fenêtres, Tommaso et Rosanna Morelli avaient découvert la ville en flammes. Mais ils n'avaient pas le choix : ils devaient regagner la cour au plus vite, ils devaient comprendre ce qu'il adviendrait des bourboniens et d'eux-mêmes. Or la situation dans les rues de Naples était plus grave qu'ils ne le pensaient. Ils avaient été pris au piège entre les barricades de la via Toledo et celles de la via Santa Brigida, encore plus imposantes. Les rues latérales étaient bloquées et, après huit heures de tirs, un feu croisé s'était déchaîné. Le comte Tommaso avait ressenti une douleur au cou et à la jambe : c'étaient des balles. Se penchant sur lui au moment où il tombait, sa femme avait été touchée au dos, au côté et à la tête.

Mes parents adoptifs étaient morts – quelle tristesse ! Personne ne m'emmènerait loin de Casole. Les corps étaient restés une journée entière dans cette rue de Naples, tués par les fusils des jeunes révoltés. Un féroce *malordre* – l'incendie jaillissant du cœur des opprimés napolitains comme du cratère du Vésuve, dit la comtesse Gullo – avait éclaté. À cause de lui, Teresa avait perdu ses parents : elle ne pouvait plus demeurer à Pontelandolfo, elle devait abandonner son confort, elle devait oublier également le garçon auquel elle était promise. Elle était soudain redevenue pauvre, une fille de personne comme nous, et il ne voulait plus d'elle.

« Ces maudits bourboniens l'ont jetée à la rue, dit la comtesse Grullo en secouant la tête. Et vous aviez l'intention de leur donner aussi une autre fille ? "Une petite rente mensuelle…" lut-elle alors que maman blêmissait, c'est tout. Maintenant qu'ils sont allés dans l'autre monde, tous leurs biens reviennent à leurs cousins Morelli. Et il vous faut reprendre votre Teresa ainsi que vous l'avez donnée. »

Nous baignions, au milieu de la haie, dans le parfum du laurier-cerise. Ainsi je n'irais pas rejoindre Teresa, c'est elle qui viendrait ! Brusquement j'ai eu l'impression d'être trahie et abandonnée, même si personne ne m'avait prise. Mais je n'étais pas seule, Salvo jouait à présent avec une coccinelle.

« Alors *elle*... revient ? a-t-il interrogé au bout d'un moment en faisant descendre et monter le petit animal sur sa paume, comme si cette histoire ne l'intéressait guère.

- Oui.
- Et quel âge elle a ?
- Dix-neuf ans. »

J'en avais sept, lui dix.

Vincenza, quatre. « On va chez Tonio acheter des gâteaux ? a-t-elle demandé de sa voix fluette.

- Non », ai-je répondu en même temps que Salvo.

Mystérieusement, nous avions compris qu'en compagnie de cette sœur inconnue notre vie ne serait plus jamais la même.

3

Quelques semaines plus tard, Teresa s'est présentée à Casole à bord du coche de Cosenza, munie de nombreuses malles et accompagnée de deux hommes.

    Papa, qui ne prenait jamais de repos, avait demandé au comte Morelli une matinée de liberté. Il avait déjà fendu le bois entassé sous l'auvent où il le mettait à sécher au soleil. C'était le seul moment de ses journées où il paraissait heureux : il tirait sa hache d'une étagère cachée dans le bahut et y déposait un carnet de quelques pages dont il ne se séparait jamais, puis il ôtait sa veste, priait Raffaele et Salvo de l'aider à transporter la souche de mélèze dissimulée derrière le rideau et sortait. Dans ce bahut se trouvait aussi un petit sac contenant une poignée de terre granuleuse et sombre qu'il avait ramassée dans les champs des Morelli. « C'est la seule que je posséderai jamais », disait-il, et chaque fois qu'il allait couper du bois, il s'assurait que le sachet était bien à sa place.

    Apprenant que le coche était arrivé, Vincenza et moi nous sommes précipitées à sa rencontre. Carmelina, qui se tenait comme d'habitude sur le pas de sa porte, nous a suivies en traînant sa jambe raide.

    Teresa est descendue comme une dame, ou comme la comtesse qu'elle croyait être. Vincenza et moi nous sommes dévisagées, bouche bée : elle arborait une jupe turquoise à volants, garnie d'une crinoline et de tulle, un corsage en satin et dentelles, ainsi qu'un grand chapeau empanaché. Jamais nous ne l'avions imaginée aussi élégante, pas même dans nos rêveries les plus folles. Derrière elle, ses deux accompagnateurs s'emparaient sans un mot des bagages, tandis que nous la scrutions tous, immobiles. C'était la première fois qu'on déchargeait autant de malles et de richesses à Casole, la première fois qu'on voyait une démarche si noble.

Une procession s'est aussitôt formée sur les pas de cette étrangère qui venait de la ville. Les villageois murmuraient : « La dame est rentrée... », « C'te *fistonne* du compère Oliverio existait donc bien... », « Voyez-vous ça... », « Mais non, elle était pas morte... », « C'est la *grandelle*... », « Elles, c'sont les p'tiotes ».

« Teresa ! » l'ai-je appelée de loin. C'était une femme faite, non une adolescente comme je le croyais, ni le fantôme dont j'avais parfois rêvé, même si elle avait le visage poudré et une voilette sur les yeux. « Nous, on est Maria et Vincenza. »

Mais elle ne s'est pas retournée.

« Teresa, on est là. Nous, on est Maria et Vincenza ! » ai-je répété plus fort en essayant de couvrir le vacarme. Or cette citadine s'obstinait à pointer les yeux droit devant elle, comme si elle était sourde. Alors nous nous sommes approchées en nous frayant un chemin parmi la foule.

« Teresa, on est tes sœurs », ai-je dit tout près d'elle.

Elle a remarqué notre présence, mais elle n'a que légèrement bougé la tête pour nous observer à la dérobée, comme si elle n'avait aucune envie de nous voir.

« Je suis fille unique ! » a-t-elle soudain déclaré avec l'accent de la Campanie.

Immédiatement le vacarme a repris : « Hé, regarde c'que font les p'tiotes... », « Elle ressemble pas à ses sœurs », « C'sont pas ses sœurs, c'sont les serves... », « J'me demande ce qu'elle est venue faire ici ». Puis, comme si de rien n'était, Teresa a continué son chemin et, le regard rivé au sol, a suivi les villageois qui l'escorteraient vers la maison.

Maman l'attendait debout devant la porte, Angelino dans les bras, tandis que Raffaele et Salvo vrombissaient autour d'elle.

À son arrivée, elle a chassé les curieux et a invité Teresa à entrer sur le ton qu'elle employait avec la comtesse Gullo.

« Venez, venez », lui disait-elle d'une voix mielleuse, vouvoyant sa propre fille.

Teresa a murmuré un ordre bref à ses deux accompagnateurs qui se sont hâtés de déposer les malles dans la maison. Ils lui ont ensuite adressé un signe de tête et, sans un mot, ont regagné le coche qui devait les ramener là d'où ils étaient partis.

Maman avait ôté du fauteuil son nécessaire à couture. Sur la table étaient alignées toutes les bouteilles que nous possédions, y compris celles de l'eau-de-vie et du vin cuit ; sur deux plateaux, des gâteaux : la *cicerata* et les *scalille*[1] commandées à Tonio, que Carmelina avait apportées, encore chaudes, ce matin-là.

---

1. Gâteaux calabrais typiques des fêtes de Noël, composés d'une pâte simple formant de petites boules pour la première (du calibre des pois chiches, d'où son nom) et d'anneaux torsadés pour les secondes, qu'on fait frire puis qu'on passe dans du miel.

« Merci », s'est contentée de dire notre sœur. Immobile, muette, les bras croisés, elle avait l'air étrange, très étrange. Nous autres échangions des regards en partageant les mêmes pensées : « Quoi, elle ne parle pas ? », « Et elle n'est même pas gentille... ». Elle a refusé de s'asseoir dans le fauteuil ou à la table, préférant s'installer sur une chaise solitaire, dans un coin, les yeux baissés, nous ignorant totalement. Elle avait laissé tomber sur le fauteuil son chapeau surmonté d'une longue et comique plume d'autruche. « Vous avez fait bon voyage ? lui a demandé maman, aussi perplexe que nous. C'était fatigant ? Vous avez faim ? Vous avez sûrement soif... » Mais Teresa gardait le silence, comme absente. Vincenzina et moi avions imaginé un tas de choses – pas que notre sœur riche fût à moitié muette.

Alors maman a rempli une petite assiette de gâteaux et un verre de vin cuit, qu'elle a posés sur le bahut, à côté duquel notre sœur était assise. En vain : cette dernière est restée immobile, fixant sur ses malles un regard chagriné.

Nous autres enfants nous tenions debout, contre le mur, pareils à des statues, sans trouver le courage de bouger, comme quatre andouilles. Maman ne cessait de s'agiter, tandis qu'Angelino, dans ses bras, pleurait comme un malheureux ; elle allait et venait dans la pièce en tapotant la couche de notre petit frère qui hurlait encore plus fort, accentuant le tour désespéré de cette première rencontre.

Malgré tout, j'observais de loin cette sœur qui me semblait si différente, si supérieure, et je l'admirais en secret. C'est avec elle que j'aurais vécu si mes parents adoptifs n'étaient pas morts, avec elle un point c'est tout, pensais-je, et elle aurait peut-être été gentille, elle m'aurait peut-être adressé la parole. En y regardant mieux,

Teresa ressemblait à papa, contrairement à moi qui étais le portrait tout craché de maman. Petite et brune, elle avait le teint mat et les cheveux foncés, le front étroit et de minuscules yeux enflammés de prédateur. Moi, j'avais hérité des cheveux châtains de maman, de sa grande taille, de ses prunelles marron et humides, ainsi que de ses longs cils effilés. Et si je portais une *camise* fanée ayant appartenu à tante Maddalena et sans doute aussi à maman, Teresa, qui s'était changée derrière le rideau, arborait une robe en taffetas bleu pâle à volants que j'avais vue sur des images en lorgnant à travers la porte de l'unique couturière de Casole, une femme méchante et solitaire qui montait de Catanzaro une fois par mois. Elle était chaussée de bottines bien cirées en cuir blanc et à talons fins, qui me paraissaient magnifiques. « Elle espère repartir au plus vite, a murmuré Salvo à mon oreille en se baissant un peu, plaqué contre le mur. Elle quitte même pas ses *grollettes*. »

Vers midi, avant le déjeuner, papa est revenu de la grand-place où tout le monde l'avait interrogé au sujet de la nouvelle arrivée. Entretemps, Teresa avait ouvert ses malles, dont elle avait d'abord tiré une grande poupée en porcelaine, et elle continuait de mignoter ses affaires l'une après l'autre. Aussi, devant ces draps de lin, ces serviettes moelleuses, ces vêtements brodés, ces dentelles qu'on aurait dit en sucre, papa s'est mis à plaisanter, ce qu'il faisait rarement avec nous.

« Y t'ont laissé ta dot ! s'exclamait-il en riant et en tapant sur la table. Maintenant faut qu'on t'dégotte un mari plein aux as. » Il a soulevé son verre de vin : pour l'occasion, il était allé chez Tonio acheter un demi-litre d'Arghillà[1].

---

1. Vin calabrais renommé, produit dans la province de Reggio Calabria.

« Don Francesco ! Le plus riche de Casole ! a lancé Raffaele, qui avait brusquement troqué le rang d'aîné contre celui de cadet.
— Lui, c'est un *trop-passé* ! Les quéques cheveux qu'il a sur le caillou sont blancs comme neige ! a dit Salvo en éclatant de rire. Y sera bientôt au cimetière ! »

Maman se mouvait chez elle comme une invitée ; tout en préparant le repas, elle observait cette fille qui lui était inconnue, ou presque. Elle s'efforçait de comprendre en scrutant ses petits yeux comment cette femme de dix-neuf ans avait réussi à sortir de son corps.

Teresa ne participait pas à la conversation. Debout, vêtue de pied en cap, elle nous toisait comme elle avait toisé les deux porteurs. À en juger par le mélange de méchanceté et de terreur que trahissait son regard, elle semblait se demander par quel mystère elle était née dans cette maison ; si cette femme sale et mal fagotée était sa vraie mère ; si ces cinq morveux au visage émacié et aux guenilles étaient ses frères et sœurs. Le dos au mur, l'air affolé, elle cherchait dans la pièce une issue inexistante.

De temps en temps, elle posait les yeux sur moi. « C'est donc toi », avait-elle dit brusquement entre ses dents avec une expression impassible.

Mon sang s'était glacé dans mes veines. J'avais bien compris qu'elle évoquait mon adoption manquée, et je comprenais aussi, au pli de ses paupières, qu'elle me méprisait plus que tout autre membre de notre famille.

« Elle ne fait que regarder ? » a-t-elle soudain interrogé à voix haute en m'indiquant d'un signe de tête.

Je contemplais sa poupée de porcelaine aux cheveux noirs et ondulés en crins de cheval. Elle portait une jolie petite robe rouge aux poignets et au col bordés de dentelles, mais elle était en piteux état, privée de son nez, d'un bras et d'un de ses yeux en nacre. C'était la première fois que nous voyions une poupée, Vincenza et moi, aussi étions-nous envoûtées.

Comme maman ne me défendait pas, ne disait pas un mot, j'ai baissé les yeux et murmuré : « T'inquiète pas, j'te la faucherai pas.
– Qu'est-ce que tu as dit ? » s'est-elle écriée.

Je n'ai pas répondu. Les autres ont feint l'indifférence, emportés par cette excitation collective : un membre de la famille avait connu la fortune, la vie des riches, raison pour laquelle nous finirions tous par en jouir, ne serait-ce que par notre proximité, pensaient-ils.

Vincenzina, peu habituée à la tendresse de papa qui l'avait prise dans ses bras, riait et promenait son regard un peu dépaysé tantôt sur la poupée, tantôt sur sa nouvelle sœur en se suçant les doigts. Raffaele observait Teresa, lui aussi, en particulier sa poitrine rebondie, pressée entre les boutons de sa robe bleu pâle. Il ne manifestait aucune gêne : jamais il n'avait côtoyé ainsi une adolescente déjà formée. De temps en temps, Teresa glissait la main dans son décolleté et tirait sur son corset, ce qui troublait encore plus Raffaele. À l'âge de treize ans, il avait brusquement grandi, acquis du poil aux joues et des épaules pointues d'homme, qui saillaient sous son maillot de corps effiloché. Sa voix avait changé trois mois plus tôt, tout comme ses yeux, et il contemplait maintenant sa nouvelle sœur d'un air de propriétaire.

« Enlève tes chaussures, mets-les dans la chambre », a dit maman à Teresa.

Nous nous sommes tous tus : enfin, quelqu'un avait eu le courage de lui adresser la parole.

Teresa a secoué la tête en levant le menton vers le plafond. Elle a regardé les taches d'humidité avec malice.

Nous attendions tous qu'elle dise quelque chose, mais elle examinait la pièce sans prononcer un mot.

Puis elle a brisé le silence :

« Je ne coucherai pas ici. »

Sous l'accent de la Campanie, sa voix ressemblait à celle de maman, je m'en rendais compte : elle s'étranglait un peu dans sa gorge.

Maman a abandonné sur le poêle le chiffon avec lequel elle s'était essuyé les mains après avoir pelé les pommes de terre.

« Comment ça tu coucheras pas ici ? Ma fille, on a pas d'autre endroit. Je regrette que…

– Ça pue les bêtes et la transpiration. Il est impossible de dormir à huit dans un trou pareil. »

Papa se taisait, tout le monde se taisait.

« Qu'esse on doit faire, ma fille ? C'est… a dit maman en guise d'excuses.

– Elle », l'a interrompue Teresa avec un regard de vipère en me montrant.

J'ai senti un coup à la poitrine, comme si ce « elle » m'avait transpercée. J'ai vacillé et reculé au point de me cogner contre le mur.

« Si vous voulez que je reste, il faut qu'elle parte, *elle*. Il n'y a pas assez de place pour tout le monde ici. »

Maman a baissé les yeux, et papa l'a imitée. En un éclair, j'ai compris qu'ils ne s'opposeraient pas à la volonté de Teresa, que personne n'aurait jamais le courage de la contredire. L'étau qui me serrait la poitrine s'est relâché et je me suis effondrée.

La chambre de papa et maman reviendrait à Teresa. Raffaele et Salvo dormiraient comme ils l'avaient toujours fait, les quatre autres se serreraient dans mon lit et celui de Vincenza réunis.

Il n'y avait plus de place pour moi à la maison. Les derniers jours, je coucherais entre mes frères, puis on me chasserait.

« Tu peux aller un peu chez tante Maddalena », a dit maman sans avoir le courage de me regarder en face.

Ce courage, je l'ai trouvé, moi, avant de me mettre au lit.

Salvo a essayé de m'arrêter – en vain : je me suis dégagée et j'ai couru dans la nouvelle chambre de ma sœur, j'ai ouvert toute grande la porte, qui a claqué contre le mur. Assise sur le lit, Teresa s'apprêtait à se glisser sous les couvertures, sa poupée en porcelaine dans les bras.

Je me suis approchée et je l'ai dévisagée. Je me moquais bien qu'elle fût plus âgée que moi, qu'elle fût déjà une femme, qu'elle fût une citadine, je n'avais peur de personne.

« Pourquoi tu veux me chasser ? ai-je demandé. Qu'est-ce que je t'ai fait ? »

Durcissant les mâchoires, elle m'a regardée comme si elle me voyait pour la première fois. Elle a relevé le menton et a susurré, pour éviter que les autres ne l'entendent :

« Mes parents étaient allés à Naples pour t'accueillir… » Tout en parlant, elle caressait sa poupée mutilée. « Ils t'avaient acheté ça… » Elle l'a tendue un peu vers moi en la tenant par son unique bras. « … Elle est restée pendant des mois sur le lit qui t'était destiné, posée contre l'oreiller. Mais maintenant, par ta faute, mon père et ma mère sont morts. » Elle a resserré les doigts autour du petit bras. Elle fixait la poupée d'un regard vide.

« Tu as gâché ma vie... » a-t-elle continué. Elle a posé sur moi des yeux maléfiques. Puis, d'un geste sec, elle a cassé l'autre bras, *crac*, et l'a laissé pendre à l'intérieur de la petite robe. « Moi, je gâcherai la tienne. »

4

Écrasée entre les pieds de Raffaele et les aisselles de Salvo, je n'ai pas fermé l'œil des deux nuits suivantes. Quand papa se levait, à quatre heures du matin, je le regardais se mouvoir dans la pénombre.

Le second jour, au moment où la demie de six heures sonnait au clocher, tante Maddalena a frappé à la porte. Elle arrivait à pied de la campagne, à plus d'une heure de marche de distance.

Cette grosse dame était la sœur aînée de maman. Le front large et le visage rubicond, elle portait des vêtements qui sentaient le fromage, les animaux et le bois, un foulard crasseux autour de la tête et, aux pieds, des sandales d'un cuir aussi dur que l'écorce des hêtres.

Elle est entrée et nous a salués à voix haute, puis elle a attrapé une chaise et s'est assise à table sans se soucier du bruit qu'elle faisait. Je feignais de dormir tout en l'observant entre mes doigts : on aurait dit une ourse, un gros animal effrayant, et l'odeur qui se dégageait d'elle était encore plus désagréable que celle des pieds de Raffaele.

Maman a préparé du café avant de nous secouer tous, mais nous étions déjà réveillés. Elle a dit à sa sœur :

« *Désouille* donc ton foulard, y sent les bestiaux.

– Les bestiaux, tu parles... y sent la merde, a plaisanté Raffaele.
– J'vais l'*désouiller*, j'vais l'*désouiller*... a rétorqué notre tante, avant de se tourner vers la chambre close. C'est là qu'elle est ? » Maman a acquiescé.

« Tant mieux pour elle », a commenté tante Maddalena. Elle a vidé sa tasse, puis m'a lancé, radieuse et édentée : « Mamzelle, pas d'école aujourd'hui.

– J'aurais préféré aller à l'école plutôt que chez toi.

– Tiens, mange un peu, a dit maman en me tendant les gâteaux qu'elle avait achetés pour ma nouvelle sœur.

– J'ai pas faim. »

Je suis allée à l'évier et me suis lavé la figure en me mouillant les cheveux. Puis je me suis habillée.

Vincenza ne me quittait pas des yeux. Resté au lit, Salvo m'observait, appuyé sur un coude. Je me suis penchée et il a imprimé un baiser sec sur mon front.

Raffaele a murmuré : « Reviens vite, *moiselle*, d'viens pas comme tatie. » Et il m'a cligné de l'œil.

« Qu'esse tu veux dire ? » a réagi notre tante.

J'ai pris mes vêtements dans le coffre, ainsi que la seule paire de chaussures que je possédais, avant de me diriger vers la porte.

Tante Maddalena vivait dans une cabane en bois sur le flanc de la colline, au-dessus du village, dans le grand pré d'où partait le sentier qui menait au bois de Fallistro.

C'était la dernière maison, à l'orée du bois : un bâtiment privé de puits et en si mauvais état qu'on avait l'impression qu'il ne tarderait pas à s'écrouler. Au sol, un plancher grinçant ; sur le plafond et les côtés, une multitude de fentes qui laissaient passer le vent et la pluie ; partout, des morceaux d'écorce en guise de rapiéçage. La richesse, l'acier et les usines qui naissaient dans les villes, les plantations de mûriers et les industries de la soie, les modes que les notables rapportaient de leurs voyages n'étaient pas arrivés jusque-là.

« C'est ici que tu dormiras », a dit tatie en indiquant une porte quand nous sommes entrées. Le feu brûlait dans la cheminée, il faisait chaud. Je n'avais encore jamais eu de chambre pour moi toute seule.

Les premiers jours, je me mouvais dans cette cabane comme si j'étais traquée. Je me déplaçais dans le poulailler et le potager en proie au sentiment d'être perdue ; la vie et les bruits du village me manquaient, et la nuit je n'arrivais pas à trouver le sommeil. Le chant des grillons, le coassement des grenouilles près du vieil abreuvoir, les grognements des cochons et les bêlements des chèvres qui venaient de la ferme des comtes Mazzei semblaient me harceler.

Puis, un dimanche matin, je me suis réveillée reposée.

« C'te nuit t'as dormi, a dit tatie. Pour la première fois, tu t'es pas levée pour boire de l'eau, tu t'es pas tournée et retournée dans ton lit. »

Peu à peu j'ai cessé de sentir les odeurs fortes de la campagne et celle que dégageait tatie. Je me réveillais au chant des piverts, me préparais pour l'école et trouvais sur la table une tasse fumante de café d'orge, accompagnée de deux tranches du pain que tante Maddalena cuisait une fois par semaine dans le four en briques, devant le poulailler, et de deux pots de confiture de nectarines et de cerises.

« Belle chance que tu sois là, sinon personne mangeait ces *confifruits*. Mais y sont bons, y sont de l'année dernière. »

Son mari avait gagné la forêt deux ans plus tôt, la laissant seule, raison pour laquelle ses réserves ne lui étaient pratiquement plus utiles. Quand je lui demandais où il était, elle marmonnait d'un ton expéditif : « Autour de Serra Pedace, y mène sa vie dans la montagne. »

Moi, je l'imaginais sur le Mont Curcio, ou sur le Monte Scuro, tapi dans une grotte, plus robuste qu'un homme normal et autant qu'une énorme bête poilue, doté de doigts semblables à des griffes.

À Casole, on surnommait tonton « *Tremble-Terre* ». Une légende était née à son sujet, comme sur tous ceux qui prenaient le maquis. Ils descendaient de ces charbonniers des montagnes qui s'étaient battus aux côtés des Bourbons contre l'occupation des Français de Murat, ce qui leur avait valu un respect unanime. Mais après leur victoire, le roi Bourbon n'avait pas tenu la promesse par laquelle il s'était acquis leur alliance, à savoir l'abolition de la servitude des grands domaines. Nombre d'entre eux s'étaient donc révoltés et avaient décidé de rester dans les montagnes où ils affrontaient maintenant leurs anciens camarades.

On racontait que tonton *Tremble-Terre* était capable de tuer à mains nues un loup de la Sila et qu'il n'autorisait personne à le piétiner. Il avait d'abord été savetier, mais à cause des travaux que les « messieurs » lui imposaient sans le payer, du loyer élevé du trou à rats qu'il avait pour échoppe et de la taxe sur le tannage des peaux, il ne gagnait pas suffisamment d'argent pour se nourrir.

Pendant vingt ans, il avait mené avec tatie une existence misérable qui ne leur avait pas apporté d'enfant. Puis un « monsieur », le propriétaire de la boutique, l'avait menacé après avoir réclamé gratuitement des chaussures neuves pour sa famille entière. Alors que tonton *Tremble-Terre* se rebellait, l'homme lui avait conseillé de faire attention au lopin sur lequel était construite sa maison, à la campagne.

« Elle appartenait à mon père, avait rétorqué tonton. Et, avant lui, à son père. Elle est à moi. »

Le « monsieur » avait éclaté de rire avant de pointer un doigt sur lui et de lancer : « Ton lopin jouxte des terres communales. Alors si tu ne fais pas attention, il me reviendra. Il me suffira d'aller chez le gouverneur et de lui dire de modifier le cadastre. »

Tonton *Tremble-Terre* savait qu'il n'y avait rien de plus probable, que ce ne serait pas la première fois qu'un « monsieur » s'approprierait une terre en corrompant le gouverneur. Malgré tout, il n'avait pas cédé, il avait réclamé avec insistance les ducats qui lui étaient dus. Quelques jours plus tard, quatre hommes vêtus de noir s'étaient présentés à son échoppe. Ils avaient détruit ses outils, lui avaient cassé quatre côtes et notifié son expulsion. Tonton *Tremble-Terre* avait passé un mois au lit et, une fois rétabli, il avait décidé de gagner la forêt : il ne supportait pas cette vie.

Caché dans la montagne, il attaquait avec ses compagnons les propriétés des nobles et des bourgeois en s'efforçant de ne blesser personne, puis il retournait au village et partageait le butin avec les paysans.

« Il imite la forêt. Il reprend ce qui lui appartient », avait commenté tatie.

BRIGANTESSA

Le soir, elle me racontait des histoires sans me ménager, comme si j'étais déjà assez grande pour surmonter la peur. « Tonton a la tête remplie d'songes, disait-elle devant la cheminée ou, l'été, entre le poulailler et le potager, quand la lune brillait haut dans le ciel et que les cigales chantaient. Des songes d'un avenir juste, de grands songes. » Chaque fois qu'elle prononçait le mot « grands », je me demandais si je partageais moi aussi ces rêves, en quoi ils consistaient et en vertu de quelle force ils bouleversaient la vie de certains individus : chez nous, personne n'en formulait et de toute façon j'étais incapable d'attribuer un sens à ce terme.

Par les jours sans nuages on voyait de la cabane tous les sommets et, plus loin, l'Aspromonte, au sud, ainsi que le Pollino[1], au nord.

Tatie nommait les cimes les plus élevées : « Ça, c'est le Botte Donato, disait-elle, les yeux enflammés. Et ça, le Monte Nero. Ici, la Serra Stella, et là les montagnes de la Porcina. Au fond, le Mont Curcio. »

Son village natal, situé au-dessus de Lorica, lui manquait autant qu'à maman. Comme plus personne n'y vivait depuis la mort de mémé Tinuzza, elle allait de temps en temps s'assurer que la montagne ne reprenait pas la petite maison de pierre où elles avaient toutes deux grandi.

---

1. L'Aspromonte est un massif culminant à 1 956 mètres, au Montalto. Situé au bout de la Botte, il est bordé de fines bandes côtières. Le massif du Pollino s'étend entre la Basilicate et la Calabre, il culmine à 2 248 m (mont du même nom).

« Tu sens c'bon air ? » interrogeait-elle au cours des journées limpides d'hiver. Je hochais la tête et elle riait, comme si elle avait distingué dans mes yeux un penchant que j'ignorais moi-même. Elle m'apprenait à inspirer correctement en ouvrant tout grands les poumons. « Respire fort. L'air arrive de là-haut », expliquait-elle par les froides soirées, tandis que nous admirions le paysage à la lumière de la lune, vêtues de vestes en laine et chaussées de gros souliers. De temps en temps, je me demandais comment nous jugerait, si elle nous voyait, cette nouvelle sœur qui arpentait la maison dans des pantoufles pointues à la mode du Nord.

Tatie se levait à l'aube pour nourrir les poulets et s'occuper du potager, accompagnée de deux ou trois chats au pelage foncé qui allaient et venaient à leur guise entre les champs et les fermes. Tous les matins elle déposait à leur intention, près de la porte, deux soucoupes de lait, certaine qu'ils ne tarderaient pas à apparaître. Elle leur avait donné le nom de ses montagnes. « Stella, Scuro[1]. Ici ! Vous avez bien dormi ? » leur lançait-elle. Elle bavardait un moment avec eux, puis rentrait et se mettait au métier à tisser.

Elle travaillait pour les Gullo, comme maman, et elle avait elle aussi le dos courbé, les doigts tout abîmés.

« Faut bien, Mari, hélas, faut bien, me disait-elle, penchée en avant. Deux œufs, ça nourrit pas son homme. Faut du lard et un verre de vin de temps en temps. »

Tout en tissant, elle chantait à voix basse le chant des brigands calabrais, que j'apprenais par cœur :

---

1. *Stella* signifie « Étoile » et *Scuro*, « Sombre », « Noiraud ».

BRIGANTESSA

Dix-huit ans, ô mon Seigneur,
quel bel âge à porter,
et quelle belle vie à donner,
la vie qui est en fleur !
Le brigand paysan a été
par l'oppresseur fauché.
Désarmé par la mort,
il dort comme un petiot,
brin d'herbe droit,
à ta porte couché.
Ô Seigneur, toi qui le peux,
donne-lui le ciel des héros.

Je contemplais les fils de soie qui se changeraient en corsage de robe du soir, en manchette, ou en ceinture, puis je regardais tatie, qui remuait ses mains en scrutant le vide ; tatie qui ouvrait la foule, fixait la trame, abattait le peigne.

« La liberté des messieurs est not' condamnation », affirmait-elle, mais comme si cela ne la concernait pas vraiment, pas totalement, comme s'il s'agissait d'une loi de la nature à accepter telle quelle. Elle répétait tous ces mouvements encore et encore, avant d'aller se coucher.

5

Au retour de l'école, après le déjeuner, j'accompagnais tatie dans la forêt, chaussée de gros souliers crevés et un peu trop grands pour moi.

« Prends ta hache », m'ordonnait-elle.

Nous partions furtivement, nos outils cachés au fond de son sac, car il était interdit non seulement de couper du bois, mais aussi de cueillir des rameaux, des pommes de pin et des châtaignes, ou encore de remplir une besace de feuilles mortes. Des mouchards de la Garde nationale arpentaient forêts et champs, ils vous suivaient au moindre soupçon et, sans aucune preuve, vous jetaient en prison. Toute cueillette était punie de dix ans de prison, voire d'exécution dans les cas les plus graves. On racontait qu'un journalier avait été fusillé après avoir glissé sous sa veste une poignée d'épis de blé.

Au bout d'une heure de marche, tout ce qui était étranger à la forêt s'effaçait à notre insu devant un univers fermé, peuplé d'étranges présences. Nous coupions drageons et branchettes, en particulier de hêtre et de mélèze, bois qui brûlent bien et produisent beaucoup de chaleur. Nous en récoltions en abondance en jetant des regards circulaires, comme si les arbres, l'air et la forêt n'étaient pas là aussi pour nos personnes, nos estomacs, notre bien-être ; nous négligions en revanche le pin, qui sentait bon, mais chauffait peu. Après avoir fourré le bois dans son sac, tatie choisissait deux pierres plates sur lesquelles nous nous asseyions.

« Écoute », disait-elle, un doigt pointé vers le ciel.

On entendait chanter les geais et les milans, qu'elle repérait tout de suite, alors que je les cherchais en vain sur les branches. Elle avait une prédilection pour l'autour, un oiseau imposant et élégant dont la poitrine semblait faite d'acier, disait-elle, raison pour laquelle il est devenu aussi mon préféré. On percevait ensuite le glapissement des renards et, en tendant bien l'oreille, le hurlement du loup. Venaient après, peu à peu, le vrombissement des libellules et des mouches, le coassement des grenouilles, les bruissements des rongeurs et des musaraignes.

Tatie a fermé les yeux et, un léger sourire aux lèvres, a écouté ces sons comme si elle savourait une musique céleste. Au bout de quelques minutes elle s'est levée. Il y avait sur un tronc une grosse larve blanche de la dimension d'un doigt, sorte d'amas de mucus qui se recroquevillait et se détendait dans son ascension, laissant derrière elle une traînée de bave dense et écumeuse, répugnante. L'avisant, tatie a tapé sur l'écorce.

« Viens ! » m'a-t-elle appelée.

Elle a encore asséné quatre ou cinq coups brefs au tronc : il sonnait creux. Mort depuis longtemps, il hébergeait des centaines de larves de scarabée. Ravie, tatie a plongé le bras à l'intérieur et en a attrapé une poignée. Elle a fourré une larve dans sa bouche, tandis que les autres se tortillaient dans sa main, dans la tentative de lui échapper.

« Tiens, prends-en une, c'est de la viande, ça repousse la mort, m'a-t-elle lancé.

– Je n'en veux pas, ai-je rétorqué, écœurée.

– Ne fais pas d'histoires. C'est bon et ça fait du bien.

– Elles sont vivantes !

– Justement. »

D'un coup de dents j'ai sectionné la tête, reconnaissable aux petits yeux noirs, puis je me suis hâtée d'avaler le corps charnu.

« Ce soir on aura de quoi grailler », a dit tatie, qui avait l'habitude de frire ces bestioles dans du lard avec un peu de pain et de la chicorée. Certains construisaient des fortunes inimaginables sur les vers à soie ; nous autres, nous mangions des larves de scarabée.

Nous sommes reparties. Tout en marchant, j'observais tante Maddalena de dos, courbée sous le poids de son sac. Elle était identique à la forêt : ses longs cheveux ébouriffés évoquaient des branches de sapin blanc ; ses ongles cassés, des racines à nu ; enfin son dos voûté ressemblait aux nœuds qui poussent sur les souches des hêtres.

Le seul signe de civilisation proche de notre cabane consistait en un verger appartenant aux comtes Mazzei, planté de mûriers blancs et noirs.

Au printemps, ces arbres majestueux se couvraient de fleurs couleur d'agate et de larges feuilles que les journaliers recueillaient dans un grand bâtiment en bois et distribuaient aux vers à soie, alignés sur des rayonnages. Avant de muer, ceux-ci s'enroulaient dans un fil de bave d'une longueur d'un kilomètre, comme je m'enroulais, la nuit, dans mille pensées à propos de ma famille qui m'avait abandonnée, de ma sœur aînée qui me détestait, des bavardages de ma fratrie en mon absence. Plus ces pensées se multipliaient, plus je m'enveloppais dedans ; enfin je m'endormais, épuisée. Les vers à soie seraient tués, après quoi les tisserandes dérouleraient le cocon et fileraient la soie, que les « messieurs » vendraient dans le monde entier.

Le jour, je n'avais que les études en tête, chose insolite pour une fille de mon milieu, censée de ne pas avoir de lubies, comme le disait papa. L'enseignement que je recevais était tout pour moi, il me permettait de croire que je m'améliorerais, voire que je deviendrais une femme puissante. De chez tatie, j'atteignais l'école au bout d'une heure de marche, presque toujours en retard. Quand il pleuvait, je me présentais, toute crottée, après avoir cheminé pieds nus afin de ne pas abîmer mes chaussures. Je me nettoyais à la fontaine située à l'entrée du village et me chaussais discrètement devant la grille.

J'avais beau être la seule fille de journaliers de la classe, les autres élèves m'aimaient bien ; en vérité, nous nous amusions beaucoup ensemble, par exemple en nous moquant des habitants de Casole qui se donnaient des airs suffisants. Mais tout a changé avec mon installation chez tatie. Elles se sont bientôt mises à m'éviter, s'enfuyant même à mon approche sous prétexte que je sentais le fumier et les animaux.

« C'est pas vrai », ai-je dit un matin à Rosa, mon ancienne voisine de pupitre, qui s'asseyait maintenant à côté de Francesca Spadafora, la fille de l'apothicaire, dont les airs de princesse nous avaient toujours tiré des moqueries. « Je ne sens pas mauvais.

– T'as l'air d'une guenon, a-t-elle répliqué. Et t'as même du poil. »

Les autres ont éclaté de rire. Papa m'appelait souvent « ma *singette* », mais il prononçait ce mot avec tendresse. Ces filles, elles, me dégoûtaient. « Maman dit que je risque de tacher mes vêtements à ton contact », affirmaient-elles.

Ainsi, ma nouvelle sœur avait réussi à me couper aussi de mes amies, pensais-je en m'engageant sur le sentier qui conduisait à la maison.

Contrairement à elles et pour cette raison peut-être, Mme Donati, notre maîtresse, s'adoucissait. J'aimais particulièrement sa voix et sa façon de s'habiller : elle était élégante, sans adopter toutefois les attitudes des citadines. Mariée à l'un des hommes les plus respectés de la région, un juge, elle aurait pu s'adonner facilement aux loisirs. Or elle avait choisi le métier d'enseignante.

Quelques jours avant mon altercation avec Rosa s'était produit un terrible épisode : la Garde nationale avait interpellé M. Donati et l'avait malmené non loin de la grand-place. Des ouvriers ayant assisté à la scène, la nouvelle s'était répandue dans le village comme une traînée de poudre, car les habitants considéraient le magistrat comme un homme juste n'ayant jamais abusé de son pouvoir, ce qui le transformait, aux yeux d'un régime corrompu, en un individu dangereux. Cet événement occupait désormais toutes les conversations : quelques gamins armés avaient osé rosser M. Donati, un grand gaillard mesurant deux mètres avec son haut-de-forme et toujours enveloppé dans une cape soyeuse ; un homme qui souriait à tout le monde, y compris à la jeune journalière que j'étais. Il s'agissait d'un signal, nous le savions tous : sa femme et lui avaient échoué dans les registres des « individus sous surveillance » du roi Ferdinand II. On les accusait de fomenter des actes subversifs.

Le lendemain, au lieu de céder à l'abattement, notre maîtresse avait multiplié les marques d'intérêt à notre égard, en particulier envers moi. Mais la compassion que je lisais dans son regard me blessait, et, pour me venger, j'avais cessé de travailler.

Un matin, à la fin des cours, elle m'avait attirée à l'écart en me demandant d'une voix grave : « Maria, tu as des problèmes à la maison ?

– Non. »

Sans se démonter, elle s'était fléchie sur les genoux et avait poursuivi : « Depuis quelque temps tu ne fais pas tes devoirs, tu arrives toujours après le début des cours... Tu es distraite.

– Papa se lève plus tard, et nous, on sort après. »

Avec un sourire doux, elle m'avait caressé le visage des deux mains, comme pour en ôter des taches de charbon.

« J'ai déjà parlé à ton père. Ne t'inquiète pas. » Elle s'était redressée et m'avait lissé les cheveux. « Si tu as du chagrin, tu peux m'ouvrir ton cœur. Quand tu veux. Je suis là. »

Sans doute savait-elle que je n'en ferais rien. Ainsi, elle avait commencé à m'apporter des livres.

Le lendemain, elle m'avait tendu un paquet qui contenait trois volumes. « Je sais que tu aimes lire. Mais tu n'es pas obligée si tu n'en as pas envie. »

Elle avait perçu mon goût pour les histoires avant que je n'en prenne moi-même conscience. J'avais attrapé le paquet et m'étais sauvée en courant, les mains aussi brûlantes que celles d'un voleur.

Par la suite Mme Donati a pris l'habitude de déposer les livres sur l'étagère qui se trouvait sous mon pupitre, pour éviter d'attirer l'attention de mes camarades, et de récupérer tout aussi discrètement ceux que j'avais lus. Entre deux heures de cours, j'introduisais les doigts à l'intérieur du paquet, *crac crac*, jusqu'à ce que mes ongles rencontrent le dos rêche d'un ouvrage, que je caressais alors en cachette en me demandant si c'étaient là les rêves qu'évoquait tatie *Tremble-Terre*. De temps en temps Mme Donati glissait dans son paquet un biscuit, que je mangeais sur le chemin du retour.

Ces ouvrages, d'une centaine de pages, dotés d'une couverture en couleur et de grandes illustrations, proposaient des classiques de la littérature abrégés, réécrits à l'intention des enfants. Après l'*Odyssée*, j'ai lu l'histoire de Roméo et Juliette, puis les nouvelles du *Décaméron*.

« Je ne savais pas que les livres faisaient rire ! » s'exclamait tatie, le soir, pendant que je lisais à voix haute le livre de Boccace.

De toutes les histoires, c'était celle des deux amoureux de Vérone que je préférais. Incapable de m'interrompre, j'avais achevé ma lecture, bouleversée, alors que la lumière de l'aube filtrait à travers la fenêtre. Des jours durant, toutes mes pensées étaient allées à ces deux jeunes gens, à la ravissante Juliette, à sa mort et à celle de son fiancé. En quoi consistait donc ce sentiment qui vous faisait perdre la tête et que les deux héros qualifiaient d'amour ? J'avais beau l'ignorer, j'étais certaine de percevoir en moi l'endroit où cette force naissait. C'était aussi celui d'où jaillissait la faim à laquelle des semaines entières de gelées nous réduisaient.

6

Salvo et Vincenzina me rendaient visite de temps en temps. J'emmenais ma sœur dans le poulailler et dans le potager jouer avec Stella et Scuro. J'avais présenté à mon frère un berger de neuf ans qui conduisait chaque jour ses chiens à l'abreuvoir après avoir ramené les brebis à la bergerie de don Mazzei. Assis sur des rochers, au milieu de la plaine, ou allongés dans l'herbe, ils me donnaient des nouvelles de Teresa, qui était de plus en plus autoritaire, prétendaient-ils. Elle se pavanait dans un peignoir en soie à volants, garni de dentelles et retenu par une ceinture à rayures turquoise, vertes et or, dont le décolleté en pointe s'élargissait à chaque respiration, troublant Raffaele. Elle réclamait dans des cris aigus de la viande de dinde et du poisson, se plaignait de l'exiguïté et de la saleté de la maison, obligeant maman à la nettoyer plus fréquemment. Et quand papa la priait de baisser le ton, elle hurlait qu'elle voulait quitter Casole et retourner à Pontelandolfo.

« Va-t'en donc ! On était mieux quand tu jouais à la dame en ville ! » lui avait lancé un soir Salvo, qui se développait si vite qu'il me semblait plus grand à chacune de nos rencontres et qui était plus massif que Raffaele.

Teresa l'avait dévisagé « comme s'il était une crotte de bique », d'après l'expression de Vincenza, et avait rétorqué : « Tu n'as qu'à partir, toi, si tu n'es pas content. »

Papa était intervenu pour la défendre et Salvo s'était muré dans le silence. « Moi, j'sais comment que ça va s'terminer », s'était-il contenté de dire.

Au village, tout le monde connaissait cette sœur riche qui traînait sa mère sur la grand-place comme une servante. Elle choisissait sur les étals des fruits et de la viande de porc ou d'agneau pour sa propre consommation et les glissait dans le panier en osier de maman, sans jamais rien acheter pour le reste de la famille.

Par sa faute, papa s'était endetté auprès de don Donato Morelli. Imaginant qu'il tirerait quelque revenu du commerce d'épices, de bois, d'étoffes et de piment dans lequel son patron s'était lancé grâce à l'ouverture d'une nouvelle voie maritime de Naples jusqu'à l'Inde, il avait en effet décidé d'offrir à Teresa un logement en guise de dot.

Son choix s'était porté sur une masure appartenant à un parent des Morelli, qu'il comptait rénover avec l'aide de Raffaele et de Salvo. Or il avait découvert après l'avoir achetée – certes à bas prix – qu'elle était hypothéquée. Ainsi, alors qu'il avait haï toute sa vie l'idée d'emprunter de l'argent, il avait perdu ses liquidités, sa maison et sa dignité. Don Donato l'avait autorisé à rembourser ses dettes en lui versant chaque mois un tiers de son salaire jusqu'à son dernier jour de travail : « Un piège, l'énième tour de cochon de don Morelli », a commenté Salvo. Désespéré, papa avait menacé son maître de prendre un avocat et, pendant quelques jours, avait tonné à la maison. En vain : il lui avait fallu tout accepter. Après avoir travaillé une vie entière comme la mule dont il tirait son surnom, il se retrouvait ruiné à l'âge de cinquante ans. En écoutant Salvo décrire papa, qui avait cessé de rire et de dormir, qui passait ses nuits assis devant les braises de la cheminée, je songeais : « Je voudrais tuer don Donato Morelli de mes propres mains. » C'était la première fois qu'une pensée aussi terrible me traversait l'esprit et j'en ai été d'abord effrayée, puis honteuse. Jamais je n'aurais pu imaginer à cet instant-là, sur l'herbe qui s'étendait devant la maison de tatie *Tremble-Terre*, que de nombreuses années plus tard je serais vraiment sur le point de le tuer.

À cause de Teresa, maman avait été contrainte de travailler davantage. Elle avait acheté un paravent qu'elle dépliait la nuit devant le lit afin de filer à la lumière de la lampe sans déranger personne.

« Elle perd la vue, a dit Vincenzina. Coudre dans le noir lui bousille les yeux. »

Elle s'était même brûlé le poignet en tournant la clef qui permettait de régler le bec et de réduire la flamme : elle avait heurté dans le noir le tube en verre et manqué de précipiter la lampe au sol. Et la blessure ne cicatrisait pas.

Il arrivait à tatie d'écouter nos conversations. Tout en tissant, elle secouait la tête. « Des torgnoles et du pain, ça vous fait d'beaux marmousets. Heureusement que j'en ai pas eu... Ma pauvre sœur, quelle tragédie ! »

Un jour, tatie m'a réveillée avant l'aube et m'a conduite dans la montagne à travers la forêt.

« On va au-dessus de Lorica, où que je suis née », avait-elle annoncé.

Enfant, j'étais allée plusieurs fois avec maman dans ce village perché dans la montagne ; de ces expéditions, je me rappelais la fatigue et mémé Tinuzza, qui parlait dans un dialecte pur que j'avais du mal à comprendre.

Tatie marchait en maintenant son poids vers le bas de façon à bouger les jambes le moins possible. Derrière elle, je m'efforçais de l'imiter. Elle cheminait sans s'arrêter, pas même pour boire à un torrent, et au bout de six heures nous avons atteint le sommet.

« Bien, m'a-t-elle dit. Tu marches bien. Tes jambes ont sacrément poussé. » J'avais grandi, en effet. Cela faisait longtemps que je n'entrais plus dans mes vêtements. Désormais je mettais les siens, qu'elle me regardait enfiler en riant parce que je flottais dedans. « T'as l'air de moi en miniature », commentait-elle.

Le village consistait en un groupe de maisons de pierre. Celle de mémé Tinuzza tenait encore debout et son toit la protégeait parfaitement de la pluie. À l'intérieur, gamelles, casseroles en fer-blanc, assiettes et bougeoirs étaient toujours à la place où leur propriétaire les avait laissés. Des bouts de bois noircis gisaient dans la cheminée.

« Dehors, y avait un tas de billes de mélèze, a affirmé tatie en m'amenant à l'arrière de la maison, où le toit saillait au-dessus d'un vaste espace destiné au bois. C'est moi qui les avais coupées, mais quelqu'un les a fauchées. »

Elle a ramassé une pomme de pin, dont un pignon s'est détaché avec ses minuscules ailes sèches, et, le posant dans ma main, a dit :

BRIGANTESSA

« Maria, faut que tu deviennes comme ça, comme ce pignon qui est malin et qui sait utiliser le vent pour s'évader et sauver sa peau. » Elle ne fixait jamais son attention longtemps et cette fois encore elle s'est détournée pour examiner les montants brisés d'une fenêtre. Elle m'avait raconté un jour que les écureuils et les casse-noix mouchetés raffolaient des pignons. Ils s'en emparaient et les cachaient dans les fentes des rochers pour les temps de disette. Ceux qu'ils oubliaient y germaient, leurs racines cherchaient un peu de vie entre les pierres et les mousses, et des arbres finissaient par pousser sur des surplombs rocheux. J'ai joué un moment avec le pignon, puis l'ai glissé dans la poche de ma *camise*. Je l'ignorais, mais c'était le premier appel que la montagne me lançait.

Quelques jours plus tard, tatie s'est abandonnée à une terrible mélancolie.

Assise des heures entières devant la cheminée, elle balançait le buste, ses mains entre ses genoux. Elle ne jouait plus avec les chats et oubliait même de remplir leurs soucoupes de lait, m'obligeant à le faire, ne serait-ce que pour mettre fin à leurs miaulements. « Seule la cuiller qui touille connaît les ennuis de la marmite », ne cessait-elle de soupirer. Elle ressemblait au soleil pendant l'éclipse : soudain tout en elle s'était assombri.

C'est ainsi qu'elle a commencé à me parler de son époux, se confiant de plus en plus au fil des jours. « Y me manque beaucoup, Mari. Et j'sais pas quoi faire. »

Elle me traitait comme une adulte, peut-être parce que je ne m'étais jamais plainte devant elle de l'absence de qui que ce soit. En vérité, je taisais mes sentiments pour une raison précise : le seul fait de les formuler les ancrait dans la réalité ; de fait, la nuit, quand les pensées m'enveloppaient comme la bave des vers à soie, je n'essayais même pas de les chasser.

« On peut pas vivre séparés, continuait-elle. Ton oncle descend au village de temps en temps, puis disparaît pendant des semaines ou des mois sans donner de nouvelles... certaines nuits je me réveille, persuadée qu'il est mort, et je passe la journée suivante à prier pour son âme. »

Alors que j'habitais chez elle depuis quatre ans, je n'avais jamais vu tonton. En revanche – je m'en rendais compte maintenant – je l'avais entendu.

La première fois, j'avais été réveillée par un tel vacarme que j'avais cru à l'attaque d'un voleur. « Sainte Vierge, sauve-nous ! » avais-je pensé en tremblant. Puis le bruit avait cessé. La deuxième fois, j'avais perçu la voix caverneuse d'un homme. Plus tard, je m'étais dit qu'il s'agissait probablement de celle de tonton *Tremble-Terre*.

Par les nuits les plus terribles, il venait se ravitailler et se réchauffer devant l'âtre. Il faisait l'amour avec tatie – je l'ai compris après avoir épousé Pietro : dans notre maison de Macchia, en effet, nous produisions ces mêmes bruits féroces qui étaient parvenus à mes oreilles à l'intérieur de la cabane. À l'époque, terrifiée par les grognements, je fourrais la tête sous mon oreiller.

Avant l'aube, tatie accompagnait pieds nus son mari à la porte et le regardait s'éloigner. Il s'engageait sur le sentier muletier qui menait à la forêt et regagnait la montagne à grandes et légères enjambées.

BRIGANTESSA

Mais, une nuit, l'arrivée de tonton a tout changé. Nous étions en juin, les journées diffusaient désormais leur lumière tiède jusqu'à l'heure du dîner et je marchais pieds nus dans le pré voisin de l'abreuvoir. Quand elle ne filait pas, tatie savourait avec moi la fraîcheur qui montait de l'herbe et de la terre humide ; assises sur des chaises en osier crevées, nous observions le vol des lucioles et comptions les étoiles.

Cette nuit-là, j'ai été réveillée par un vacarme de vaisselle. Contrairement à leurs habitudes, tonton et tatie *Tremble-Terre* parlaient à voix haute et, au lieu de s'enfermer dans leur chambre, se déplaçaient sans aucune discrétion. De mon lit, je les entendais attraper des objets, déplacer des casseroles, remplir des paniers, vider des brocs.

Tonton entrait et sortait avec des bouteilles et des seaux, tandis que, à en juger par l'odeur de l'huile chaude qui crépitait dans la poêle, tatie était aux fourneaux. Je feignais pour ma part de dormir en essayant de chasser les pensées qui me venaient à l'esprit.

Soudain tatie a pénétré dans ma chambre et s'est assise sur mon lit.

« J'sais que tu dors pas », a-t-elle murmuré.

Comme dans mon enfance, je n'ai pas bronché. Elle m'a donc caressé la tête, avant de se pencher et d'imprimer un baiser sur ma joue.

« Ouvre les yeux, Mari. »

Je lui ai obéi et me suis redressée. Alors elle m'a étreinte avec une force inhabituelle.

Elle m'écrasait contre son corps énorme qui sentait la friture.

Puis elle s'est écartée.

« T'es forte, Mari, t'as plus besoin de moi. »

Elle s'est levée et a quitté tout doucement la pièce, tirant la porte derrière elle.

Je l'ai entendue réunir les couverts et les assiettes, qu'elle a placés dans l'évier.

Tonton devait déjà l'attendre dehors.

Une fois la porte refermée, le silence s'est abattu sur la maison.

Je suis restée immobile, assise dans le lit. Puis je me suis recroquevillée sur un côté.

À l'aube, quand la lumière a commencé à filtrer timidement à travers les fenêtres, je me suis levée.

La porte de ma chambre était juste poussée, comme tatie l'avait laissée.

La maison était vide, l'odeur du café n'y flottait pas. Et pour une fois le pivert se taisait. Sur la table se trouvaient une corbeille de fruits et de légumes ainsi qu'une assiette contenant deux ailes de poulet crues. Par terre, à côté de la cheminée, deux grosses bouteilles d'eau.

Ce matin-là je ne suis pas allée à l'école, même si, en cette fin d'année scolaire, je désirais dire au revoir à la maîtresse.

Je ne cessais d'aller et venir entre la maison et l'extérieur, j'espérais trouver à mon retour tatie assise à son métier à tisser ; ou, en sortant, en train d'arracher des mauvaises herbes dans le potager, de répandre du grain dans le poulailler.

Au bout d'un moment, les deux chats se sont présentés.

Ils ont cherché tatie et son lait, puis ils ont miaulé et sont repartis, après s'être étirés.

Ce jour-là, je n'ai mangé qu'une pêche pour tout repas. Je marchais vers les champs en criant de toutes mes forces, mais personne ne m'entendait, pas même les journaliers de don Achille Mazzei. Le monde semblait se résumer à ma seule personne.

Je n'ai pas pu fermer l'œil de la nuit.

Puis, petit à petit, je me suis familiarisée avec la maison vide, et mes craintes se sont évanouies. Je jouais à l'adulte, je nourrissais les poules et, de temps en temps, mangeais un œuf ou préparais une omelette. J'allais chercher une miche de pain ou un litre de lait à la ferme des Mazzei en prétendant que ma tante paierait plus tard, et le soir, je trempais dans le lait de vrais biscuits. J'avais retrouvé le sommeil et les bruits qui m'empêchaient de dormir depuis le départ de tatie s'étaient dissipés eux aussi.

Peu à peu, comme une chose naturelle, j'ai appris à vivre seule. Parfois j'entendais s'élever de l'abreuvoir le grincement d'un seau : c'était le jeune berger qui faisait boire ses chiens. Je sortais, agitais le bras dans sa direction et recevais en retour un grand sourire. Rien n'avait changé pour lui, pensais-je, alors que tout avait changé pour moi. J'avais grandi, j'étais capable de mener une vie solitaire. Je mangeais un fruit ou une tranche de pain avec un filet d'huile et passais mes journées à contempler la crête des montagnes, à réfléchir.

Vue de loin, Casole n'était qu'un souvenir.

Entre-temps l'année scolaire – la dernière, pour moi – avait pris fin et je n'étais pas retournée en classe.

Un jour Mme Donati a tapé à la porte, la tête recouverte d'un châle sombre, apparemment inquiète. Craignant d'être suivie par un mouchard de la Garde nationale, elle avait préféré troquer sa voiture contre un grand cheval bai-brun aux formes parfaites et au poil si luisant qu'il paraissait peint.

Je lui ai dit en guise d'excuse que tatie était allée à la ferme examiner un cheval malade.

Alors elle a déclaré, sans cesser de jeter des regards circulaires : « Je t'ai apporté des livres. Pour cet été. »

De fait, j'avais fini de lire depuis longtemps ceux que j'avais, et je me contentais de les relire au cours de ces après-midi interminables.

Tirant de son gros sac en cuir une dizaine d'ouvrages colorés, elle a continué : « Tu as terminé l'enseignement obligatoire, mais j'aimerais te rendre visite de temps en temps. » Sans doute attendait-elle de ma part une réponse, qui n'est pas venue. « Tu étais bonne élève, Maria. La meilleure de la classe. Et certainement une des meilleures que j'aie jamais eues. »

Ces paroles ont eu sur moi l'effet d'un coup à l'estomac. C'était la première fois qu'on me complimentait de la sorte. « J'aimerais te préparer aux examens d'entrée au lycée, de façon que tu poursuives tes études. » Elle a observé une pause. « Si ta tante et tes parents n'en ont pas les moyens, je paierai moi-même les frais de ta scolarité. »

J'ai gardé le silence, le souffle coupé : je me sentais aussi coupable qu'un imposteur, j'avais l'impression d'avoir toujours menti à l'institutrice, je n'étais sûrement pas la fille dont elle parlait.

« Je peux aller dehors caresser votre cheval ? » ai-je fini par lancer.

Elle a souri. « Je viendrai demander à ta tante l'autorisation de te préparer aux examens. »

Mais je n'avais qu'un seul désir : toucher le magnifique bai qui soufflait pour éloigner les grosses mouches voletant autour de ses naseaux.

« Viens », a dit Mme Donati.

Elle a posé son paquet sur la table et m'a prise par la main. Dehors, elle a attrapé le cheval par la bride et l'a obligé à baisser la tête pour me permettre de le caresser.

7

Quand papa est venu me chercher, j'attisais le feu dans la cheminée. Il ne m'avait pas vue depuis près de cinq ans et il ne m'a pas reconnue. Il avait vieilli, mais il portait sa tenue de toujours – chemise épaisse, pantalon en laine brute, gros souliers de travail.

Pour ma part, j'avais sans doute beaucoup changé, car il m'a regardée ainsi qu'on regarde une femme, non son enfant. Cela n'a toutefois duré qu'un instant : il s'est aussitôt ressaisi et son regard s'est adouci.

« Mari », a-t-il dit.

Il se tenait debout sur le seuil dans l'attitude même des soldats qui m'arrêteraient onze ans plus tard dans la grotte du bois de Caccuri.

« T'as grandi, Mari. Hâte-toi », a-t-il continué. Sa silhouette était plus sombre et plus fine, plus frêle qu'avant. « Tu m'as fait perdre un jour de besogne, tu sais ? » À en juger par sa voix étranglée, il ne devait pas parler souvent. Qu'étaient donc devenus tous ses mots ?

Les yeux rivés au sol, comme s'il l'examinait, il a ajouté : « Il faut changer ces planches. Certaines sont pourries. »

Il est entré et a sauté sur l'une d'elles, qui s'est presque cassée sous son poids. « Comment vous avez pu vivre toutes ces années comme ça, ta tante et toi ? »

J'ai fourré mes affaires dans le même sac en tissu que cinq ans plus tôt et j'ai définitivement quitté la cabane de tante Maddalena.

À mon arrivée, maman glissait une bûche dans le poêle, les manches retroussées au-dessus du coude et la robe ouverte sur la poitrine. Son visage rougi et ses cheveux en désordre, qu'éclairait la lumière filtrant à travers la fenêtre, lui donnaient un air juvénile, malgré son dos courbé et ses mouvements lents. Elle s'est retournée brusquement et s'est exclamée : « Oh ! Tu as grandi. » Puis elle a refermé la porte, a soufflé sur le feu et m'a rejointe. En la sentant m'étreindre si fort, j'ai soudain eu la certitude d'être rentrée chez moi. J'ai également compris en un instant, sans qu'elle eût besoin de dire quoi que ce soit, que je pouvais lui pardonner la séparation qu'elle m'avait imposée. J'étais là, à ses côtés, et c'était ma mère. Dans le noir, derrière elle, se tenait Vincenza, prête à m'accueillir comme la meilleure des sœurs. Elle s'est précipitée vers moi.

« Maria, t'es revenue ! On t'a attendue pendant des siècles. »

Teresa est apparue sans un bruit devant la porte de la chambre dans son peignoir de soie en dentelles qui s'ouvrait à chaque souffle d'air, probablement désireuse de voir si j'avais changé. C'était le cas : nous avions à présent la même taille. En revanche, tout en elle était resté figé – son regard fixe de vipère, son front étroit, sa poitrine opulente. Aussitôt, le ton de sa voix, les mots qu'elle avait prononcés cinq ans plus tôt et la condamnation qu'elle avait proférée à mon encontre – « Je te gâcherai la vie » – me sont revenus à l'esprit. Ses yeux indiquaient qu'elle n'avait pas renoncé à son serment. Après m'avoir toisée sans piper mot, elle a regagné sa chambre et claqué la porte.

La maison était bizarre – il m'a fallu un peu de temps pour en saisir la raison. De petits tableaux à l'huile étaient suspendus aux murs : des scènes de la vie précédente de Teresa, des souvenirs colorés de sa richesse. L'un d'eux la montrait au palais royal de Caserte en compagnie d'une femme qui devait être sa mère adoptive, la comtesse Rosanna ; un autre, adossée à une barque de pêcheur, sur une plage, à côté du comte en redingote rouge et haut-de-forme. Un autre encore la représentait seule, de profil, les yeux levés au ciel, à l'intérieur d'un jardin aux plantes étranges. Partout elle avait l'air plus belle, plus lumineuse et plus heureuse qu'elle ne l'était réellement. C'était l'histoire de sa vie en images, l'histoire de sa vie dans la richesse ; elle l'avait jetée au visage de notre famille pour lui rappeler qu'elle était sortie par hasard ou par mégarde du ventre de notre mère, qu'elle n'appartiendrait jamais à ce à quoi nous étions habitués – les murs noircis par la fumée, l'odeur de soupe, les vêtements rapiécés. Pourquoi, me demandais-je, nos parents l'avaient-ils autorisée à exhiber ces tableaux ? Pourquoi lui permettaient-ils de les humilier ? Enfin la poupée de porcelaine, cadeau des parents adoptifs que je n'avais pas connus, était accrochée, bien en vue, au-dessus de l'âtre, dans sa robe déchirée, sans bras, sans nez et privée d'un œil. Pas un instant, au cours de ces cinq années, je n'avais cessé de me la remémorer.

Raffaele était parti quelques semaines plus tôt.

Il ne m'avait pas dit au revoir, parce qu'il s'était décidé brusquement : une de ses connaissances lui ayant appris qu'un emploi s'était libéré à Naples, il avait sauté dans le premier coche qui y menait. Contrairement à papa, il n'avait aucune envie de se briser les reins dans les champs. Il avait donc quitté Casole pour aller chercher fortune dans la capitale.

Comme nous tous, il n'avait fréquenté l'école que brièvement, du fait du peu d'argent dont papa disposait, mais c'était un garçon fort et débrouillard. Un noble de Campanie l'avait engagé en qualité de jardinier – une étape avant de s'enrichir, pensait-il.

« Un jardinier qui fait fortune ! s'exclamait Teresa en pouffant, à l'arrivée des lettres de notre frère. On n'a jamais vu ça ! »

Il prétendait que nous lui manquions tous, qu'il n'avait jamais connu la liberté avant Naples, que seule une grande ville offrait la mesure de cette condition. *Ici, personne ne vous connaît. On peut faire ce qu'on veut. Y compris sortir tout nu dans la rue.*

En entendant ces bêtises, maman feignait d'être scandalisée : elle savait que Raffaele rédigeait ces missives à son intention, pour lui arracher un sourire, pour l'obliger à dire « Quelle andouille, c'fiston ! », pour l'inviter à rêver le soir à la vie libre et remplie de succès qui attendait son fils.

Depuis mon retour, j'occupais donc le lit de Raffaele. Chaque nuit je respirais les mauvaises odeurs de ce frère absent.

Le 30 août, j'ai eu douze ans. Ce jour-là maman, qui n'allait jamais à l'église avant l'arrivée de Teresa, m'y a traînée afin que je me confesse. C'était un mardi.

« Ça chassera le mauvais œil », a-t-elle dit en me tirant par la manche de ma *camise*.

Mais je n'avais jamais eu le mauvais œil et sa réflexion n'était pas de son cru : ma sœur aînée la lui avait soufflée. Pour maman, la forêt et la montagne purifiaient tout ; le mauvais œil était un sort qu'on jetait en ville et dans le village, où la malchance troublait l'ordre établi, vous obligeant à vous en débarrasser.

Je n'avais jamais fréquenté l'église. Enfant, je n'y entrais que pour contempler le visage en extase de la Vierge sur une fresque : son expression me paraissait obscène, propre au plaisir physique. Teresa, en revanche, allait y prier tous les jours et, le dimanche, assistait à la messe. Je regardais aussi, pétrifiée, un tableau intitulé « Reproduction du *Martyre de saint Matthieu* », comme l'annonçait la plaque de métal vissée dans le cadre. Par quel mystère les témoins de ce crime n'avaient-ils pas réagi ? m'interrogeais-je. Pourquoi tout le monde se limitait-il à épier ?

Je me suis agenouillée dans le petit confessionnal de noyer, mais le curé de Casole n'a pas voulu entendre mes péchés. Il a déclaré d'une voix tranchante que si je me caressais, je deviendrais « un cierge noir devant Jésus ».

Et comme je ne saisissais pas, il a répété : « Tu deviendras un cierge noir devant Jésus. »

Atterrée par cette image, j'étais incapable de parler. Quelque chose se brisait en moi.

« Je mourrai jeune, j'en suis sûre », ai-je pensé.

Enfin je suis sortie et j'ai rejoint maman. Agenouillée au premier rang, elle feignait de prier comme son autre fille.

Cette nuit-là, en proie aux sentiments de culpabilité, j'ai pris la décision de me libérer. Au même moment les paroles et la promesse de Mme Donati me sont revenues à l'esprit : je ferais des études. Je quitterais cette maison, cette famille, ce village, la Calabre citérieure[1], le Royaume, tout.

Mais le cœur ne meurt pas, pas même quand il semble devoir mourir, je l'ai compris ce jour-là. Et la liberté, là où elle n'existe pas encore, adopte la forme de ce qu'il y a, avant d'apparaître comme un scandale.

---

1. Il s'agit de la partie septentrionale de la Calabre, ancienne « Calabre latine », par opposition à la partie méridionale, la « Calabre ultérieure » (ancienne « Calabre grecque »). Elle correspond actuellement à la province de Cosenza.

8

Cette année-là, j'avais découvert en moi, au milieu du plus rigoureux des hivers, un invincible été.

La neige avait tout recouvert, chose qui n'était pas arrivée depuis des années. Cette chute de neige qui dura une semaine, l'hiver de mes douze ans, a été l'une des plus abondantes de la Sila. Les voitures, bloquées sur la grand-place, ne pouvaient emprunter les petites routes menant à la vallée, et les quelques réverbères à pétrole du village s'étaient éteints, le plongeant, au couchant, dans une obscurité inédite. Enfermés chez nous, rassurés par la chaleur de la cheminée que nous assurait une faible réserve de bois, nous regardions l'escalier et la balustrade de la maison d'en face, la fontaine en fer sur la placette, le perron de l'écurie de don Luigi et le toit de l'échoppe de don Tonio se faire aussi blancs que le ciel et disparaître dans le silence.

Mais soudain, en l'espace d'un mois, mes seins ont gonflé comme de petits melons, mes hanches se sont élargies et j'ai de nouveau grandi. Le miracle qui se produisait dehors avait également lieu en moi. De loin, Teresa m'observait d'un air envieux et m'adressait probablement ses malédictions.

J'éprouvais une immense honte : je ne reconnaissais pas l'image que me renvoyait le miroir et je me félicitais que la neige m'évite de sortir. Maintenant affublée de gros seins douloureux, de hanches trop larges pour ma jupe de drap, de grands yeux profonds, implorants, je ressemblais à maman. Quand celle-ci m'a enfin traînée dehors, les hommes m'ont observée – avec désir, puis par curiosité –, certains m'ont même adressé un clin d'œil. Dégoûtée par leurs regards, j'avais l'impression d'être piégée. Oui, j'en étais certaine, ce corps de femme qui me plongeait dans l'embarras m'interdirait un jour de m'enfuir, me liant à jamais à ma terre, à mon village, à ma maison, à ma famille. Je ne tarderais pas à avoir des enfants, puisque j'étais prête et que les hommes ne demandaient pas mieux que de m'épouser. Et ces enfants m'empêcheraient de vivre librement comme tatie *Tremble-Terre*, de humer la forêt, les yeux fermés, sans penser à quoi que ce soit d'autre, de chercher le soleil près des cimes du Monte Scuro et du Mont Curcio, de me baigner dans les lacs si j'en avais envie, de me perdre au milieu des pierres et sur les sentiers. De me soustraire à l'effondrement du monde et du Royaume. Je serais comme maman : malheureuse, penchée sur mon travail, sans plus de temps pour réfléchir.

La nuit, je pleurais, car je ne voulais pas être une adulte, mais les choses se produisent à l'improviste et nous n'avons d'autre choix que de nous y adapter. Maman me regardait en secouant la tête : « Comme tu es belle, Maria ! » disait-elle.

Elle s'écartait pour mieux me voir, chauffait ses pierres dans l'âtre – le remède universel, à ses yeux – avant de les enrouler dans un linge et de les poser sur mon ventre, m'apportait du lait chaud et du miel ou une *soupette* de neige – trois cuillerées de neige propre, le jus d'une orange et du miel de châtaignier.

« Je n'en veux pas ! criais-je. Laisse-moi tranquille ! Laissez-moi tous tranquille ! »

Je n'autorisais personne à me caresser, pas même Vincenzina. Maman baissait les yeux, incapable de comprendre que je refusais justement de devenir comme elle.

Les attentions de maman et des hommes de Casole ont accru la haine de Teresa à mon égard.

Un jour, Salvo et Vincenza m'ont offert un petit gâteau à la crème, surmonté d'une cerise caramélisée. Sachant que je m'arrêtais toujours devant la vitrine de Tonio pour regarder les pâtisseries, ils avaient prié maman de leur donner un tournois et m'en avaient acheté une dans le but de m'égayer un peu. Ils l'avaient ensuite placée sur la commode, près de la niche votive de sainte Marine de Bithynie, enveloppée dans son papier beige et or.

« T'as trouvé l'présent », a dit maman, réjouie par ce cadeau.

J'ai porté à mes lèvres la cerise poisseuse et l'ai léchée, j'ai même goûté la crème au bout de mon doigt. Puis j'ai refermé le paquet : je mangerais le gâteau après le dîner, il n'en serait que plus savoureux.

Maman est sortie faire une course, chaussée des seuls souliers en bon état qu'elle possédait et accompagnée de Salvo, tandis que Vincenzina et moi allions effectuer notre première promenade depuis la chute de neige. Vincenza avait frappé chez Teresa pour lui proposer de se joindre à nous, selon les instructions de papa, mais celle-ci n'avait pas daigné lui répondre. À notre retour, le gâteau s'était envolé. Je l'ai cherché partout, en vain.

La porte de Teresa était inhabituellement ouverte. Assise sur son lit, elle caressait un chat errant malgré les puces dont il était infesté.

La moustache et le nez de l'animal étaient couverts de crème. Mon gâteau.

« Ce petit voyou est entré dans la maison, il a sauté sur la commode et l'a mangé », m'a lancé ma sœur avec un regard de défi.

C'était impossible, je le savais : nous nous appliquions à fermer la porte d'entrée pour éviter justement que les chiens et les chats ne viennent mendier de la nourriture. Je m'apprêtais à attraper Teresa par les cheveux quand Salvo m'a immobilisé le bras. Il secouait la tête avec une telle résignation que ma rage s'est transformée en prostration.

Mais le destin s'abat sur vous sans crier gare, tandis que vous êtes occupé à mener une autre bataille, et il ne vous reste plus assez de forces pour chercher ne serait-ce qu'un brin de bonheur.

« Maintenant que tu ne vas plus à l'école, tu ne peux pas rester là sans rien faire », a déclaré papa un soir au cours du dîner.

Comme d'habitude, Teresa mangeait de la viande, alors que nous continuions d'avaler nos potages au chou-fleur et à la pomme de terre en tentant d'ignorer les arômes qui s'élevaient de son assiette.

« Maria, il faut que tu travailles. Comme Salvo, qui m'aide dans les champs... comme Raffaele, qui est parti pour Naples. »

Je me suis abstenue de répondre. Salvo et Vincenzina n'ont pas osé piper : ce n'était ni une proposition ni une suggestion, c'était un ordre.

« C'est normal, est intervenue Teresa. Puisque les autres travaillent, il faut que tu travailles, toi aussi. »

Assise sur le côté, elle me dévisageait de son air provocateur tout en balançant sa pantoufle au bout de son pied. Maman fixait sa soupe d'un air triste.

Je n'avais pas le choix, je le savais : la pression de ma famille était trop forte. J'ai donc commencé à tisser du matin jusqu'au soir à côté de maman. Telles deux camarades de travail, deux femmes unies par le même destin, nous agitions les mains, tournions les poignets et penchions la tête à l'unisson. Je n'avais pas eu besoin d'apprendre : je voyais maman à l'œuvre depuis que j'étais née. De fait, ce matin-là, je me suis contentée de prendre la canette et de l'introduire dans le pas ouvert, entre les fils de la chaîne, comme si ce mouvement m'attendait depuis toujours. À mon insu, j'étais devenue une employée de la famille Gullo. Ce que je redoutais s'était produit. Je me regardais dans le miroir : j'étais ma mère. Puis mes yeux couraient à l'image de sainte Marine de Bithynie, la sainte du sacrifice des femmes, et je me demandais si elle était à l'origine de cette malédiction. Raffaele prétendait qu'il y avait, avant ma naissance, deux niches votives identiques sur la commode et que l'une d'elles avait brusquement disparu. Ainsi, la nuit, je rêvais que sainte Marine errait dans la maison et, se penchant vers moi, murmurait à mon oreille des mots obscènes. Je courais les crier dans le village, comme s'il s'agissait de vérités sacrées dont j'étais la seule dépositaire. Or personne ne comprenait, personne ne m'accueillait ; pis, on me repoussait ainsi qu'on repousse les folles ou les sorcières, on m'ordonnait d'aller me cacher dans la forêt. Chaque matin, à mon réveil, mon regard se posait sur la poupée de porcelaine que ma sœur avait suspendue au-dessus de l'âtre : elle était là pour me rappeler l'avenir.

Depuis le retour de Teresa, papa avait changé.
Les dettes l'avaient rendu irascible et silencieux. Il ne prononçait plus un mot – lui qui en avait toujours rempli la maison –, pas même

au cours de ses rares journées de repos, pas même lorsqu'il coupait du bois.

Pis, il haussait le ton, cherchait querelle à maman et à moi pour n'importe quelle bêtise. Comme il veillait durant l'hiver à l'entretien des fermes des Morelli, la neige l'obligeait cette année-là à refaire chaque jour le travail de la veille pour une paie considérablement amputée après l'achat malheureux de la maison.

« Le potage n'est pas assez salé ! s'écriait-il. La chicorée est fade, insipide ! »

Maman secouait la tête et le laissait dire.

Le samedi soir, il allait avec des camarades de travail s'enfermer dans la grotte d'un journalier des Morelli où ils buvaient du vin et jouaient au *tressette*[1].

Quand il buvait trop, ses amis le ramenaient à la maison pour introduire la clef dans la serrure à sa place. Maman restait debout, la lampe faiblement allumée, tâchant de jouer l'indifférente. En l'entendant, elle se mettait à ravauder des chaussettes, achevait d'éteindre les braises dans l'âtre, tirait le rideau, lavait les choux feuille après feuille. J'étais moi aussi incapable de m'endormir tant que papa ne rentrait pas.

Une nuit, il a rejoint en titubant la table où maman reprisait un pantalon.

« J'ai faim et y a rien à manger. J'ai soif, et y a pas une seule goutte de vin dans cette maison ! » s'est-il exclamé, l'air féroce. Éveillés dans nos lits, nous n'osions pas intervenir. Papa insistait, braillait, se conduisait comme si nous n'étions pas là.

---

1. Jeu de cartes populaire en Italie.

Maman s'est raclé la gorge et a dit calmement : « Ces amitiés te conduisent sur le mauvais chemin. » Rien de plus.

C'étaient des mots simples, et pourtant les formuler lui avait coûté plus d'une nuit blanche. Ils constituaient un affront : face à un homme, une femme était censée se taire, voilà tout.

Papa a gardé un instant le silence, puis a abattu de toutes ses forces son poing sur la table.

« Tais-toi, tu connais rien au monde ! Tu files tout le temps entre ces quatre murs et tu dis n'importe quoi. »

J'ai entendu un grincement de chaise, suivi d'un grognement, du bruissement de feuilles de papier déchirées, froissées, et enfin d'un bruit sourd dans la cheminée.

J'ai ouvert les paupières, que j'avais fermées par crainte de découvrir un monstre à la place de mon père. Il avait lancé un objet au milieu des braises et il se tenait maintenant devant maman, la main levée sur elle. Incrédule, elle fixait son bras tremblant, ainsi que ses yeux à la fois exaltés et tristes.

Enfin, il a lentement baissé le bras. Il est allé se débarbouiller, s'est déshabillé sans un mot et s'est couché derrière le rideau.

Assise dans le fauteuil, maman a éteint la lumière.

Je me suis levée, j'ai cherché sa main dans le noir et lui ai proposé tout bas de dormir avec moi. Les ronflements de papa envahissaient déjà la pièce.

« Il n'est pas méchant, m'a-t-elle répondu avec un filet de voix. Il ne m'a jamais frappée. Certains hommes n'arrêtent pas de battre leur femme. » Elle m'a caressé la joue et a ajouté à mon oreille : « Nous sommes des femmes, Mari, il aurait mieux valu être des

hommes. Nous ne pouvons que subir. Fais attention, car il n'y a pas beaucoup d'hommes honnêtes. »
Je suis retournée au lit.
Plus jamais nous n'avons évoqué cette gifle manquée. Et pourtant j'avais l'impression qu'elle s'était imprimée sur ma propre peau, de même qu'elle imprimait un sceau sur le travail de tisserande qui m'avait été imposé.

9

Une nuit sombre s'est achevée et un matin lumineux s'est levé au moment où tout le monde, dans le Royaume et à Casole, parlait de la dernière nouveauté : la ville de Naples s'était dotée de l'éclairage électrique. « Je vous en donnerai des Savoie ! disaient les badauds. Je vous en donnerai des Victor-Emmanuel ! Ferdinand nous apporte la lumière et le progrès. Vive le Royaume des Deux-Siciles, vive le roi ! » Mais c'étaient juste des mots en l'air : aux yeux de tous, le Royaume était sur le point de s'effondrer.

Et tandis que la neige fondait au soleil, peut-être aidée par ces prodiges technologiques, nous quittions nos maisons pendant que les chevaux sortaient de leurs écuries et s'élançaient au galop, heureux, fringants.

Dans l'âtre les flammes étaient basses et l'on distinguait derrière les bûches une boule de papier, probablement celle que papa y avait jetée au cours de la nuit. J'ai écarté un peu le bois avec le tisonnier et découvert des feuilles froissées portant son écriture hésitante : sans doute les avait-il arrachées au carnet dont il ne se séparait jamais. On y lisait une description de sa condition. N'ayant pas les mots pour l'exprimer, il avait retranscrit ceux d'autrui. Je l'imaginais en train de lire ces pages à ses camarades de travail, pendant les pauses, dans les champs des Morelli ou à la fin de la journée.

Je les ai parcourues.

Luigi Settembrini[1], *1847*

Dans la contrée qui constitue le jardin de l'Europe, les gens meurent de faim et vivent encore plus mal que les bêtes; les caprices sont la seule loi; le progrès n'est que régression et ensauvagement; un peuple de chrétiens est opprimé au nom du Christ. Tout employé, de l'huissier au ministre, du petit soldat au général, du gendarme au ministère de la Police, tout scribe agit comme un despote impitoyable et fou aux dépens des êtres qui lui sont assujettis, comme un esclave qui sert lâchement ses supérieurs. Par conséquent, les individus qui ne figurent pas parmi les oppresseurs se sentent de toutes parts écrasés par le poids de la tyrannie de mille laquais; la paix, la liberté, les biens, la vie des hommes honnêtes dépendent des caprices non du prince ou des ministres, mais d'un misérable employé, d'une traînée, d'un espion, d'un sbire, d'un prêtre.

C'était sa vie, il avait voulu s'en libérer dans un accès de colère, comme si cela pouvait supprimer la réalité que ces mots

---

1. Écrivain et patriote, né en 1813 à Naples, il vécut en Calabre où il publia anonymement son célèbre pamphlet *Protesta del popolo delle due Sicilie* (*Protestation du peuple des Deux-Siciles*).

dépeignaient. J'étais gênée pour lui, gênée de l'avoir percé à jour par le biais de ces réflexions recopiées d'une écriture tremblante, gênée pour moi qui avais lu ces pages en cachette. Je les ai donc lancées au feu en m'assurant qu'elles brûlaient bien.

Ce même matin, Mme Donati s'est présentée chez nous, vêtue d'un manteau en laine bouclée bleu horizon qu'elle n'avait jamais porté à l'école. Elle avait sans doute appris que je ne vivais plus chez ma tante. À son entrée, j'ai ressenti comme un coup à l'estomac. Toujours aussi aimable, elle affichait ce sourire même dont je rêvais la nuit sans avoir le courage de l'admettre au matin. « Elle n'a pas oublié sa promesse », me suis-je dit avant de songer, en proie au sentiment d'être stupide, qu'une autre raison l'amenait peut-être ici ou encore qu'elle changerait d'avis en me découvrant assise au métier à tisser. D'autant plus qu'elle s'immobilisait maintenant sur le seuil, comme si elle s'était trompée d'adresse. En vérité, elle ne m'avait pas reconnue, je l'ai compris plus tard.

« Comme tu es devenue jolie ! » s'est-elle exclamée.

Mal à l'aise, maman ne cessait de parler, disant « Madame » par-ci, « Madame » par-là, proposant : « Qu'est-ce que je peux vous offrir ? Ici nous n'avons pas grand-chose. Il faudra vous en contenter. » Mais je savais que mon ancienne institutrice se moquait bien de ce genre de formalités.

« Je suis venue vous voir parce que Maria mérite de faire des études », a-t-elle annoncé sans préambule, après avoir accepté un café.

Elle n'avait donc pas oublié.

Maman m'a dévisagée.

« Cette vaurienne ? » s'est-elle exclamée avec un petit sourire. Elle était heureuse, mais comme le bonheur n'a pas sa place chez les miséreux, il importe de le dissimuler.

« J'ai rarement eu une élève aussi brillante que Maria. Elle pourrait s'inscrire facilement dans un lycée du Royaume.

– Nous n'avons pas de quoi lui payer des études. Ni à elle ni à ses frères et sœurs. L'aînée...

– Je m'en occuperai. Je la préparerai à l'examen d'entrée et financerai ses études. » Elle a bu le café et a posé la tasse sur la table. « Si cela vous convient, bien entendu. »

Maman m'a jeté un coup d'œil avant de secouer la tête. « Maria doit travailler », a-t-elle dit. Puis elle s'est levée pour prendre les biscuits qu'elle avait mis à tiédir sur le poêle. « Comme moi. Comme nous toutes.

– Elle pourra faire les deux. »

Au même moment, le ciel s'est éclairci et un rayon de soleil est entré par la fenêtre. Enjambant la table, il s'est posé sur le mur qui se trouvait derrière nous.

La porte de la chambre était entrouverte. À contre-jour, Teresa nous écoutait.

Après le départ de l'institutrice, j'ai demandé à maman la permission de sortir et j'ai chaussé les gros souliers de tatie *Tremble-Terre* : mes pieds ayant grandi, ils étaient désormais à ma taille.

J'avais l'impression de n'avoir jamais été aussi heureuse de toute mon existence ; la maison était trop petite pour contenir ma joie. Mme Donati me sauverait. Saisie de la même euphorie que les chevaux, je me suis élancée dans la neige, sous le soleil. Soudain Casole, les rues boueuses et disjointes, le fumier entassé depuis plusieurs jours, les ordures que plus personne ne ramassait, les enfants au nez morveux, l'effondrement du Royaume… tout cela me paraissait acceptable. Je n'avais pas couru depuis longtemps et, tandis que la neige s'introduisait dans mes chaussures, mouillant mes bas et mes pieds au fur et à mesure que j'avançais, une sensation croissante de liberté s'est emparée de moi. Étourdie et stimulée à la fois par le froid, j'inspirais et soufflais de gros nuages de vapeur dense. Je n'avais qu'une seule envie : courir encore et encore, narguer l'air mordant, aussi aiguisé qu'une lame, me perdre.

Je me suis engagée dans la rue qui menait à la campagne et, au bout d'une heure de marche, j'ai atteint la colline où se dressait la maison de tatie *Tremble-Terre*. J'ai envisagé d'aller y jeter un coup d'œil pour juger de son état, voir si on avait volé le peu de choses que j'y avais laissé. Puis je me suis dit que cela attendrait et j'ai continué mon chemin.

Je suis passée non loin de l'abreuvoir et me suis dirigée vers Pietrafitta. Après avoir grimpé jusqu'au petit village de bergers, j'ai pris un sentier vers la forêt. Je marchais sans réfléchir, penchée comme tantine. Bientôt j'ai commencé à entendre les grattements des lérots et des muscardins, le *gou gou gou* d'un milan noir qui, en s'envolant, faisait tomber la neige accumulée sur une branche, les *croa croa* des corneilles et des corbeaux, les cris répétés des geais des chênes. Une nostalgie terrible, presque funeste, s'est emparée de moi. J'ai inspiré profondément et l'air m'a gelé le nez, comme le front. Telle était la liberté ! Je comprenais maintenant tatie, je comprenais mémé Tinuzza : il m'avait fallu expérimenter la condition opposée pour en prendre conscience. Dans la forêt j'étais légère, tout me semblait possible.

Peu à peu les hêtres se sont effacés devant les sapins blancs. Au-dessus du hameau de Ceci, j'ai coupé par un sentier qui débouchait sur un pierrier. Malgré la neige qui le recouvrait, il me conduirait rapidement à un étang. J'ai dévalé la pente. La grande pièce d'eau était gelée au centre et du côté de la montagne, là où elle était toujours à l'ombre ; ailleurs, elle jouissait du soleil matinal, pareille à la peau étalée d'une couleuvre.

Je me suis déshabillée et j'ai plongé.

J'étais insensible au froid, comme protégée par une épaisse fourrure. Soudain, tout – le fait d'être devenue tisserande, l'incertitude de l'avenir, la haine de ma sœur, la peur – s'évanouissait, absorbé par cette eau reptilienne et glacée, salvatrice.

10

Teresa s'est rapprochée de moi par intérêt.

À Macchia, un hameau qu'une colline et une demi-heure de marche séparaient de Casole, vivait un charbonnier prénommé Pietro qui avait coutume, après son travail, d'arpenter les bourgs voisins – Spezzano, Celico, Serra Pedace – avec un ami pour taquiner les filles et peut-être se chercher une épouse.

Le camarade en question n'était autre que Salvatore Mancuso, neveu des Morelli de Rogliano et propriétaire de la *carbonnerie* qui employait Pietro, et de toutes celles de la région. Pour profiter du succès du charbonnier auprès des femmes, il lui offrait l'opportunité de goûter un peu à la belle vie.

À Casole, Pietro et Salvatore n'étaient pas considérés comme des étrangers. Le premier avait le don de se gagner la bienveillance d'autrui ; ainsi il avait toujours sur lui quelques tournois pour acheter de quoi entretenir des amitiés ou en nouer de nouvelles. À chacune de ses visites il s'attardait au café de la grand-place, le Café Bourbon – lieu de retrouvailles de l'aristocratie locale et des bourgeois –, sachant que Salvatore paierait ses consommations.

Assis à califourchon sur le mur qui surplombait la vallée, les deux garçons fumaient des cigarillos cubains et buvaient un verre de bière – une « chope », disait Salvatore selon l'usage de Naples.

Un jour, Carmelina, la fille de Tonio, qui avait près de seize ans et que sa mère incitait à trouver un mari, est venue frapper chez nous. L'après-midi tirait à sa fin et j'avais terminé mon travail de la journée. Vincenza a ouvert la porte et Carmela s'est précipitée à l'intérieur de son pas trébuchant, plus agitée que d'habitude. Maman a interrompu son activité pour tirer des biscuits du four.

« Vous tracassez pas, m'dame Giuseppina, on s'en va tout de suite », a déclaré Carmela en s'agrippant à une chaise et en pointant son pied abîmé vers le sol. Elle était endimanchée et maquillée.

« Viens, Mari, on va sur la grand-place. Vite !

– Je vous accompagne, je vous accompagne ! s'est écriée Vincenzina.

– Non, c'est pour les grandes », a objecté Carmela en refermant la porte derrière elle.

Une fois à l'extérieur, elle s'est hâtée de s'expliquer : « Avant-hier, l'étranger m'a dévisagée et m'a cligné de l'œil. Et il a recommencé hier, quand j'ai traversé la grand-place. J'avais d'abord cru que je m'étais trompée, mais non, j'ai bien vu.

– Quel étranger ?

– Salvatore, le garçon de Macchia. Salvatore Mancuso, le monsieur. Il vient toujours avec son copain journalier qui travaille à la charbonnière. Il faut que je repasse devant lui. Mais toute seule j'en suis incapable. Viens avec moi. »

Nous nous sommes dirigées vers la grand-place en prétextant une commission que Carmelina avait à faire pour son père au Café

Bourbon. Comme toujours, les deux garçons étaient installés sur le muret ; ils buvaient de la bière et fumaient tout en bavardant avec un désœuvré. Bien qu'ils fussent apparemment amis, il était facile de distinguer le patron de l'ouvrier. Pietro avait des épaules larges et des bras forts. Élégant et replet, Salvatore portait un haut-de-forme sur l'oreille, un gilet et des gants jaunes, une grosse cravate d'où dépassaient les pointes de son col et son menton. Il était assis de côté, une jambe tendue, l'autre – plus mince et plus courte – relevée. Comme Carmelina, il avait attrapé la polio : le destin les réunissait donc par le biais de leur infirmité. C'était sans doute ce qui avait amené la jeune fille à croire qu'il s'intéressait à elle, ai-je pensé. Pourtant il ne s'agissait pas d'une illusion : alors que nous passions devant eux, les deux garçons ont vraiment souri et Salvatore a vraiment adressé un clin d'œil à Carmelina.

« T'as vu, t'as vu ? » a-t-elle dit, tout agitée, tandis que nous nous précipitions vers le café.

J'avais vu, mais cette attitude m'était apparue comme une manifestation de sympathie ou de solidarité.

Sur le chemin du retour, Carmelina rayonnait. De fait, sa mère, qui l'attendait sur le seuil, a aussitôt compris que les nouvelles étaient bonnes et l'a accueillie en lui caressant la tête, comme si elle avait déjà reçu une proposition de mariage.

Quelques jours se sont écoulés, puis Carmelina est revenue dans un corsage jaune qui mettait sa poitrine en valeur. Où trouvait-elle tous ces vêtements ? me demandais-je, moi qui ne disposais que de deux *camises* et de deux jupes, usées par les lavages sur la pierre. Mais les familles de commerçants n'avaient rien à voir avec les nôtres, leurs membres se conduisaient en notre présence comme des bourgeois à part entière, ne baissant la tête que devant les « messieurs ».

Teresa avait sans doute compris la raison de cette frénésie : elle avait beau passer son temps enfermée dans sa chambre, elle devinait toujours tout. Elle nous a donc rejointes à l'arrivée de Carmela.

« Je vous accompagne. »

Il nous a été impossible de refuser : ravie de ce rapprochement improbable, maman est intervenue immédiatement. « Prends un biscuit, a-t-elle dit à Carmelina. Teresa doit se préparer. »

Une demi-heure plus tard Teresa s'est présentée, les cheveux retenus par une barrette scintillante, les joues fardées, dans une robe rouge et des bottines en vernis dotées d'une rangée de boutons.

« Comme vous êtes élégantes ! s'est exclamée maman, alors que je n'avais pas quitté mes habits de tous les jours. Où allez-vous ?

– Nulle part, ai-je répondu. Nous promener. »

Les deux garçons étaient là.

Vêtu d'une redingote, d'un chapeau et de gants, Salvatore semblait empoté et timide. Pietro portait quant à lui sa tenue de travail, tachée de charbon, et une casquette qui laissait entrevoir ses cheveux sales, mais il gesticulait, éclatait d'un rire sonore et animait la conversation, nullement gêné par sa position sociale.

Teresa, qui était la seule à posséder des ducats, a traversé la grand-place comme si elle se trouvait à l'une de ces soirées que représentaient les tableaux accrochés aux murs de la maison, attirant tous les regards sur elle.

Carmela et moi, serrées l'une contre l'autre à l'écart, l'observions avec une certaine admiration : pour sûr, nous n'aurions jamais osé nous mouvoir avec autant de témérité. Teresa est entrée dans le café, dont elle est ressortie un peu plus tard, munie d'une grosse portion de cassate ; embrassant la terrasse du regard, elle s'est dirigée vers la seule table libre et y a pris place. Carmela et moi avons rassemblé notre courage et l'avons rejointe. C'est ainsi que je me suis retrouvée assise comme une dame sur une chaise du Café Bourbon. S'ils m'avaient vue, les membres de ma famille en auraient été bouche bée. « Ces bourgeois paient un tas de ducats pour parler, bien assis, chuchotait maman quand nous passions par là en nous hâtant. Quels crétins ! »

Teresa savourait sa part de cassate tout en surveillant le muret sur lequel les deux garçons buvaient et fumaient, entourés de bourgeois. Soudain, comme répondant à une indication, ils ont pivoté vers nous et Pietro a levé le bras en signe de salut.

Teresa et Carmelina se sont aussitôt détournées en feignant l'indifférence. Quant à moi, je les ai fixés. Pourquoi aurais-je eu peur ? C'étaient juste des jeunes gens qui s'amusaient.

Pietro a glissé le bras sous celui de Salvatore et l'a aidé à descendre. Ils ont tous deux salué leurs amis et se sont dirigés vers notre table.

« Bonjour ! a lancé le charbonnier en souriant. Pouvons-nous vous tenir compagnie ? »

Carmelina était terrifiée, comme le prouvaient ses genoux tremblants, sous la table. Teresa, en revanche, regardait droit devant elle. Après une hésitation, elle a dit : « Faites donc. Un peu de compagnie est toujours agréable. »

Avisant son assiette vide, le *carbonnier* a proposé : « Puis-je offrir une cassate à chacune de ces demoiselles ? » Il y avait pourtant fort à parier que son salaire ne lui permettait pas d'en payer une seule portion. Carmelina et moi avons cru bon de refuser. Mais il pouvait compter sur Salvatore, il le savait. De fait celui-ci a objecté : « Ce-ce n'est pas p-possible. J'y v-vais. » Comme il bégayait, parler à des filles lui coûtait probablement de grands efforts.

Il a disparu à l'intérieur de l'établissement pour revenir vers nous avec deux portions de cassate aussi grosses que celle qu'avait engloutie Teresa. Puis il s'est adressé à cette dernière :

« Et p-pour v-vous ?

– Rien pour moi », a-t-elle répondu, agacée par sa façon de parler, par sa boiterie et son attitude servile. Des deux, c'était pourtant lui le « monsieur ». Puis, le voyant rougir, elle s'est ravisée. « Ce que vous prendrez, a-t-elle lâché, les yeux braqués sur le charbonnier.

– La bière n'est p-peut-être p-pas ap-propriée à une d-demoiselle.

– À Naples, les femmes boivent ce qu'elles veulent.

– Ah, vous connaissez Naples ! est intervenu Pietro. Quelle chance !

– A-alors t-trois sirops de cerise », a coupé court Salvatore avant d'entrer une nouvelle fois dans le café.

Il était plus à son aise quand il était seul.

Pietro avait dix-sept ans, Salvatore vingt-quatre, le même âge que Teresa. Salvatore était le neveu du comte Donato et de Vincenzo Morelli, les frères de Rogliano, les patrons de papa, les hommes les plus riches de la Calabre. Ils possédaient tout – terres, filatures, fermes, charbonnières –, projetaient d'ouvrir une aciérie et avaient commencé à exporter leurs produits à Calcutta. « Tout leur appartient, jusqu'à l'air qu'on respire, disait papa. À chaque pas que nous faisons, un tournois va dans les poches de Donato Morelli. »

Contrairement à nous, Pietro n'était pas issu d'un milieu misérable, raison pour laquelle il avait pu poursuivre ses études quelques années après l'école primaire. Il venait d'une famille de vachers qui avait quelques animaux et jouissait de la confiance du propriétaire de la ferme, don Franco Mancuso, le père de Salvatore. Mais Pietro refusait de travailler auprès des bêtes : l'odeur du caillé lui répugnait et il avait besoin d'espace. Il avait donc décidé de devenir charbonnier, comme son oncle, dans les forêts, à Macchia Sacra, dans la vallée de l'Enfer, partout où il était possible de produire du charbon de bois. Salvatore avait probablement été séduit par le bagout et le caractère du jeune homme, capable de s'entretenir avec des représentants de tous les milieux.

Apprenant que Salvatore était le neveu des Morelli, Teresa s'est exclamée : « Nous devons donc être parents ! » Sans attendre, elle a raconté la célèbre histoire de Tommaso et Rosanna Morelli de Pontelandolfo, tués à Naples par les fusils des insurgés, comme s'ils étaient ses véritables père et mère.

Je l'écoutais en feignant de ne pas être concernée par ses propos. Salvatore, lui, ne la quittait pas des yeux. Il avait compris de qui il s'agissait, il connaissait la mésaventure de cette cousine éloignée, orpheline, expédiée dans une famille de misérables journaliers.

« Je s-suis d-désolé pour vous, m-mademoiselle. C-cette p-perte a d-dû être t-terrible. M-mais je ne crois p-pas que c-cela f-fasse de nous des p-parents. D-des amis plutôt. D-des amis pour longtemps, j-je l'espère. »

Surmontant sa timidité, il lui a saisi la main et l'a baisée, faisant sursauter Teresa qui l'a retirée dès que possible. Elle a cherché des yeux Pietro, qui s'était entre-temps rapproché de moi et m'avait murmuré à l'oreille, aussi désinvolte que son ami était empoté : « Maria, vous êtes très belle pour une fillette. Quel âge avez-vous ? »
J'ai baissé les paupières, intimidée par son effronterie. C'était justement ce qu'il cherchait.

Il a lancé à la ronde : « Naples ! J'irai un jour et je m'embarquerai pour explorer le monde, y compris les Amériques.
- Vous aimez voyager ? a interrogé Teresa.
- Oui. Et je voyagerai beaucoup. Énormément. » Se tournant vers moi, il a ajouté en baissant le ton : « Et la petite Maria, elle aime ça ?
- Quoi ? ai-je demandé avec un filet de voix.
- Le monde, voyons ! »
Les joues soudain brûlantes, j'ai répondu : « Oui, j'aime le monde. »

Mais Teresa a commenté : « Oh, toi, je ne crois pas que tu iras bien loin. Moi, en revanche, j'ai *déjà* beaucoup voyagé... »

Sans délai, elle s'est mise à décrire les lieux qu'elle avait visités. Elle évoquait Bénévent et Naples – un autre monde en comparaison de Cosenza et de Catanzaro, inutile de mentionner Casole, disait-elle. Et si elle s'adressait à Salvatore, un aimant semblait l'attirer vers Pietro, malgré sa tenue et son regard de bête famélique. Elle entendait concentrer sur sa personne aussi bien l'attention du bourgeois que celle du charbonnier. Elle affirmait qu'il y avait dans le port de Naples des bateaux à vapeur plus vastes que la grand-place de Casole ; que Bénévent était une ville magnifique et vivante. Salvatore l'observait, admiratif, tout en s'éventant avec son mouchoir.

« De toute façon les choses vont bientôt changer », ai-je déclaré brusquement dans le seul but de l'interrompre. Peut-être pensais-je à mes études et à Mme Donati qui me sauverait, ou à l'avenir du Royaume des Deux-Siciles et de l'Italie, aux changements qui se produiraient certainement ; peut-être tentais-je juste de surmonter la timidité dans laquelle Pietro m'avait plongée ; à moins que ce ne fût ma jeunesse, ma grande jeunesse qui m'amenait à dire n'importe quoi.

Soudain Salvatore a cessé de s'éventer et la pauvre Carmelina, dont les mains étaient encombrées par sa petite assiette, m'a flanqué un coup de genou sous la table. J'avais coutume de prononcer des phrases de ce genre à la maison, et papa s'écriait chaque fois, furibond : « Si on t'entend, on t'arrêtera ! Ici, il n'y a jamais de changement. Et quand il y en a, ce n'est jamais en notre faveur ! »

Teresa m'a jeté : « Tais-toi, tu ne sais pas ce que tu racontes. »

Mais Pietro me dévisageait et ses yeux étincelaient comme ceux du renard au moment de planter ses dents dans un lièvre.

« Mais oui, les choses changeront bientôt, a-t-il dit. La p'tite Maria a raison. »

11

Tous les lundis Mme Donati me rendait mes devoirs corrigés et m'en donnait d'autres. Elle arrivait discrètement, à l'heure de la sieste, dissimulant sa tête sous le capuchon de sa cape par crainte d'échouer en prison ou en exil, « par exemple en France, voire au Piémont », déclarait-elle une fois à l'intérieur.

Pour préparer l'examen d'entrée au lycée, je devais étudier non seulement l'abc et les mathématiques, mais aussi l'histoire, la géographie, le dessin, le français, la musique et les travaux domestiques, soit la théorie de ce que je mettais tous les jours en pratique : tisser et filer. L'examen aurait lieu au bout d'un an à la Direction générale de l'instruction publique, à Catanzaro, et j'étais censée m'y présenter bien préparée. De très bonnes notes me permettraient en effet d'être admise sans bourse délier : le Royaume financerait mes études et je ne serais à la charge de personne. Autrement Mme Donati paierait les cinq mille ducats nécessaires, une somme énorme. Dans tous les cas, j'irais vivre dans la maison d'éducation de Catanzaro, et cette seule pensée me bouleversait à tel point que j'avais perdu le sommeil.

J'avais pris l'habitude de me lever à quatre heures du matin comme papa et de lire à la lumière de la lampe jusqu'à ce qu'il fasse jour. « Avec tout le pétrole que tu utilises, tu nous ruineras », pestait maman à son réveil.

Tous les lundis je révisais mes leçons avec Mme Donati, qui m'apportait non seulement des manuels pour les matières obligatoires, mais aussi des « textes fondamentaux pour préparer l'avenir, le tien et celui de tous », expliquait-elle. Elle me parlait de la Giovine Italia[1], la Jeune-Italie, de Mazzini dont les adhérents avaient moins de quarante ans ; c'étaient les jeunes, disait-elle, qui faisaient la révolution, non les vieux comme elle.

« Si tu veux avoir des droits, si tu veux changer ton destin, il faut que tu lises, il faut que tu fasses des études », insistait-elle avant d'ajouter en plongeant son regard dans le mien : « Le veux-tu ? Le veux-tu vraiment ? »

Le voulais-je vraiment ? Quels sacrifices étais-je prête à m'imposer pour changer mon destin ? Et qu'était-ce que le destin ? Un problème qui n'avait rien à voir avec ceux que l'institutrice me posait pendant ses cours. De fait, ses yeux s'illuminaient soudain, m'empêchant de répondre à sa question par la négative. Aurais-je dit « oui » de toute façon ?

Je jetais un coup d'œil à maman qui feignait l'indifférence, penchée sur son métier à tisser, et finissais par prononcer un « oui » faible et honteux, parce que cette question me dépassait. Changer l'avenir, notamment celui de l'Italie… Ce n'était pas l'affaire des ouvriers.

Malgré tout, cela éveillait en moi un sentiment mystérieux, puissant, telle de la braise enfouie sur le point de s'enflammer, et je

---

1. Fondée par Giuseppe Mazzini à Marseille en 1831, cette association politique insurrectionnelle avait pour but de transformer l'Italie en une république démocratique.

me surprenais à dévorer, comme s'ils avaient été écrits à ma seule intention, *Les Dernières Lettres de Jacopo Ortis* et *Les Tombeaux* d'Ugo Foscolo, *Le fantasie* de Giovanni Berchet, l'*Adelchi* et *Mars 1821* d'Alessandro Manzoni[1]. J'apprenais par cœur les passages et les vers que Mme Donati soulignait à l'aide du crayon dont elle ne se séparait jamais : *Que jamais cette onde ne coure entre deux rives étrangères ; qu'il n'y ait plus un coin de terre où se dressent des barrières entre l'Italie et l'Italie, non jamais plus*[2] !

Un lundi l'institutrice m'a remis à l'insu de maman une petite carte à conserver en grand secret : on y voyait une femme magnifique, opulente, une matrone, assise sur un rocher surplombant la mer immense. Elle avait de noirs cheveux épars, des seins lourds aux mamelons sombres et les mains enchaînées derrière le dos. À ses pieds, proches mais hors de portée, étaient éparpillés les outils des paysans, nos armes à nous : fourches, faux, pioches, serpes, haches, pelles, cisailles.

Au verso étaient imprimés les vers du *Nabucco* de Giuseppe Verdi. « C'est l'Italie, a murmuré Mme Donati. Cache cette carte et apprends par cœur le texte. Ce sont des vers qui donnent du courage. »

Elle a alors saisi son crayon et écrit en haut : *Pour Maria. De la part de Caterina Donati*. Puis elle a entonné l'air d'une voix fluette

---

[1]. Le grand poète préromantique Ugo Foscolo (1778-1827) fut contraint à l'exil du fait de ses convictions républicaines, tout comme Giovanni Berchet (1783-1851), également poète, qui participa à l'insurrection de 1821 ; Alessandro Manzoni (1785-1873), « père » du roman italien, œuvra contre la domination autrichienne et pour l'unité de l'Italie.

[2]. « Mars 1821 » in *Théâtre et poésies*, traduction d'Antoine de Latour, Paris, Charpentier et Cie, 1874.

et légère qui ressemblait un peu à celle de tatie *Tremble-Terre* lorsqu'elle chantait entre ses dents en filant : *Va, pensée, sur tes ailes dorées... / Va, pose-toi sur les versants, sur les collines... / Où, tièdes et molles, embaument / Les douces brises de notre sol natal*[1]...

Maman nous regardait en secouant la tête : pas plus que moi elle ne comprenait l'importance, pour la suite, de ces leçons excentriques.

Je n'avais plus parlé à Pietro et Salvatore, ni ne les avais mentionnés en présence de Carmelina et de Teresa. Quand, après ma journée de travail et d'étude, maman me priait d'aller acheter quelque chose chez don Tonio, je faisais un détour par la grand-place, imaginant que j'y verrais les deux garçons.

Chaque fois que je les apercevais, fumant à califourchon sur le muret, je vibrais au souvenir de notre première rencontre. Ces deux heures étaient gravées dans mon esprit comme un rêve : brièvement j'avais eu l'impression d'être adulte.

Désormais Pietro m'adressait des œillades effrontées, impudiques, levait le bras vers moi et parfois sifflait, deux doigts dans la bouche.

« Maria... Mari ! Maria ! » appelait-il.

Il criait mon prénom d'une voix apparemment brisée par le désir : jamais personne ne l'avait prononcé de cette manière. Je hâtais le pas, alors même que j'aurais aimé le ralentir, rendre au jeune homme ses regards de feu qui m'empêchaient de dormir

---

1. C'est le célèbre « chœur des esclaves », acte III, scène 4, traduction de Georges Farret, *L'Avant-Scène Opéra*, avril 1986, n° 86.

la nuit, l'apostropher de la même voix rauque, lui exprimer mon trouble.

Mais je gardais le silence, je fuyais, me montrant presque plus timide que Salvatore, lequel alignait quelques mots à grand-peine. « Où v-vas t-tu ? A-appeler t-ta s-sœur ? » lançait-il, provoquant les rires des notables qui se trouvaient là.

Au bout de quelques jours, j'ai appris que Teresa et Carmelina avaient revu les deux garçons à mon insu.

Cela s'était produit à plusieurs reprises pendant que je filais. Quand son maître avait une envie à satisfaire, le charbonnier en profitait : il était autorisé à interrompre son travail plus tôt que prévu.

Carmelina, incapable de se résigner, était retournée à la charge, poussée par Teresa. Les mauvaises langues n'avaient rien à redire : les deux filles retrouvaient les garçons dans un lieu public, et Salvatore Mancuso, neveu des comtes Morelli, était intouchable.

Cette découverte a suscité en moi une folle jalousie et j'ai commencé à inventer des excuses pour traverser chaque jour la grand-place.

C'est ainsi que, en rage, je les ai surpris plusieurs fois attablés au Café Bourbon. La présence, non loin de là, de la voiture des Mancuso, dont les chevaux fixaient paisiblement leur portion de monde, laissait de surcroît entendre que Salvatore invitait Teresa et Carmelina à se promener avant de gagner le café.

Pietro animait la conversation, et Teresa riait à ses mots d'esprit avec une effronterie et un naturel que je ne lui connaissais pas. Soudain nos liens familiaux me sautaient aux yeux : elle manifestait la même exubérance que mémé Tinuzza et que maman dans son village, une exubérance qui me caractérisait aussi et que je réprimais depuis que j'avais commencé à tisser.

La vision de ces quatre jeunes gens, semblables à deux couples de fiancés, faisait monter en moi un feu qui me coupait le souffle et me brouillait la vue. J'avais beau élaborer mille justifications, l'indifférence des deux garçons à mon égard me blessait terriblement. Je suis peut-être trop jeune pour eux, finissais-je par me dire et je m'efforçais de ne plus y penser.

Mais à la maison, je gardais le silence, j'allais même jusqu'à repousser les attentions de Vincenzina. Je ne trouvais de consolation que dans les livres – les seuls amis fidèles qu'une femme puisse posséder, si tant est qu'elle ait eu la chance d'apprendre à lire, ai-je compris durant ces mois de solitude.

Mon chagrin n'échappait pas à Teresa, qui s'en réjouissait.

De temps en temps, elle décrochait la poupée de la cheminée et la berçait. Je me contentais de la regarder. J'aurais aimé l'imiter, moi qui n'avais jamais serré pareil jouet entre mes mains, mais cela m'était interdit. Alors je m'imaginais en jeune fille riche, assise sur un lit aux couvertures brodées, parlant tout bas à la poupée et lui caressant les cheveux. Teresa aurait sans doute préféré la jeter au feu plutôt que de me la prêter. Nourrie de mon malheur, elle était plus heureuse que jamais.

12

Un après-midi, j'ai aperçu dans une ruelle le cheval moreau de Salvatore qui se dirigeait vers la grand-place. Je savais que Pietro le suivrait sur son mulet après sa journée de travail à la *carbonnerie* et je me suis donc précipitée à l'intérieur du Café Bourbon. En ressortant sur une excuse quelconque je les ai vus venir vers moi. Aussitôt je me suis cachée en m'aplatissant contre le mur, près de la porte. Pietro était noir de charbon, des pieds à la tête ; Salvatore, impeccable comme toujours. Près du café stationnait la voiture des Mancuso attelée à deux chevaux calabrais à la robe noire et brillante.

De fait, Franco Mancuso, le père de Salvatore, se tenait au milieu de la grand-place, un monocle à l'œil et un châle écossais sur les épaules. Tout en buvant un verre de mousseux, il tenait un discours animé à une petite foule de notables et de journaliers qui hochaient la tête à chacun de ses mots. Il parlait de ses champs de blé, de ses charbonnières, de l'année pluvieuse qui risquait de tout gâcher.

Avec l'arrogance des hommes qui ont l'habitude d'avoir raison, il a prononcé la phrase qui était sur les lèvres de tous les « messieurs » : « La forêt est une voleuse de terres ! » Il voulait dire par là que, gonflés par la pluie, les bois de la Sila, qui assiégeaient les villages et les champs de la colline, s'étendaient de plus en plus vers la vallée, dévorant les terres que ses semblables et lui avaient déboisées illégalement.

Salvatore, sans doute habitué à ces palabres, s'est contenté d'adresser un signe rapide à son père, avant de poursuivre son chemin vers la descente qui menait à leur ferme et à leurs écuries.

Pietro, en revanche, s'est immobilisé. Les yeux emplis de fureur, il semblait chercher la vengeance, ou peut-être la mort.

« La forêt n'est pas une voleuse ! s'est-il écrié sur son petit mulet, propriété de ce même don Franco Mancuso qui le dévisageait à présent, stupéfait. Elle ne fait que reprendre ce qui lui appartient !

– Ah, et qu'est-ce qui lui appartient, jeune charbonnier ? » a répliqué l'homme. Surpris par son audace, il ne l'avait pas reconnu.

« Les terres que les gentilshommes incendient pour étendre illégalement leurs cultures. Voilà ce qui lui appartient ! »

Quelle folie ! Il aurait suffi à don Franco de crier pour attirer les hommes de la Garde nationale postés derrière la cathédrale et le faire arrêter, ou peut-être même fusiller sur-le-champ sous l'accusation de subversion.

Le propriétaire du Café Bourbon a surgi de son établissement, suivi par des curieux, tandis que tous les hommes assis en terrasse observaient la scène sans mot dire. Or, désarçonné par tant de courage, don Franco s'est contenté de vider son verre en rougissant et en transpirant comme son fils. C'était peut-être la première fois qu'on osait le contredire en public ; jamais il n'aurait imaginé qu'un charbonnier le traiterait un jour de menteur.

« T-tu en es s-sûr, p-petit ?

– Oui.

– Dans ce cas, viens trinquer avec moi ! » Et il a levé son verre vide.

C'était un défi. Aussitôt un grand bruit de voix s'est répandu sur la grand-place. Si Pietro descendait de son mulet, il se ferait certainement fusiller. Mais il avait déjà gagné sa bataille en montrant à l'assistance qu'il ne craignait pas son maître.

C'est alors que, comme le premier après-midi à la table du café, je me suis écriée presque malgré moi : « Ça fait des siècles que les propriétaires incendient les forêts pour voler la terre ! »

Des mots que j'avais entendus mille fois dans la bouche de tatie *Tremble-Terre*.

Tout le monde s'est tourné dans ma direction. Mais je m'étais déjà sauvée dans la ruelle où Salvatore s'était engagé un peu plus tôt.

De là m'est parvenue la voix de Teresa, qui avait à l'évidence assisté à la scène dans un coin sombre.

« N'écoutez pas ces crétins d'ouvriers, don Franco ! Ils ne parlent que pour aérer leur bouche ! Venez donc. Si je n'étais pas une femme, je vous proposerais un toast. Levez votre verre... Aux misérables qui ne savent pas ce qu'ils disent ! »

Pietro a éperonné son mulet et passé son chemin, ai-je compris à ses injonctions – « Oh, oh, oh ! » –, laissant don Franco Mancuso planté sur la grand-place.

Après avoir parcouru la moitié de la rue, je me suis arrêtée devant une maison bourgeoise et j'ai regardé Pietro avancer lentement vers moi.

« Voici une demoiselle courageuse ! » a-t-il bientôt lancé.

Bouleversée par sa proximité après une si longue absence, je me suis mise à trembler. Mais son visage trahissait de la lassitude, probablement due à son travail et aux abus de son patron.

« Venez donc, demoiselle, je vais vous montrer quelque chose », a-t-il dit. Il a tiré de la poche intérieure de sa veste une coupure de presse. « C'est la lettre que le député Mancini a écrite aux individus du genre de Mancuso et de votre sœur, ceux qui ont saboté notre Constitution, notre liberté. Je ne m'en sépare jamais. »

À force d'être manié, ce morceau de journal était devenu aussi fin que du papier de soie.

Alors qu'elle travaillait à l'accomplissement de son mandat sacré, la Chambre des députés, réunie en séance préparatoire à Monteoliveto, se voyant attaquée avec une lâcheté inouïe par la violence des armes royales, proteste devant l'Italie, dont on tente de troubler la renaissance providentielle à l'œuvre avec ce funeste excès, et devant l'Europe civilisée ; elle déclare qu'elle suspend ses travaux, contrainte par la force brutale, mais que, loin d'abandonner l'accomplissement de ses devoirs solennels, elle se disperse momentanément avant de se réunir dès qu'elle le pourra afin de prendre les décisions que les droits du peuple réclament.

J'ai relevé la tête.

« Nous aussi, nous nous réunirons, a dit Pietro. Nous nous réunirons, petite Maria. Vous et moi. Je vous le promets. »

Puis il a donné un coup de talons et sa monture s'est ébranlée.

Au bout de la ruelle se trouvait un carrefour : à gauche, une rue ramenait au village ; à droite, un chemin menait à la forêt. Cette forêt qui s'étendait jusqu'au Mont Botte Donato, au Mont Curcio, au Monte Scuro, à la Serra Stella, menaçait depuis des siècles l'ordre auquel les « messieurs » avaient soumis les bourgs.

Pietro a poussé son mulet vers la droite. Il devait, par sa nature, se tenir du côté de la forêt.

Toute la nuit qui a suivi, son « vous et moi » a retenti dans mes oreilles.

Le lendemain un enfant, auquel il avait donné une pièce, est venu m'annoncer : « Un charbonnier t'attend sur la grand-place. » Pietro était seul, appuyé contre le mur, nerveux. Sans un mot, il a fourré dans mes mains deux enveloppes de papier jauni. Sur chacune d'elles se détachait un prénom : *Maria* et *Teresa*.

Elles contenaient un message.

« Allez trouver votre sœur, a-t-il dit. Ouvrez-les ensemble chez vous. Ensuite écrivez derrière le billet « oui » ou « non ». Nous nous reverrons ici lundi prochain. »

Sa proximité me troublait : c'était encore un adolescent, et pourtant on aurait dit un homme. Je n'ai pas trouvé le courage de croiser son regard. J'ai glissé les enveloppes dans la poche de ma jupe et suis repartie en courant.

À la maison, maman, assise sur un tabouret devant la cheminée, pelait des pommes de terre, dont elle jetait les épluchures dans l'âtre. Comme toujours, Teresa lisait dans sa chambre.

Rassemblant mon courage, j'ai frappé à sa porte.

« Qu'est-ce que tu fais ? a demandé maman en pivotant vers moi.

– Rien, ne t'inquiète pas.

– Qu'est-ce que tu veux ? a interrogé ma sœur à l'intérieur de sa chambre.

– Il faut que je te donne quelque chose. Laisse-moi entrer.

– Pas maintenant.
– De la part de Pietro. »

J'ai entendu qu'elle se levait. Elle a entrouvert la porte et passé la main dans l'entrebâillement.

« Non. On doit faire ça ensemble », ai-je objecté.

Après une hésitation, elle a ouvert.

« Assieds-toi, lui ai-je ordonné. Sur le lit.
– Qu'est-ce que tu veux ? »

Intriguée, elle s'est toutefois exécutée.

Alors j'ai tiré de ma poche les deux enveloppes.

« Qui t'a donné ça ?
– Je te l'ai déjà dit. »

D'un geste rapide, elle me les a arrachées.

« Non ! Juste la tienne. C'est moi qui dois ouvrir la mienne. »

En vain. Elle a décacheté celle qui lui était destinée et a lu le message qu'elle contenait. Puis, sans me laisser le temps de réagir, elle a fait de même avec la mienne. Elle a changé brusquement d'expression et, jetant les deux mots par terre, m'a crié de sortir.

J'ai ramassé le billet qui m'était adressé.

Petite Maria, veux-tu être ma femme ?

Pietro

Sur l'autre papier, par terre, s'étalait la même phrase avec le prénom de Teresa et la signature de Salvatore.

13

Depuis le jour de nos fiançailles, Teresa avait décidé de réduire à néant mes velléités d'instruction. Tout en se consacrant aux préparatifs de son mariage, elle s'employait à tenir son serment et à me gâcher la vie.

Salvatore était venu demander sa main, accompagné de dix brebis et muni d'une bague dont le brillant, aussi gros qu'une noisette, projetait des éclats éblouissants. Pourtant elle se montrait comme toujours insatisfaite, contrairement à papa, ravi. Certes, Salvatore lui offrait sa richesse et la possibilité de quitter notre vie ainsi que le trou à rats que constituait à ses yeux notre maison, mais elle le trouvait maladroit, falot, laid. Elle aurait voulu tout avoir : la fortune de Salvatore et le courage de Pietro. Contrainte d'emprunter la seule issue possible pour elle – aucun autre « monsieur » ne se serait abaissé à épouser la fille des ouvriers Oliverio de Casole –, elle était malheureuse. La voir ainsi prise au piège me réjouissait. Oui, car la haine qu'elle éprouvait pour moi depuis le premier instant avait fini par me contaminer.

Quand maman lui disait : « T'as de la chance, Teresa, toutes les femmes aimeraient être à ta place. Devenir une Mancuso... T'as pris un bien beau gars. Et puis c'est un homme » – signifiant par là qu'il s'agissait d'un individu convenable, d'un adulte respectable –, elle hochait la tête sans conviction. Salvatore était riche, très riche, mais il n'avait rien d'un beau gars et il manquait de caractère. Enfin elle ne parviendrait jamais – jamais, elle le savait – à oublier sa jambe infirme.

Elle voyait bien que je la perçais à jour et, pour se venger, elle me traitait comme sa servante. Sa future union avec un parti bien supérieur à tous ceux dont papa aurait pu rêver et qui, par surcroît, ne réclamait pas de dot la plaçait dans une position de personne intouchable aux yeux de ce dernier.

Lorsqu'elle ordonnait « Ce soir je veux manger du poulet », il rentrait muni d'un poulet vivant qu'il tenait par les pattes, la tête en bas et les ailes battantes, comme le faisaient les domestiques des riches. Il frappait à la porte et nous le rejoignions tous dehors – à l'exception de Teresa – pour assister au massacre. Angelino fixait ses yeux sur le pauvre animal auquel notre père tordait le cou et coupait la tête à l'aide d'un grand couteau, avant de l'ouvrir et de le pendre à un crochet pour qu'il se vide de son sang. Maman allait le décrocher quelques heures plus tard et, l'apportant à l'intérieur, me lançait : « Plume-le ! » Je détestais cela, néanmoins j'obtempérais sous le regard de Teresa. J'arrachais les boyaux et les jetais, tout sanglants, dans l'évier, me souillant les bras jusqu'au coude.

« Lave-toi ! s'exclamait ma sœur aînée alors que je passais devant elle. Tu me répugnes. Et moi, je ne peux pas manger avec quelqu'un de répugnant. »

Durant les préparatifs de leur mariage, Teresa rendait visite à Salvatore. Macchia était situé à une demi-heure de marche de

Casole au bout d'un sentier qui traversait une colline très verte. Comme il était malséant pour une jeune fille de se déplacer toute seule et que Raffaele était à Naples, papa m'obligeait à l'accompagner en tant que sœur cadette.

Sur la grand-place de Macchia nous retrouvions Pietro qui se joignait à nous jusqu'à la demeure de Salvatore, où Teresa passerait l'après-midi à boire du thé et à manger des petits fours en compagnie de son fiancé et de sa future belle-mère.

Après son départ, je restais avec le charbonnier. Sa façon de me regarder et de me serrer dans ses bras quand nous étions en tête à tête m'effrayait. Je repoussais ses tentatives de m'embrasser en prétendant qu'il n'était pas convenable de se conduire ainsi dans la rue. Alors il refermait ses deux mains sur ma taille et me soulevait presque de terre. À l'âge de douze ans, j'étais déjà aussi grande qu'aujourd'hui, j'avais les hanches et les seins ronds, les jambes et la taille fines.

Parfois je le suivais dans le jardin public de Casole, où subsistaient les marronniers auxquels j'avais coutume de grimper, enfant, et les grandes haies de laurier à l'intérieur desquelles je m'étais mille fois cachée avec mes frères et ma petite sœur. Pietro ôtait sa casquette en riant et se faufilait discrètement dans une de ces haies où il m'attirait ensuite. À genoux, nous nous faisions face dans ce monde d'ombres et de branches.

« T'as la plus belle frimousse de toute la Sila. Et cette bouche... » soupirait-il en me caressant les joues et en suivant du doigt la ligne de mes sourcils, en proie à un feu qui ne demandait qu'à exploser.

Malgré ma tenue de fête – une *camise* jaune et un tablier vert –, je le laissais m'allonger sur les feuilles mortes. En vérité, sa force me calmait.

« Faut que ce tablier devienne rouge vite fait », disait-il, parce que les femmes mariées arboraient un tablier de cette couleur.

J'éclatais de rire. Il m'écrasait de tout son poids et m'embrassait sur la bouche.

« Qu'est-ce que tu fais ? Et si on nous voit, que pensera-t-on ? » protestais-je, sans le repousser toutefois.

Pietro ne m'écoutait pas ; de sa langue, il cherchait un passage entre mes dents. Son haleine sentait les journées de travail, le foin et le plein air. Et ses yeux... ses grands yeux noirs, ses yeux bons étaient tournés vers l'avenir. Un avenir, je le savais, bien différent de celui qu'élaborait pour moi Mme Donati.

Il desserrait les liens de ma *camise* et glissait la main sur mon linge. Et comme je lui immobilisais le poignet, il me prenait la main, embrassait mes doigts, puis ma paume.

« Tu m'appartiens, disait-il ensuite en me caressant la poitrine. Tu es à moi et à personne d'autre. »

Mes mamelons durcissaient et mon souffle refluait jusqu'au point humide entre mes jambes. De nouveau je lui attrapais le poignet. Mais Pietro était le plus fort.

« Tu es à moi, rien qu'à moi, disait-il en pressant un de mes seins comme un pamplemousse. Et ça, c'est une grenade. Une grenade bien sucrée et bien mûre. »

Je le laissais enfoncer ses doigts et sa tête en moi. Je humais l'odeur forte de ses cheveux et une secousse me coupait le souffle. Puis il remontait, nos nez se touchaient, son haleine se mêlait à

la mienne. À la fin, je lui mordais la lèvre et l'écartais. Il criait de douleur, passait le dos de la main sur sa lèvre ensanglantée.
« Tu es méchante. Une méchante petite fille. À cause de toi, je rentre chez moi malheureux. »
J'agissais en connaissance de cause. Je rajustais mes vêtements et nous riions. Nous retrouvions notre bonne humeur en espérant que personne ne nous avait vus sortir de la haie, que personne n'irait le dire à papa. S'il l'apprenait, je perdrais ma réputation et ma famille serait définitivement marquée du sceau de l'infamie. Une fille de douze ans en tête à tête avec un homme dans les jardins publics...
« Tu es folle », me lançait Pietro avant de me dire au revoir. Je savais qu'il pensait à ce que je lui permettais d'éprouver, plutôt qu'à ce que je l'autorisais à faire. J'étais folle. En réalité, il voyait en moi la rebelle qui n'existait plus à mes yeux, la rebelle qui était morte à l'instant où j'étais devenue femme, et cela me liait à lui davantage que le mariage. J'avais perdu tout mon courage, et il en avait pour deux. Nous jouions. « T'as la tête à l'envers, mamzelle, disait-il avec un sourire en abattant l'index sur sa tempe. Comme moi. »

Le soir, en me déshabillant, je découvrais sur mes bras les marques de cet amour qui ne s'épanchait pas. Jamais je n'aurais imaginé que plus tard – après notre mariage – elles indiqueraient tout autre chose.

Pietro débordait d'énergie et semblait effrayé par sa propre force, qu'il tentait de contenir.

Un dimanche matin, alors que papa coupait du bois dehors et que maman nettoyait les légumes pour le repas, j'ai entendu son sifflement s'élever à l'arrière de la maison.

« *Fiouuu-fi-fi-fi.* » C'était notre signal, le chant du rouge-gorge. Aussitôt je suis sortie sous un prétexte quelconque.

Il m'attendait sur les marches d'une maison abandonnée, non loin de celle de Carmelina et de Tonio. Il portait sa tenue du dimanche, une chemise blanche et un pantalon bouffant.

« Tu veux venir voir la *carbonnerie* ? » a-t-il lancé, une longue tige de blé entre les lèvres.

Nous nous y rendrions sur le dos du mulet qu'il utilisait pour son travail, ce qui nous éviterait toute fatigue. Il entendait m'introduire dans son monde, me montrer son esclavage. Ce spectacle réduirait ses défenses à néant. Je pourrais me fier totalement à lui, me disait-il, car, connaissant son côté le plus fragile, il me serait aisé de le blesser.

Nous avons mis une heure pour atteindre la forêt en empruntant un sentier pierreux, au milieu de vaches et de moutons au pâturage. Pietro a émis un sifflement à l'adresse d'un jeune berger qui a levé le bras et nous a examinés en se protégeant les yeux de la main contre le soleil. Un énorme chien noir et marron a dressé la tête avant d'aller mordre la patte d'une vache qui s'était éloignée.

Cela faisait des années que je n'avais pas regagné la forêt : la dernière fois, j'étais allée me baigner dans l'étang. Quand l'ombre des mélèzes nous a enveloppés, nous avons sauté à terre : le chemin montait et le mulet n'en pouvait plus, il dérapait sur le lit de branches et de feuilles – les restes des arbres qu'on avait coupés pour alimenter la charbonnière des Mancuso. En haut, au lointain, s'élevait un filet de fumée.

Dès l'instant où le sommet des montagnes a été visible, l'humeur de Pietro a changé. « J'aimerais vivre ici, a-t-il dit. Comme mon grand-père et comme son père avant lui. Ils chassaient le cerf, on les traitait de démons, de mauvais esprits, on prétendait qu'ils étaient *estranges*... Ils ont toujours fait peur aux villageois. » Nous nous sommes immobilisés. « Aujourd'hui encore les habitants des bois effraient ceux qui vivent ailleurs. »

Il a ôté de ses lèvres la tige de blé et a formé un nœud avec, puis il l'a posée par terre, au bord du sentier, où se trouvait une petite grenouille. Il a essayé de l'attraper par une patte, mais d'un bond elle lui a échappé.

« Mes grands-parents s'en moquaient, a-t-il poursuivi. Pas mon père. C'est lui qui s'est installé dans la vallée, avant de mourir. Moi, je me sens plus à mon aise dans la montagne qu'au village. »

Il a continué de monter en tirant le mulet par les rênes. C'était la première fois que j'entendais ce genre de propos dans sa bouche : la forêt lui inspirait un discours inhabituel. Il n'avait plus rien à voir avec le garçon effronté de la plaine, il marchait, les yeux rivés au sol, et soupesait toutes ses paroles.

Nous sommes arrivés à une clairière où des dizaines de billes et de branches de hêtre gisaient par terre, coupées et empilées, les plus grosses à la base, les plus fines et les plus longues au-dessus, le tout surmonté de rameaux et de broussailles. L'air était imprégné par l'odeur de la coupe et celle de la résine. Au milieu se dressait un cône de terre de quinze mètres de haut, percé au sommet d'un trou d'où s'échappait le filet de fumée que nous avions distingué du sentier. À l'intérieur, crépitait un grand brasier.

De l'autre côté de ce monticule, trois camarades de Pietro abattaient violemment leurs pelles sur la paroi recouverte de terre, afin de l'aplatir. À l'aide d'une longue perche pointue, ils en ont percé le bas à quatre ou cinq endroits différents et aussitôt des jets de fumée se sont échappés de ces évents, rejoignant le panache qui sortait de l'ouverture principale. Un de ces hommes, un quinquagénaire osseux, tentait de parler entre deux quintes de toux. Tel était le destin des charbonniers : mourir prématurément de maladies pulmonaires. Pietro m'avait peut-être amenée là pour me mettre en garde. Enfin son camarade a réussi à dire : « T'es venu avec la p'tiote... Bravo, mon vieux Pietro. »

Les lois en vigueur au village n'avaient aucune valeur dans la forêt : ici il était possible de se côtoyer en public sans être mariés. Aussi Pietro m'a-t-il étreinte, comme s'il était mon mari. Il avait tenu à ce que notre première apparition en tant que couple eût lieu dans cette hêtraie. Il a essayé de m'embrasser, mais j'ai détourné la tête.

Une échelle était posée contre une paroi : elle permettait de précipiter des branches et des bûches à l'intérieur du cône par l'ouverture supérieure de façon à alimenter les braises, en veillant toutefois à ce que celles-ci ne s'enflamment pas. Telle était en effet la difficulté de ce travail. Le cône constituait une sorte de volcan qui n'éructait pas de lave, mais des étincelles et une fumée bleue.

« C'est de la bonne vapeur, a expliqué Pietro. Ça fait du bien de la respirer. »

Il a grimpé à l'échelle, a agité la main au-dessus du trou pour disperser la fumée et a jeté un coup d'œil à la braise, à l'intérieur. Puis il a tendu le cou et a inspiré bruyamment la fumée.

« Viens, viens », m'a-t-il invitée.

J'ai attendu qu'il descende pour monter à mon tour, soutenue d'en bas. La vapeur sentait le bois parfumé ; en l'inhalant on avait l'impression de s'ouvrir de l'intérieur. Trois ou quatre échelons plus bas, Pietro m'a dit : « Quoi, tu trembles ? » Et comme j'acquiesçais, agrippée aux montants, il a ajouté : « Dans un petit mois, tout ça sera blanc. Le charbon sera prêt à être vendu et on pourra détruire la *carbonnerie*. On fera la fête et don Mancuso gagnera une montagne de ducats. Il vendra ce charbon à Calcutta. »

Il a saisi une branche coupée, prête à brûler, et a poursuivi : « Ce bois ira jusqu'en Inde, tu te rends compte ? » Puis il l'a lancée de toutes ces forces, la projetant très loin, au-delà du monticule. « À bord du *Ferdinand Ier* ou de je ne sais quel autre vapeur. Moi, en revanche, je resterai toute ma vie à Macchia comme un *coyon*.

– Du calme, Pietro », est intervenu un de ses camarades.

Mais Pietro a craché par terre.

« On s'en va maintenant. Je t'ai montré ce que je devais te montrer. Et je préfère ne pas m'attarder ici quand je ne travaille pas. »

Nous avons parcouru le chemin du retour, lui devant et moi à quelques pas derrière. Je contemplais son dos. Ce garçon ressemblait à une *carbonnerie*, il évoquait un volcan qui menaçait de prendre feu à tout instant, comme un peu plus tôt sur la grand-place avec son maître. Un rien suffisait pour l'enflammer. Les signes qui préfiguraient notre avenir s'étalaient devant moi, mais je m'employais de toutes mes forces à détourner les yeux.

14

Mme Donati m'avait inscrite à l'examen d'entrée au lycée en se rendant elle-même à la Direction générale de l'instruction publique, à Catanzaro, et en déboursant la somme de mille ducats. Mais au cours de la même période, comme je le découvrirais plus tard, Teresa avait intrigué auprès de son protecteur bourbonien et correspondant régulier – le noble ami de son ancienne famille qui nous avait annoncé dans une lettre son retour de nombreuses années plus tôt – afin qu'il intervienne auprès du ministère de l'Intérieur et de l'administration provinciale qui avait accès au registre des candidats.

Maman avait passé des mois à dessiner puis à coudre la robe et le manteau que j'arborerais le jour de l'examen. Le coche pour Catanzaro partant avant l'aube, il avait été décidé que je coucherais chez mon institutrice de façon à faciliter mon départ. Mme Donati était donc venue me chercher la veille au soir, sûre d'elle, élégante. Sursautant à sa vue, maman lui avait dit, les yeux baissés : « Cette tenue vous va très bien. » Les attentions que cette dame distinguée avait pour ma personne lui semblaient excessives, elle croyait que notre famille ne les méritait pas et par conséquent que je n'en étais moi-même pas digne.

Tout en arrangeant mon col, elle avait ajouté : « La tienne aussi te va très bien. » C'était vrai, la robe et le manteau bleu marine qu'elle avait confectionnés m'avantageaient. Mme Donati avait promis de me prêter une paire de bottines trop petites pour sa fille. Maman nous a accompagnées jusqu'à la ruelle qui menait à la grand-place. « Vous avez l'air d'une mère et de sa fille » a-t-elle lâché au moment des au revoir.
Quand je me suis retournée, elle n'était plus là.

Le lendemain matin nous avons gagné à pied la Direction générale de l'instruction publique, située à une petite heure de marche de l'arrêt du coche. Nous étions si nerveuses que nous avons parcouru ce trajet en silence. Enfin, au fond d'une place, le bâtiment, pour le moins imposant, s'est dressé devant nous. Aussitôt mon estomac s'est noué : de multiples jeunes gens attendaient devant les grilles, prêts à tenter leur chance comme moi. Nous étions tous là pour nous bâtir un avenir différent de celui que nos parents nous réservaient et donc, d'une certaine façon, pour les trahir. À la vue des filles, en plus grand nombre que les garçons, j'ai pensé : « Nous sommes sœurs et nous sommes rivales, car les places sont comptées. »

Comme nous devions présenter nos papiers d'identité pour entrer, Mme Donati m'a saluée. Elle m'a rassurée d'une voix émue et m'a promis de m'attendre au même endroit cinq heures plus tard. Elle irait se promener pendant ce temps-là pour se changer les idées. « Tout va bien se passer, ma petite », a-t-elle conclu avant de me pousser vers l'entrée et de tourner les talons.

J'ai rassemblé mon courage et me suis engagée dans le grand escalier. Devant l'amphithéâtre, un employé assis à une grande table s'assurait que les noms des candidats figuraient bien sur la liste dont il disposait. Une foule de jeunes gens se pressaient à l'intérieur de la salle, comme je pouvais l'entendre et le voir à travers la porte à moitié ouverte de la salle : jamais je n'en avais vu autant réunis. Mais je me trouvais encore de l'autre côté de la table, tremblant sous l'effet de l'émotion, tandis que l'homme parcourait sa liste.

« Quel est votre nom, déjà, mademoiselle ? hurlait-il en essayant de couvrir de sa voix le vacarme.

– Oliverio Maria.

– Criez plus fort, il y a du tapage ! m'a-t-il enjoint, les veines de sa gorge enflées sous l'effort.

– Maria... Oliverio Maria.

– Oliverio... Avec un "o" ?

– Avec un "o". »

Il a continué de chercher un moment. Enfin il a déclaré en me regardant par-dessus ses lunettes : « Mademoiselle, vous n'êtes pas inscrite.

– Voyons, j'y suis forcément ! » ai-je répliqué, la bouche sèche.

Les étudiants qui étaient derrière moi me poussaient.

L'employé a vérifié une dernière fois et a répété en secouant la tête : « Vous n'y êtes pas.

– Il doit y avoir une erreur.

– Non, je regrette, mademoiselle. Vous ne figurez pas sur la liste. Vous pourrez retenter votre chance l'année prochaine. »

Les jambes en coton, j'ai bredouillé : « Je... je... Laissez-moi entrer quand même. Je suis préparée... Il faut que je passe cet examen.

– Je regrette, mademoiselle. »

Un de ses collègues m'a attrapée par le bras et éloignée. J'ai crié que j'avais travaillé toutes les nuits pendant plus d'un an, que Mme Donati était sûre de ma réussite, comment allais-je maintenant rentrer à Casole ? Mais l'employé m'a entraînée dans l'escalier. Nous étions les seuls à descendre au milieu de la foule qui montait. Il m'a reconduite à l'extérieur et abandonnée là. Mme Donati avait disparu.

Je suis partie à sa recherche en l'appelant et en courant de rue en rue, de place en place, désespérée. Enfin, au bout d'un laps de temps qui m'a semblé interminable et alors que, épuisée, j'avais désormais perdu tout espoir, j'ai reconnu à l'intérieur d'un café ses cheveux châtains réunis sur sa nuque. Elle lisait, assise à une table. J'ai tapé contre la vitre doucement, puis de plus en plus fort, jusqu'à ce qu'elle lève les yeux et me remarque. Immobile, incrédule, elle m'a regardée comme si j'étais un fantôme. Alors j'ai fixé mon reflet sur le verre : j'étais en nage, bouleversée, toute pâle.

M'adressant un signe, elle m'a rejointe sur le seuil.

« Qu'est-ce que tu fais là ? »

Je pleurais et tremblais, incapable d'articuler un mot.

Elle a payé le thé qu'elle avait bu et nous sommes retournées à toute allure à la Direction de l'instruction publique.

« Ils se sont sûrement trompés, répétait-elle en marchant, le souffle court, les pans de son manteau flottant au vent. Il y a sûrement un moyen d'y remédier. Sûrement. »

À notre arrivée, l'escalier était vide et le vacarme de l'amphithéâtre s'était changé en calme plat. Derrière sa table, l'employé s'obstinait à secouer la tête. Mme Donati a exigé de parler au responsable – un gros homme suant qui a consulté à son tour le registre. Il n'y avait pas la moindre trace de mon inscription. L'institutrice a insisté : elle s'était acquittée du paiement en personne, j'étais forcément inscrite, a-t-elle expliqué. Mais le gros homme continuait d'écarter les bras en multipliant les « non ». Enfin, Mme Donati s'est dirigée vers moi et a boutonné mon manteau jusqu'au cou.

Soudain j'ai compris : puisque mon nom ne figurait pas parmi ceux des candidats, tout cela avait été une illusion et je resterais une tisserande toute ma vie. Soudain j'ai cru mourir.

Sur le chemin du retour, la ville et – une fois à bord du coche – le paysage environnant me sont apparus pour la première fois tels qu'ils étaient vraiment : un monceau de damnation et de découragement. Il n'y avait là que tas d'ordures et excréments ; chiens errants, maigres et rageurs ; rats gigantesques s'ébattant dans la boue, au milieu des flaques ; groupes de désespérés et de misérables réunis aux carrefours pour essayer de duper ou de corrompre quelqu'un dans le seul but de survivre. Catanzaro et la route poussiéreuse que parcourait le coche étaient le Royaume, et le Royaume était le monde, et le monde ne connaissait pas la rédemption.

Mais ce qui nous attendait au retour était encore pire, même si rien, à mes yeux, ne pouvait être pire que la honte qui m'habitait alors que nous descendions du coche sur la grand-place de Casole où quelques villageois s'étaient rassemblés autour de maman et de Vincenzina.

J'avais gardé la tête basse, incapable de croiser leurs regards. Maman avait immédiatement compris, ma sœur aussi. Elles n'ont posé aucune question, ni ce jour-là ni le suivant, et j'ai eu quelque temps l'impression d'être invisible à la maison. Le lendemain, sans faire d'histoire, j'ai repris le fil de trame, la navette, et me suis mise à tisser.

Or bien vite la honte a été oubliée, et la peur l'a remplacée. En effet, quatre jours après notre retour, les hommes de la Garde nationale ont arrêté Mme Donati et son mari.

Un peloton entier s'est précipité à leur domicile pendant la nuit, a enfoncé leur porte et les a emmenés, menottes aux mains, sans leur laisser le temps de saluer ni d'avertir qui que ce soit, ni même d'emporter du linge de rechange. Inscrits dans le registre des « individus sous surveillance », ils étaient épiés depuis longtemps. Le lendemain matin, ils avaient tout bonnement disparu et personne n'avait le courage de s'approcher de chez eux, de poser la moindre question, ou simplement de refermer leur porte restée entrouverte après la fureur de l'assaut. Tous les villageois se demandaient ce qui avait bien pu pousser les bourboniens à les éliminer de la sorte.

Plusieurs semaines après, un procès – expéditif, ridicule – s'est tenu à la caserne de la Garde nationale, qu'on ouvrait à la population dans ce genre d'occasions afin d'humilier les accusés. Maman m'avait interdit d'y assister, mais je lui ai désobéi. Cachée au milieu de la foule qui se pressait dans la petite salle, j'ai vu le juge militaire brandir la preuve, selon lui accablante, de la conduite subversive de Mme Donati et de son mari.

« Surtout de la dame, a-t-il souligné. Mais elle n'aurait certainement jamais mené toutes ses activités sans l'aval du juge, son mari. »

D'un geste lent et solennel, il a tiré d'une enveloppe froissée l'image obscène d'une matrone qui représentait l'Italie.

Aussitôt un vacarme s'est élevé autour de moi. Profitant du désordre, je me suis approchée et j'ai reconnu l'image en question. Le juge l'a agitée un moment à la ronde, puis l'a tendue aux jurés en leur enjoignant de bien l'examiner, avant de la remettre aux accusés.

Au verso s'étalait une inscription au crayon que j'avais mille fois lue et caressée : *Pour Maria. De la part de Caterina Donati.* C'étaient les vers de *Nabucco* et l'allégorie de l'Italie qu'elle m'avait offerte.

« Est-ce votre écriture ? »

L'institutrice s'est bornée à répondre « oui », la tête haute, avec fierté.

« Bien, a conclu le juge militaire. Les accusés ont avoué. »

Avant qu'on puisse se tourner vers moi ou m'apostropher, je me suis sauvée.

Le couple a été conduit dans la prison du fort de Santa Caterina, sur l'île de Favignana, tandis que ma famille et moi-même échouions dans le registre des « individus sous surveillance ». Au moindre faux pas, nous serions à notre tour éliminés ; nous serions désormais épiés ; chaque déplacement, chaque action et chaque mot risquerait de nous mener à la mort.

De retour à la maison, j'ai ouvert le livre où j'avais glissé l'image. Naturellement, elle n'y était plus.

J'aurais dû mieux la cacher, me disais-je au désespoir, ou plutôt j'aurais dû la déchirer, la brûler, en effacer la moindre trace. Par quel mystère n'avais-je pas songé que Teresa risquait de me la voler ? Pourquoi avais-je été aussi sotte ? Je me suis effondrée sur le matelas. Puis je me suis relevée et j'ai gagné le métier à tisser, même si mes mains tremblantes m'empêchaient de travailler. Dans sa chambre, Teresa m'observait à travers la porte ouverte et riait méchamment de ma naïveté en secouant la tête.

15

Teresa et Salvatore se sont mariés cette année-là au mois d'août. Maman avait tenu à organiser une réception à la maison, la veille de la cérémonie, malgré l'avis contraire de l'intéressée. « Je me fiche des "individus sous surveillance", avait-elle en effet tranché. Certaines choses se font, un point c'est tout. »

Elle s'inquiétait depuis l'hiver que les viandes ne fussent infestées par des larves de mouche. Trois jours avant le mariage, elle nous avait envoyés chercher les provisions – anchois, saucissons, saucisses, 'nduja, épices, etc. – dans les caves des Morelli et les avait recouvertes de nappes et de serviettes en coton, nous interdisant de les toucher.

Telle avait été notre fête, la veille de la vraie réception. La porte de la maison était restée ouverte du matin jusqu'au soir et les villageois avaient défilé devant la table bien garnie. Papa avait trinqué avec chacun d'eux, tout comme Salvo. Personne n'oubliait Raffaele, qui n'avait pu quitter Naples : « À Raffa, qui *s'enargente* ! » lançaient les voisins.

À quatre heures de l'après-midi, il n'y avait déjà plus de vin. Tonio s'est éclipsé avant de revenir avec une dame-jeanne de vingt litres. Un grand applaudissement l'a salué et tout le monde s'est étreint ou embrassé avant d'avaler un autre verre. À l'écart, Teresa, rembrunie, gardait le silence. Un des convives, qui avait trop bu, lui a lancé d'un ton badin : « T'es sûre que c'est ton mariage ? Tu devrais être heureuse, Tere' ! » Elle ébauchait un sourire et trouvait des excuses pour se soustraire aux lazzis de cette bande de misérables.

La cérémonie a eu lieu le lendemain, au palais des comtes Donato et Vincenzo Morelli, les oncles de Salvatore, à Rogliano. Salvatore avait eu la gentillesse de nous envoyer une voiture, ce qui avait donné à papa et maman l'impression d'être des bourgeois. Nous sommes arrivés parmi les premiers. De nombreux véhicules déversaient devant la porte la fine fleur de l'aristocratie bourbonienne de Calabre et de Naples, toutes les « huiles » du Royaume. Le bruit courait que le roi Ferdinand ou tout au moins sa femme Marie-Thérèse, qui avaient déjà séjourné dans cette demeure, seraient présents. Mais la rumeur selon laquelle les comtes Morelli ne dédaignaient pas les fréquentations libérales depuis la féroce insurrection de 1848, pis, qu'ils se préparaient à la défaite en intriguant dans le dos du monarque, était peut-être parvenue aux oreilles de ce dernier, qui était bel et bien absent. Au cours de cette période, les soupçons pesaient sur tout le monde.

Les invités se pressaient dans la cour, les hommes coiffés de hauts-de-forme, les femmes de turbans empanachés. Maman et moi n'avions aucun mal à reconnaître, dans les robes de toutes les coupes et de toutes les couleurs, les étoffes que nous avions tissées, puisqu'elles provenaient pour la plupart des filatures des Gullo. Avec son frac noir et son gilet violet assorti à ses gants, Donato Morelli, l'aîné des deux frères et le maître de maison, remportait la palme de l'élégance.

Papa, maman, Salvo, Angelino, Vincenzina et moi portions pour notre part des vêtements retournés et ravaudés. Papa avait en effet refusé que Salvatore nous en offre des neufs à la demande de Teresa, demande mue non par la charité, mais par la gêne : « J'ai de quoi me payer des vêtements. Il est hors de question que mon patron m'achète un pantalon. » Salvo, qui était désormais un homme, avait enfilé une vieille veste de papa reprisée aux coudes qui lui serrait trop la poitrine ; j'avais passé, quant à moi, la robe de l'examen qui était restée depuis ce jour maudit dans un tiroir avec de la naphtaline et qui était trop chaude pour la saison. « C'est nous qui avons habillé toutes ces dames », disait maman en jetant des regards à la ronde.

À l'arrivée des fiancés, des applaudissements ont retenti. Impeccable, Salvatore avançait en s'appuyant sur une canne pourvue d'un pommeau en nacre en forme de tête de cheval, vêtu d'un frac moulant et d'un gilet turquoise, un brillant piqué dans sa lavallière noire. Un pas derrière lui, Teresa arborait une merveilleuse robe blanche en soie et tulle, ainsi qu'un très long voile retenu par une tiare en perles et diamants. Elle marchait comme une reine, sous le regard fier de son futur époux.

Après les noces, célébrées par l'évêque de Cosenza dans la chapelle du palais, nous avons gagné la salle à manger, au premier étage. Teresa avait interdit à papa et maman d'inviter un seul parent ou voisin, aussi étions-nous ses seuls proches. On nous avait relégués à une petite table carrée dans le coin le plus éloigné des invités, à côté des cuisines. À notre entrée, Donato et Vincenzo Morelli nous ont lancé un regard de mépris. Ils s'étaient opposés à cette union, tout comme les Mancuso – cet isolement nous le signifiait. Sans les assurances et les promesses de l'ami noble resté fidèle à Teresa, sans la petite dot qu'il lui avait constituée et sans les biens des disparus que les Morelli s'étaient appropriés, sans l'amour véritable de Salvatore, le boiteux, ce mariage n'aurait jamais eu lieu. « Si tu es décidé à te tuer, tu le feras de tes propres mains », avaient dit les Morelli à leur neveu avant de l'inviter à signer les papiers qui plaçaient certaines de ses possessions sous leur tutelle. Ils avaient donc choisi cette table en marge de la fête pour communiquer à leurs semblables qu'il n'y avait aucun doute à avoir : nous n'étions que leurs employés.

Pendant tout le repas nous avons été les derniers servis – et même pas de tous les plats : certains passaient devant nous sans qu'il nous fût permis d'y goûter, si bien que seuls leurs arômes nous parvenaient. Teresa avait attendu son mariage pour punir papa et maman de leurs origines, qui étaient aussi les siennes, même si elle les rejetait. Ils ne méritaient pas grand-chose. Presque rien. Rien.

Quand les serveurs rapportaient les plateaux à la cuisine sans s'arrêter à notre table, maman feignait d'être distraite ; elle suivait, de son index, les broderies sur la nappe en tâchant de déterminer si elle en était l'auteur ou pas. « Ce point-là, c'est pas moi qui l'ai fait, disait-elle invariablement. Regarde, regarde, lançait-elle à Vincenza, ils ont fait ici un point d'étoile, au lieu de faire un point de nœud. C'est pas une nappe réussie. »

À l'arrivée des rôtis, papa a tapé du poing sur la table. « Bon sang, on ferait même pas ça à des chiens ! » On avait en effet déposé sur notre table une seule assiette de viande à partager en six. Le coup a renversé le verre de papa, qui s'est brisé, le vin a giclé sur sa veste et sur sa chemise blanche.

Entendant ce vacarme, Teresa et Salvatore, qui saluaient une vieille dame arrivée en retard, ont brusquement pivoté.

Salvatore s'est dirigé vers nous d'un pas lent, en boitant, et a appelé un serveur. « Q-que se p-passe-t-il ? D-donnez-leur ce qu'ils d-demandent, v-voyons. » Puis, à l'adresse de papa : « Q-qu'y a-t-il, vous n'êtes p-pas s-satisfait du s-service ? »

Papa s'est contenté de baisser les yeux. Mais Salvo, assis à côté de lui, a laissé échapper dans un murmure : « Vous me dégoûtez.

– T-tu as d-dit q-quelque chose ? a répliqué Salvatore, les mâchoires durcies.

– Suis-moi dehors avec ta patte folle et je t'expliquerai ce que j'ai dit. »

Vincenzina et Angelino ont fondu en larmes. Maman a essayé d'attraper Salvo par le bras, mais il s'est écarté.

« T-très bien, a répondu Salvatore d'un ton paisible. T-tu veux aller d-dehors ? Allons d-dehors. Comme ça tu comprendras q-qui sont les invités et q-qui est le m-maître. » Son mariage et le désir d'échapper au ridicule devant les hommes de sa famille lui insufflaient une arrogance que je ne lui connaissais pas.

Il a adressé un signe à un domestique, puis a indiqué la porte vitrée qui donnait sur la terrasse. Il l'a franchie en s'appuyant sur sa canne.

Salvo lui a emboîté le pas.

Peu après, mon frère est réapparu, une pommette violette et le nez en sang. Salvatore est rentré par une autre porte et a regagné la table centrale comme si de rien n'était. Teresa l'attendait.

Les hommes de notre famille avaient tous deux les vêtements tachés. Salvo avait cru qu'il pourrait affronter Salvatore d'homme à homme. Or celui-ci était resté à l'écart pendant que cinq individus l'attaquaient, lui. Comme il avait été naïf ! Il ignorait que, pour certains, l'honneur n'est qu'un pourboire destiné à la domesticité.

Je me suis levée et me suis dirigée vers Teresa, qui bavardait avec des invitées. Craignant une scène de ma part, elle a abandonné ces dernières sur un sourire et m'a rejointe.

« Pourquoi ? » me suis-je bornée à demander. Ma question sous-entendait non seulement l'épisode qui venait d'avoir lieu, mais aussi tout, tout ce qu'elle nous avait fait endurer depuis le jour de son arrivée. Elle l'a compris. Me lançant un regard froid, impitoyable, elle a dit : « Il n'y a pas de pourquoi. » Puis elle est retournée auprès des convives en exhibant le plus large des sourires.

Elle avait raison. En vérité, la haine n'a ni motif ni rédemption.

Papa a passé l'après-midi à observer sa fille inconnue, qui se sentait à l'aise dans ce palais, qui semblait heureuse de danser avec les invités de son mari, qui échangeait des signes de complicité avec les dames de la ville. Néanmoins ses yeux la suivaient un moment avant de se perdre dans le vide.

Maman braquait les siens sur la porte vitrée et cherchait ses bien-aimés sommets au-delà des hauts plateaux de la Presila, au-delà des bois de pins et de mélèzes. Ayant appris à interpréter leurs silences, je comprenais quant à moi que leur vie s'était changée en une sorte de mort, au mariage de leur fille aînée. Que vous reste-t-il quand un de vos enfants vous humilie ?

« Papa et maman seront heureux à mon mariage », ai-je dit à l'oreille de Vincenza. J'interrogerais Pietro sur ses intentions à mon égard. Je me marierais, ai-je décidé ce jour-là, je le ferais pour mon père et ma mère.

DEUXIÈME PARTIE

ITALIE

16

Puis Pietro a été appelé sous les drapeaux et de nouveau tout a changé.

En cette fin de l'été 1855, la lumière laissait chaque soir une promesse non tenue. Servir les Bourbons étant la dernière chose que Pietro désirait, je le croyais malheureux. En réalité, cette nouvelle le réjouissait.

« On se mariera plus tard, ma petite Maria, m'a-t-il dit. On m'envoie à Naples. Mon rêve de voir le monde se réalise d'une manière inattendue. »

Contrairement à moi, il savait qu'il suffisait de partir pour voir les choses changer ; il aurait préféré que cela n'implique pas de porter l'uniforme du Royaume, mais il en tirerait le plus grand bénéfice possible.

« Si j'étais un garçon, je partirais moi aussi », affirmais-je en cherchant son regard.

Pietro éclatait de rire. « Qu'est-ce que tu racontes, ma petite Maria ? C'est moi qui pars, je t'emmènerai plus tard. L'important, c'est que l'un de nous deux s'en aille. Nous irons ensuite explorer le monde ensemble. Je te le promets. Et ce monde, nous le changerons, toi et moi. »

La veille de son départ, il est venu à la maison et m'a offert une bague de fiançailles : un anneau en argent sans la moindre pierre. Un anneau de rien du tout, nullement comparable à la bague que Salvatore avait donnée à Teresa, mais à mes yeux le plus précieux des bijoux.

Le lendemain, à l'aube, il a réuni ses affaires et s'est rendu sur la grand-place pour prendre le coche. J'ai ajusté le col de sa chemise et aplati ses cheveux en désordre, tandis qu'un cheval de l'attelage hennissait et piaffait au milieu des autres, quant à eux tranquilles. J'étais comme ce cheval, folle, dans un monde indifférent où les choses changeaient sous la surface – des changements que j'étais la seule à pressentir, la seule à voir –, alors que tout restait identique en surface, à la lumière du jour. Pietro allait faire son service militaire parmi des milliers de garçons qui partaient en silence, à tout juste dix-neuf ans, sans savoir qu'ils allaient construire l'Italie.

J'ai regardé disparaître le coche à moitié vide, dont les chevaux trottaient en soufflant des nuages de fumée. Pietro descendait vers la vallée. Il gagnerait Naples en l'espace de quelques jours et mourrait peut-être pour un roi dont il ignorait jusqu'au visage.

L'attachement que nous développons pour les objets est étrange. Bientôt, la bague que Pietro avait glissée à mon annulaire droit s'est substituée à sa présence.

Je la caressais et la couvrais de baisers dans le secret de mon lit. C'était peut-être stupide de ma part, et pourtant cet anneau d'argent était une promesse, et les promesses symbolisent l'avenir ; cela me suffisait. J'avais quatorze ans et j'étais persuadée qu'une promesse et l'idée d'un avenir me permettraient de vivre cent années supplémentaires. Mais l'ancienne Maria, la fillette libre, me rendait visite la nuit pour me rappeler que la Maria adulte était malheureuse.

Au début, je recevais chaque lundi de longues missives semblables à celles que Raffaele nous avait envoyées à son arrivée à Naples, des années plus tôt. Je tissais toute la semaine sans cesser de penser au vendredi suivant.

La ville était immense, écrivait Pietro, et la mer si belle, si vaste, qu'il était impossible de la décrire : un jour, il m'emmènerait la voir.

Puis, au fil du temps, la teneur de ses lettres a changé. Bien qu'il fût un simple soldat, Pietro avait obtenu l'autorisation de fréquenter le cercle où se retrouvaient les officiers et les étudiants de l'Académie militaire de Naples. Il parlait d'un dénommé Giovanni Nicotera, d'un certain Gian Battista Falcone, calabrais, et d'un Carlo que tout le monde appelait par son nom de famille, Pisacane[1]. Il formait avec eux une bande d'amis fidèles malgré l'immense fossé social qui le séparait des trois garçons. Officier de l'armée bourbonienne, Pisacane avait déserté par mépris pour le roi Ferdinand et à cause du marasme dans lequel il avait plongé le Royaume. Il avait regagné Naples incognito. C'était une tête brûlée, écrivait Pietro, un idéaliste, un révolutionnaire.

Me voyant tourner et retourner ces feuilles de papier entre les mains, maman me caressait le bras et soupirait. « Ma fille, il te faut filer. Ne te laisse pas emporter par la fièvre. Les hommes vont et viennent. »

---

1. Nicotera (1828-1894), Falcone (1834-1857) et Pisacane (1818-1857) furent de célèbres patriotes.

Mes parents étaient au courant de mes fiançailles et, s'ils avaient pardonné à Pietro de ne pas s'être présenté officiellement à la maison avec sa bague, c'était juste parce qu'il avait dû partir en toute hâte sous les drapeaux. Maman prétendait qu'il n'était pas bon de s'attacher à un soldat, mais Pietro ne mourrait pas, pas encore, il attendrait que je sois à ses côtés, que nous nous battions ensemble dans un nid d'aigle perché au milieu de la forêt.

Je vivais alors dans l'angoisse de ne plus recevoir de nouvelles de sa part ; pour chasser ce sentiment, j'apprenais par cœur des passages entiers de ses lettres. Ses amis Giovanni, Gian Battista et Pisacane étaient des fils de nobles, ils avaient fait leurs études à la Nunziatella, l'académie qui instruisait la classe militaire et dirigeante du Royaume des Deux-Siciles. Malgré tout, racontait Pietro, ils incarnaient ses idéaux, ils étaient proches des humbles, ils s'enivraient dans les cafés de Castel dell'Ovo avec les déchargeurs du port, les porteurs, les ouvriers. Ils levaient au ciel leurs verres de vin au nom de la justice sociale et de l'Italie unifiée. Ils voulaient créer un seul pays à partir de deux pays divisés et rivaux, un pays plus juste. Pietro avait trouvé en eux les camarades dont il avait été privé à Macchia et à Casole, des garçons qui lui permettraient de réaliser ses rêves, et pourtant, ces lettres débordant d'une exaltation toute neuve me blessaient.

Le soir, j'en relisais chaque mot à la lumière de la lampe à pétrole et, comme Pietro, j'essayais d'en apprendre de nouveaux.

Abjuration de leur monde, écrivait-il. Comment avait-il appris ces expressions ? Pourquoi me les adressait-il avec autant de naturel ? Les idées dont il s'était gargarisé au village sans savoir de quoi il s'agissait vraiment semblaient désormais à ses yeux une question de vie ou de mort. Selon lui, l'expérience de la République romaine et celle de la République vénitienne de 1848 avaient échoué parce qu'elles n'avaient concerné que leurs frontières : elles n'avaient pas eu l'audace – oui, « audace », c'est bien le mot qu'il employait – de viser la libération du pays entier. Il parlait de notre pays, de l'Italie, ainsi que Mme Donati m'en avait parlé lors de nos leçons du lundi : comme s'il était déjà construit, comme s'il répondait à la volonté de Dieu depuis la nuit des temps et que seul le vouloir des hommes l'eût divisé.

Pendant cinq mois, écrivait-il, *les terres ont été libérées du clergé et sont revenues aux paysans ! Cela devrait se produire dans toute l'Italie !* Il dépeignait Giuseppe Garibaldi : ce chef de guerre, qui s'était battu contre le monde entier, disait à ceux qui avaient le courage de le suivre : « Je vous offre la faim, la soif, des marches forcées, des batailles et la mort. » Pour Pietro et ses amis, la révolution – « révolution » était son terme favori – devait partir des paysans, des journaliers : seules les masses formeraient une armée capable de libérer l'Italie. *Nous autres,* ajoutait-il, *parce que nous sommes des tisserands, des journaliers, des bûcherons, des* carbonniers. *Nous sommes le peuple.*

Papa et maman me demandaient ce que contenaient ces lettres que je ne cessais de relire.

Je secouais la tête et répondais : « *Mie.*

– Ah, tu dis toujours *"mie"*, disait maman. Puisque tu passes trois heures à lire au lieu de filer, c'est bien qu'il doit y avoir quelque chose d'écrit.

– Ce sont mes affaires. »

Maman grimaçait et se penchait sur le métier.

« Il n'y a rien de mal à ça... » reprenait-elle au bout d'un moment en interprétant mes silences comme une marque de chagrin.

En vérité, après avoir lu les pages de Pietro, j'avais honte de ma maison, de ma famille, de la petitesse de mes parents et de leur manque de courage. J'avais honte de mes origines. M'étais-je transformée en Teresa ? me tourmentais-je la nuit. En fin de compte, j'avais honte de moi-même parce que je n'avais pas trouvé la force de m'enfuir. Tatie *Tremble-Terre* m'avait pourtant bien dit d'imiter le pignon de pin, de rassembler mon courage et de m'envoler, de me sauver ! Or, contrairement à mon fiancé, je n'en étais pas capable.

Ces missives prouvaient que Pietro ne m'avait pas oubliée – pas encore, me disais-je –, mais aussi que la route sur laquelle il s'était engagé le conduisait loin de Macchia, loin de Casole, loin de tout ce qui nous appartenait. Il avait raison, il lui avait suffi de partir pour trouver ce qu'il cherchait.

À Naples il avait rencontré Raffaele, m'a-t-il écrit un jour en joignant à sa lettre un petit portrait d'eux au crayon et au fusain. Comme Raffaele ne pouvait entrer au cercle des officiers, ils se voyaient à Castel dell'Ovo, où ils mangeaient des poissons frits et de la *pastiera*[1] en buvant un vin blanc de mauvaise qualité, racontait-il. Ils s'étaient fait croquer devant le château par un vagabond qui dessinait à toute allure des portraits incroyablement ressemblants.

---

1. Dessert à la ricotta et aux fruits confits typique de Naples qu'on mange en général à Pâques.

BRIGANTESSA

J'ai attendu, pour regarder ce dessin, que papa, maman, Salvo, Vincenza et Angelino l'aient vu : je voulais déduire de leurs expressions ce qu'il en était de Pietro. Le trait était extrêmement précis, on aurait dit une de ces photos que j'avais aperçues un jour, aux tables du Café Bourbon, entre les mains des « messieurs ». Dans sa chemise amidonnée et sa veste sombre, Raffaele avait la prestance d'un homme, mais des yeux mélancoliques et moqueurs que je ne lui connaissais pas, et il semblait imperméable à toute blessure. Pietro, en revanche, était Pietro. Le nez large et le regard bon, fier comme Artaban, son képi à la main, il affichait le sourire large des individus qui s'apprêtent à dévorer le monde. Raffaele, au nez fin et droit, souriait quant à lui comme un acteur de théâtre. Le vent marin rabattait leurs cheveux en arrière. Ils formaient une belle paire d'amis, et pourtant je me demandais ce que Pietro pensait vraiment de mon frère qui travaillait comme un esclave pour un « monsieur », qui cultivait le rêve ridicule de s'enrichir, de devenir l'égal de son maître, qui ne remarquait pas l'état de délabrement du Royaume, abandonné à lui-même comme un objet inutile.

Derrière le portrait, Pietro avait écrit : *Raff s'habille comme un dandy et apprend le savoir-vivre. Il parle un italien parfait, il a oublié le dialecte de Casole.*

Il plaisantait, bien entendu, mais maman a ébauché un petit sourire et levé les yeux, troublée.

« Relis ces phrases », a-t-elle dit, comme si elle ne les avait pas entendues. Je me suis exécutée. Elle s'est détournée et a ramassé un torchon afin de masquer son émotion. « Vraiment ? Mon petit Raffaele a oublié le dialecte ? a-t-elle repris ensuite.

– C'est une plaisanterie ! a répliqué Vincenzina.

– Peut-être... peut-être... Si vous le dites, vous qui comprenez tout.

– N'en crois rien, l'ai-je rassurée. Pietro exagère. Ce serait un miracle si cet ignare de Raffaele parvenait à aligner trois mots en italien. »

De temps en temps, Pietro rentrait en permission, et c'était la fête. J'avais une préférence pour ses visites impromptues, parce qu'il était terrible d'attendre sans savoir quand il apparaîtrait devant moi. Il surgissait soudain en frappant à la porte, comme le jour où il s'était présenté à mes parents : il était le seul à frapper aussi fort. Je criais alors à maman ou à Vincenza d'ouvrir, courais à l'évier faire un brin de toilette et me recoiffais devant le miroir en essayant de contenir les battements affolés de mon cœur.

Pietro ne se montrait jamais tel que je l'avais imaginé au cours des semaines ou des mois qu'avait duré son absence. Seule son énergie demeurait inchangée : « Je vais bien, petite Maria. Tu ne me croiras peut-être pas, puisque je suis soldat, mais je me sens heureux. » Il disait vraiment « heureux », le mot que seuls les fous ou les bourgeois pouvaient employer.

« Comment ça heureux ? me plaignais-je. Alors tu es mieux sans moi. »

Maman intervenait tout en lui tendant des gâteaux. « Laisse donc tranquille ce pauvre bougre. Il doit être fatigué, et toi, tu le *supplices*. »

Mais je voyais bien qu'il lui était arrivé quelque chose : il employait un langage insolite et tout en lui était nouveau. Au bout d'un moment, après en avoir demandé l'autorisation, nous sortions.

Intrigués par ce jeune homme en uniforme qui se conduisait comme un citadin, les habitants se pressaient autour de lui. Ils l'arrêtaient et le bombardaient de questions sur la capitale, la vie militaire – le bruit courait qu'il avait été nommé officier, ce qui était faux –, la gastronomie napolitaine et les femmes, tout en me priant de les excuser, sur le nombre de personnes qu'il avait tuées. Les villageoises en promenade lui lançaient des œillades enflammées. Pietro leur souriait en retour. J'aurais dû être jalouse. Or plus je sentais qu'il risquait de m'échapper, plus j'étais attirée par lui. Je gardais donc le silence.

« Je suis enfin bon à quelque chose, déclarait-il en exhibant le grand sourire de son portrait. Pour la première fois de ma vie, je me sens vivant. Le monde est vaste, nous devons aller y chercher ce qui nous appartient, Maria. » Puis il refermait son bras autour de ma taille et attrapait ma main. « Montre-moi ce qu'il y a à ce doigt, murmurait-il. Mademoiselle, vous êtes fiancée. Qui est l'heureux homme qui vous épousera ? »

Il me soulevait de terre, comme les premiers temps, et me conduisait dans une ruelle déserte, ou au sommet du clocher. De là, on dominait la vallée et voyait les montagnes, au-delà de la forêt.

« Comme elles me manquent... » soupirait-il.

Cela me rassurait : certes, il avait changé, mais au fond c'était toujours le même Pietro.

Il m'emmenait ensuite dans les bois, il voulait voir les lieux où, des années durant, il avait coupé des arbres et créé des volcans de charbon. Après avoir gravi la montée qui menait à la hêtraie, il changeait d'expression et de façon de parler. Son pas se faisait assuré, rythmé. Peu à peu, il se taisait.

Je plaisantais : « Tu t'*ensilences* d'un coup ? »

Un jour nous sommes allés dans une clairière. Muni de son pistolet réglementaire, il a tiré vers le ciel. Le bruit, plus fort que je ne l'imaginais, m'a apeurée.

« Allez, essaie », a-t-il ajouté en me tendant l'arme.

Ce pistolet chaud était effrayant, j'ai donc refusé.

Pour s'amuser, Pietro l'a pointé sur moi.

« *Boum* ! »

D'instinct, j'ai bondi en arrière. Mais un mécanisme s'est enclenché en moi et j'ai voulu tirer à mon tour.

« Tu vois ce geai ? a-t-il demandé en me montrant un bel oiseau blanc et marron sur une branche. Là. »

Je ne savais pas ce que je faisais. J'ai tiré en tremblant et, comme par magie, le geai est tombé au sol, raide mort. Pietro a éclaté de rire : il n'en croyait pas ses yeux. J'ai refusé d'aller voir cette bête qui avait battu des ailes deux ou trois fois avant de se figer : le sentiment de puissance qui s'était emparé de moi m'avait horrifiée.

Parfois Pietro réunissait des feuilles et des aiguilles de pin, puis m'allongeait sur ce lit et m'embrassait. Je brûlais d'être caressée sous ma *camise*, sous mon linge, et je le lui disais. Ses doigts étaient de plus en plus ligneux à chaque retour. Je ne les en aimais que davantage, j'aimais la douleur de ses étreintes. Dans la naïveté de mes quinze ans, j'imaginais que cette fougue était le signe de sa fidélité.

Il retroussait ensuite ma jupe et me palpait les cuisses. « Ce sont des jambes de montagnardes, affirmait-il. Des jambes dures et musclées. » Tout en parlant, il essayait de glisser ses doigts là où je le lui interdisais. Comme toujours, pour l'en empêcher, je le mordais.

« Tu es méchante, commentait-il comme trois ans plus tôt. Tu veux que je rentre à Naples malheureux. »

C'était la vérité. Je voulais qu'il rentre à Naples malheureux. Je craignais de le perdre en m'abandonnant à lui.

Quelques jours plus tard, il repartait déçu et insatisfait. Et chaque fois, je pleurais avant l'aube, à l'arrêt du coche.

Puis il recommençait à m'écrire, et c'étaient des lettres de bonheur. À Naples la flamme se rallumait.

17

L'année de mes seize ans, au mois d'avril, les chardons ont éclos en avance, soulignant les bordures des champs de leurs grandes fleurs violettes.

Chaque fois qu'ils fleurissaient, maman décrétait : « Plus rien ne peut nous blesser. » C'était une des superstitions de la Sila : ces fleurs grasses éloignaient le démon ; avec le printemps, le gel et la neige ne nous menaceraient plus.

Pietro est arrivé un matin sans s'annoncer. Il a frappé à la porte de sa façon habituelle et m'a appris, très nerveux, qu'il ne s'attarderait que deux jours : il devait participer en compagnie de ses amis Gian Battista Falcone et Pisacane à une expédition dont il ne pouvait parler à personne. Il était en proie à une exaltation insolite, il répétait que les choses changeaient enfin, après des siècles d'attente, que nous ne serions plus des esclaves. Il a refusé d'entrer, malgré l'invitation répétée de maman. Je lui ai posé des questions précises, mais il s'est borné à répondre qu'il n'avait pas le droit de parler, que les membres de l'expédition étaient censés observer le plus grand secret, y compris avec leurs proches. « Il vaudrait mieux aussi entre nous », a-t-il ajouté.

« Chaque journalier *possédera* les terres qu'il a cultivées toute sa vie, promettait-il. Les impôts sur la farine et sur le sel seront abolis. Nous pourrons utiliser les terres collectivement. Nous serons libres, Mari. » Il m'effrayait : jamais je n'avais vu une telle lumière dans ses yeux, jamais je ne l'avais entendu s'enivrer de mots de la sorte. Je refusais de le croire. Comme le disait papa, notre situation ne changerait en aucun cas. Ma propre existence, que je passais à tisser, enfermée entre quatre murs, en témoignait. Le changement requérait des efforts ; or ceux que papa accomplissait en se brisant le dos sur le froment d'autrui et ceux que nous effectuions, maman et moi, en nous gâchant la vue et les mains ne nous permettaient pas d'en fournir d'autres.

« Non. Les choses ne changeront pas », ai-je répliqué.

Prenant cela pour une insulte, Pietro a murmuré quelques mots dans sa barbe et, d'un geste expéditif, m'a envoyée au diable. Je ne le reconnaissais pas.

« Tu ne comprends rien », a-t-il conclu avant de me planter là sur le seuil, sans même un au revoir.

Le lendemain, une voisine a raconté à maman qu'elle avait vu la veille au soir Pietro en compagnie de Teresa sur le sentier qui menait du village à la campagne. Elle était certaine qu'il s'agissait de ma sœur aînée : aucune villageoise n'aurait pu se payer des vêtements aussi voyants. Teresa avait donc prétendu sortir pour sa promenade du soir et avait rejoint Pietro.

Maman tourmentait le tissu tout en me jetant des regards féroces qui m'ont rappelé le jour où, pour éviter que je ne me brûle avec les pierres du poêle, elle avait presque perdu un doigt. Elle savait que je réagirais, que je me dresserais contre une autre partie de sa personne, une autre fille, et pourtant son sens de la justice l'emportait.

Mais avant d'affronter Teresa, je devais voir mon fiancé. Je me suis donc engagée sur le chemin de Macchia, certaine de le trouver au café. De fait, il jouait au *tressette*, assis sous la tonnelle, son uniforme déboutonné sur la poitrine, son képi pendu au dossier de la chaise.

Je n'ai pas eu besoin de l'apostropher : l'un de ses camarades m'avait vue surgir de la montée. Pietro s'est retourné, a souri et agité joyeusement le bras, avant de m'inviter d'un signe à patienter. Il a étalé ses cartes sur la table, a avalé son verre et s'est levé. D'un geste, il a balayé les protestations de ses amis.

Il savait tout, il lisait mes pensées sur mon visage.

Il m'a pris par la main et nous nous sommes acheminés dans la rue qui conduisait à la campagne.

« Les gens parlent à Casole », ai-je commencé.

Nous avions dépassé l'église principale. Au sommet de Macchia se trouvait la grange d'un de ses amis. La porte en bois était entrouverte. Dans un coin, un mulet regardait le mur, las du travail de la journée. Des petits tas de crottin sec étaient éparpillés partout.

« Laisse-les parler, ils n'ont rien à dire. Je n'ai donc pas le droit de voir ma belle-sœur quand ça me plaît ? » Son haleine sentait le vin, il parlait avec fougue. Nous sommes entrés et il a aussitôt posé sur moi une main furtive, expéditive, inhabituelle.

« Pourquoi vois-tu Teresa ? »

Il m'a soulevée par les aisselles et poussée dans le fenil, me renversant.

J'ai crié sous l'effet de la surprise et de ma chute, mais il n'y avait personne dans cette grange, à l'exception du mulet. Les tiges de foin me piquaient le dos, et l'odeur de la bête me dérangeait. Pietro a brutalement ouvert ma *camise* et m'a couvert la poitrine de baisers.

« Ce que tu es belle...
– Je veux savoir ce que tu fais avec Teresa quand vous vous voyez. »

Au lieu de me répondre, il a glissé une main sous ma jupe et a caressé mes cuisses nues. Puis il est remonté. Lui immobilisant les poignets, j'ai répété :

« Qu'est-ce que tu fais avec Teresa ?
– Je dois partir, Maria. Je m'en irai demain et j'ignore si je reviendrai. »

Il m'écrasait de son poids. J'ai essayé en vain de me dégager : il était plus fort que moi et trop lourd. Il m'embrassait sur les lèvres, les joues, le cou, les oreilles avec une fougue inhabituelle. Il pressait l'ardeur de ses vingt et un ans sur la curiosité de mes seize printemps.

Il y avait quelque chose d'épouvantable dans ses yeux désespérés, une chose qui m'a rappelé le soir où, de nombreuses années plus tôt, papa avait brandi la main à quelques centimètres du visage de maman. La violence de ses gestes aurait dû m'alerter, me dissuader, me pousser à étouffer tout désir en moi.

Mais il m'embrassait, me caressait et, en proie à la fureur, me parlait d'Anita Garibaldi, la femme du chef de guerre qui construirait l'Italie. Son ami Pisacane lui avait raconté de nombreuses anecdotes à son sujet : Anita, disait-il, était une femme courageuse, elle avait quitté Nice, enceinte et atteinte de la malaria, pour rallier Rome, cachée dans un chariot de marchandises. « Elle a réuni ses cheveux en une natte qu'elle a coupée pour l'envoyer à la mère de Garibaldi, bredouillait-il. Du temps de la République romaine, elle s'est déguisée en homme et s'est battue aux côtés de son mari qui promettait uniquement la faim et la mort. Ce couple a fait l'Histoire, Maria. Il a montré au monde que tout est possible. » Plus il parlait, plus ses mains cherchaient l'interdit.

« Tu le ferais, toi ? interrogeait-il. Tu te battrais à mes côtés ? » Il fixait sur moi le regard d'un animal qui agonise. « Tu le ferais, Maria ? »

C'est sans doute dans cette grange que je me suis imaginée pour la première fois en train de me battre dans les montagnes, déguisée en homme, les cheveux coupés par une lame, comme sainte Marine de Bithynie ou comme Anita Garibaldi.

Sans cesser de presser son corps contre le mien, Pietro a tiré de la poche arrière de son pantalon un couteau à cran d'arrêt et une feuille de papier. Il a posé le couteau sur le foin et, d'un geste de la main, a déplié la feuille. « "Il existe des gens qui disent : le pays doit faire la révolution. C'est incontestable. Mais le pays est composé d'individus et s'ils attendaient tranquillement le jour de la révolution sans la préparer par une conspiration, la révolution n'éclaterait jamais." » Il a actionné la lame du couteau et l'a pointée sur ma gorge. « *Jamais*, Maria. Tu comprends ? *Jamais* ! Mais moi, je suis un conspirateur et je me lancerai bientôt dans une entreprise mémorable. » Il a lâché feuille et couteau, puis a déboutonné son pantalon. « Je suis un ouvrier conspirateur, a-t-il ajouté en riant tout seul comme un fou, comme un ivrogne.

— De qui sont ces mots ?
— Pisacane. Le conspirateur de tous les Italiens. » Il a écarquillé les yeux, fasciné par les propos de son ami qui conduisaient ses mains à des endroits que je défendais de plus en plus faiblement ; il était également fasciné par mon corps qui se réchauffait sous ses doigts.
« Tu es fou, ai-je dit en l'imitant.
— Sans folie, on n'obtient rien. Et Dieu est le plus fou de tous... Il doit être le plus fou de tous les individus réunis. »
Il me serrait contre lui. J'avais l'impression de lui appartenir et je le laissais m'appartenir. Mon corps qu'il voyait pour la première fois dans sa nudité, en proie aux terribles fièvres de l'exaltation, guidait sa voix, et sa voix, comme son sexe, faisait éclore mon corps.

Nous n'avons plus mentionné Teresa.

Quand nous sommes sortis de la grange, nous n'étions plus les mêmes personnes.

18

Nous avons découvert plus tard que Pietro était allé à Sapri, dans le Cilento[1], sans rien dire à personne ; il était parti se faire tuer et avait par miracle réchappé au massacre.

Il avait participé en secret à une folle expédition réunissant une vingtaine de soldats choisis par son ami Pisacane, une entreprise suicidaire qu'avait subventionnée un banquier livournais, un libéral décidé à chasser les Bourbons. Le 25 juin 1857, ils avaient quitté Naples pour rallier Gênes avec un petit chargement d'armes. Sur place, ils avaient détourné un bateau postal, le *Cagliari*, obligeant le capitaine à voguer jusqu'à Ponza, où se trouvait une prison politique. Ils avaient débarqué en brandissant le drapeau tricolore et libéré trois cents « individus sous surveillance » écroués depuis la restauration du régime. Ils s'étaient ensuite dirigés tous ensemble vers Sapri, persuadés qu'il suffirait de tirer un coup de fusil pour soulever les masses paysannes au nom de la liberté et de les conduire à Naples où ils détrôneraient le roi. Ils voulaient unifier l'Italie – ce à quoi s'emploierait Garibaldi quelques années plus tard. Mais ce n'était pas le bon moment, le monde n'était pas

---

1. Région située en Campanie, au sud de la province de Salerne.

prêt ; la pourriture du Royaume, la corruption et la dégradation, certes partout présentes, n'empuantissaient pas encore les places publiques, les rues et même les lits. Ils n'avaient donc rencontré que rage et mort. Ils étaient tombés dans l'embuscade des Bourbons, tendue par le gouverneur de Salerne Luigi Ajossa qui avait averti les « messieurs » et les notables locaux. Ceux-ci avaient armé leurs journaliers et, en exerçant sur eux un chantage, les avaient poussés à l'attaque aux côtés des soldats de Ferdinand II.

Vingt-cinq des trois cents membres de l'expédition de Pietro étaient morts immédiatement, tués par les faux, les fourches, les vouges, les haches et les fusils des Bourbons. Cent cinquante autres avaient été arrêtés.

Pietro, Gian Battista Falcone, Pisacane et Giovanni Nicotera avaient réussi à s'enfuir avec une centaine d'hommes. Ils avaient cheminé toute la nuit sur la colline, traversé le lendemain Morigerati et les grottes du Bussento avant de se réfugier à Sanza.

Le soir suivant, ils avaient de nouveau été trahis.

Ils avaient demandé à boire et à manger dans quelques maisons, puis s'étaient cachés dans les campagnes. Soudain, les gardes municipaux avaient surgi. Les tirs avaient commencé, et tout s'était achevé dans un désastre. Pisacane avait été tué, de même que Gian Battista Falcone. Arrêté, Giovanni Nicotera avait été jugé immédiatement devant la Haute Cour criminelle de Salerne, condamné à la perpétuité et enfermé à la Fossa.

Seul Pietro avait miraculeusement survécu. Il avait été blessé à une jambe par des éclats d'obus et avait simulé la mort. Couvert de son propre sang et de celui de ses compagnons, il avait ensuite rampé vers son ami Gian Battista Falcone, qu'il avait entendu pousser son dernier souffle.

À l'aube, il s'était sauvé avant qu'on ne vienne ramasser les corps.

Il avait marché pendant sept jours et parcouru deux cents kilomètres. Il mendiait de la nourriture et dormait à la belle étoile, traînant sa jambe blessée et sanglante, qu'une femme rencontrée en chemin avait sommairement soignée. Le propriétaire du café de Macchia l'avait découvert en ouvrant son établissement aux premières lueurs du jour. L'uniforme déchiré, des fils de foin dans les cheveux, les yeux éteints, il agonisait.

Pietro avait terriblement changé : il m'était impossible de reconnaître en lui le garçon avec lequel j'avais fait l'amour trois semaines plus tôt. On aurait dit un cadavre. Je scrutais ses traits défaits, l'implantation de ses cheveux épais, le pli de sa bouche, la veine de son cou qui vibrait légèrement, en essayant de comprendre comment il avait pu se lancer dans une telle entreprise. Comment il avait pu tout me cacher. En réalité, j'en étais consciente, je l'avais sous-évalué. Ce Pietro à moitié mort avait beaucoup plus d'envergure que je ne l'avais imaginé. Je n'avais pas mesuré les conséquences que ses amitiés napolitaines et les mois qu'il avait passés dans l'armée avaient eues sur lui. Je les lisais à présent sur son visage éprouvé.

Contrairement à ses *carbonneries*, ce robuste garçon enveloppé dans un drap de lin avait explosé, tel un volcan en éruption.

Je le regardais et me demandais qui il était vraiment.

« Je suis le seul survivant… ça a été un désastre », bredouillait-il quand il se réveillait. Sa mère Francesca et sa sœur Elina, qui vivaient seules dans leur maison de Macchia depuis son départ pour Naples, lui humidifiaient le front et les lèvres ; malgré ses yeux bouffis et cernés, il avait l'air d'un enfant entre leurs mains. Comme nous n'étions pas mariés, elles m'avaient interdit de l'approcher, me reléguant sur une chaise, à l'écart.

« Les autres ne sont plus là... Pisacane... Gian Battista... murmurait-il, fiévreux. Tous morts... Giovanni a été arrêté, conduit à la Fossa... Tout le monde meurt dans cette prison, il y mourra lui aussi, on y torture les prisonniers... quel désastre », répétait-il.

Sa mère l'alimentait un peu en lui glissant une cuillerée de potage entre les lèvres, et le médecin de Macchia, qui avait extrait les éclats d'obus de sa jambe, venait de temps en temps l'examiner. Il était impossible de le conduire à l'hôpital : le Royaume le considérait comme un révolutionnaire. Il risquait d'être fusillé.

Quand il reprenait des forces, il s'exprimait avec lucidité : « Là dehors, il y a l'Histoire. J'ai vu... J'ai vu de mes yeux que les choses peuvent changer, Mari. »

Mais moi, je ne la voyais pas, l'Histoire, je voyais un paysage immense et figé. Et je voyais ses infidélités, même si nous n'étions pas mariés : comment ne pas entendre, en effet, les rumeurs qui circulaient dans le village à propos de ses rencontres secrètes avec Teresa ? « Y se sont vus un tas d'fois, murmuraient les commères. Et on sait pas c'qu'y font... »

On racontait que Garibaldi ne tarderait pas à arriver. Ses aventures étaient désormais légendaires et toujours associées au récit de ses conquêtes amoureuses. Son nom et celui d'Anita étaient sur toutes les lèvres, le dernier parfois accompagné d'un geste mimant des cornes, allusion aux innombrables femmes que le chef de guerre séduisait sur tous les continents, dans toutes les villes et tous les villages où il allait se battre. D'ailleurs, déclaraient les villageois, seuls les vrais hommes pouvaient faire la révolution, et un homme n'est pas un homme s'il n'est pas entouré d'un essaim de femmes.

Personne n'en parlait ouvertement, et pourtant les regards que me lançaient les vieillardes sur le seuil de leurs maisons étaient éloquents : tout le monde savait que Pietro était un hors-la-loi qui avait attenté à la monarchie ; une seule dénonciation aurait suffi pour le mener à sa perte. En vérité, seuls le propriétaire du café et le médecin l'avaient vu de leurs propres yeux, mais à Macchia, les bruits se répandaient plus rapidement que l'eau qui coule et désormais tous les habitants étaient au courant. Le village protégeait Pietro, s'autorisant en échange à alimenter sur son compte la même légende que sur Garibaldi : Macchia voulait son petit « Héros des Deux Mondes[1] ». De fait, s'il bénéficiait du silence de ses compatriotes, j'avais droit aux cornes que les femmes formaient de leurs doigts à mon passage.

Pis, la mère et la sœur de Pietro me traitaient comme si j'étais responsable de son attitude. Quand les rumeurs sont devenues insistantes, elles m'ont même barré du jour au lendemain l'accès à leur logement.

« Tu es pour nous une pestiférée, a dit Elina. Tu n'entreras plus à la maison. »

Les médisances des villageois s'attaquent toujours aux femmes, menaçant de se déverser ensuite sur leur famille. Un peu plus tôt

---

1. Surnom donné à Garibaldi en raison des combats qu'il livra en Amérique du Sud, où il séjourna de 1835 à 1848.

un jeune libéral, fils de riches fermiers, qui imprimait des pamphlets anti-bourboniens prônant la liberté du commerce, avait été arrêté. Deux jours après, une ouvrière s'était présentée à la Garde nationale, traînée par son père, et avait affirmé, en larmes, que le garçon l'avait prise de force au milieu des oliviers. Étant riche, il s'en serait normalement tiré, mais l'atmosphère était devenue si féroce pour les conspirateurs qu'il avait été condamné à mort. Au bout de quelques semaines, la jeune femme avait découvert qu'elle était enceinte. Son père l'avait de nouveau conduite au village, auprès du condamné qu'on s'apprêtait à fusiller. Pour échapper à l'infamie, elle lui avait offert entre deux sanglots de l'épouser. Le jeune homme avait accepté. « Ainsi, Dieu me pardonnera », avait-il commenté. On avait aussitôt appelé le curé, qui les avait unis, après quoi le marié avait été fusillé.

Un matin, alors que Pietro était encore en pleine convalescence, je suis allée frapper chez lui. En vain : la porte est restée close. J'ai recommencé en criant, sans succès.

« Il faut que tu partes ! hurlait la mère de Pietro à une fenêtre pour s'assurer que tout le monde l'entendait. Tu n'es pas la bienvenue ici. »

Je suis revenue tous les jours pendant une semaine jusqu'à ce que Pietro persuade lui-même sa mère de me laisser entrer, à force de jurer et de taper du poing contre le mur. On m'a ouvert la porte. Il était adossé contre la tête du lit. Sur la couverture, un livre de son ami Pisacane à propos de la révolution paysanne.

« Vois ce que tu préfères, ai-je déclaré sur le seuil. Soit tu *m'enmaries*, soit on ne se verra plus. On peut même se dire adieu ici. » J'ai jeté un regard mauvais à donna Francesca et à Elina, puis j'ai claqué la porte.

Le lendemain, Pietro a fait ses premiers pas. Il a rendu visite à son vieil ami Salvatore et lui a annoncé qu'il reprendrait bientôt son travail à la *carbonnerie* : il devait fonder une famille.

19

Mon corps changeait. J'étais fatiguée et essoufflée au moindre effort, je vomissais. « Voilà, c'est arrivé », ai-je pensé. Maman a appris la nouvelle par Teresa qui m'avait vue, appuyée contre le mur de l'église, cherchant mon souffle. Elle songeait, désespérée, que cette fille enceinte et célibataire allait ruiner la réputation de la famille.

Ce n'était pas la seule raison qui troublait mon sommeil. La Garde nationale avait brusquement arrêté la comtesse Gullo et son mari, comme M. et Mme Donati avant eux. Au cours d'un procès ridicule, improvisé dans la caserne, on avait appelé Teresa et Salvatore à témoigner et ils avaient affirmé que la comtesse menait depuis des années une activité subversive en intriguant contre la monarchie.

« La comtesse Gullo se rend depuis longtemps chez les Oliverio, à Casole, avait déclaré Teresa devant le juge. Elle fréquente les logements de toutes les tisserandes de la province. Je l'ai entendue de mes propres oreilles critiquer la dynastie des Bourbons et glorifier l'Unité de l'Italie, la Constitution, le Statut albertin[1] du Royaume de Sardaigne. Glorifier une prétendue liberté. »

---

1. Cette loi, promulguée en 1848 par le roi Charles-Albert de Savoie pour la Sardaigne, deviendra en 1861 la Constitution du Royaume d'Italie.

Teresa n'avait aucun scrupule à faire condamner ses adversaires politiques à la prison ou à la potence. Maintenant qu'elle était une Mancuso, elle se distinguait, tout comme sa famille. On racontait dans le village que la comtesse l'avait dévisagée, les mains liées, derrière les barreaux du tribunal, et, selon certains, interrogée sur sa robe de mariée, coupée dans la soie de la filature des Gullo. Sur le banc des témoins, Teresa avait légèrement tourné la tête en la regardant comme un objet obsolète.

Après l'arrestation des Gullo, de nombreux libéraux ont choisi le chemin de l'exil. Ils partaient en pleine nuit sans en toucher mot à personne, pas même à leurs amis les plus fidèles. Pendant que le Royaume se vidait, ceux qui restaient se déchiraient, chacun craignant d'être trahi par son voisin, par son cousin, parfois même par son frère pour un mot de trop. Si nous devions devenir les enfants d'une même patrie, nous serions tous des fratricides. C'est ainsi que, du jour au lendemain, maman et moi avons perdu notre emploi.

Les premières semaines, nous avons souffert de la faim : l'histoire de l'hypothèque avait énormément amputé la paie de papa ; de plus, Salvo, qui s'était cassé quatre côtes et une jambe, n'était pas en mesure de travailler. Nous avons résisté en puisant dans nos réserves, boîtes de conserve, *sanguinaccio*[1], châtaignes à l'eau-de-vie, fonds de blé et de farine. Puis, apprenant que don Achille Mazzei, le « voisin » de tatie *Tremble-Terre*, cherchait une journalière, j'ai

---

1. Mélange de sang de porc, de vin cuit, de cacao et de noix ou de raisins secs, cuit et conservé dans des pots, comme la confiture.

proposé ma candidature alors même que les douleurs à l'abdomen et la nausée m'ôtaient toute énergie.

Don Achille, qui avait toujours vendu sa soie aux Gullo, s'enhardissait maintenant, à la faveur des nouveaux commerces, à l'exporter. Après m'avoir examinée des pieds à la tête, il a estimé que rien ne clochait. Dès le lendemain matin, un dimanche, je me suis mise à tailler les mûriers qu'il cultivait pour alimenter les vers à soie. Chaque ouvrier était chargé d'une rangée : il déplaçait une lourde échelle d'arbre en arbre, coupait les branches et, à l'aide d'un ciseau, arrachait l'écorce que l'on utilisait pour fabriquer des cordes. Quand les feuilles avaient atteint la bonne nuance de vert, on les détachait l'une après l'autre et les glissait dans un sac. On apportait ensuite ces sacs dans un grand bâtiment en bois pourvu de rayonnages où les ouvriers les disposaient de façon que chaque ver ait de quoi s'alimenter. Des feuilles de mûrier blanc, fines et tendres, on obtenait une soie légère ; de celles du mûrier noir, rêches et dures, une soie plus épaisse pour les blondes et les voiles. J'observais les vers qui rampaient et rongeaient les feuilles en pensant aux années que j'avais perdues à tisser leur bave.

C'était une tâche épuisante qui m'occupait chaque jour que Dieu faisait, de l'aube jusqu'au couchant. Maman me regardait rentrer et partir en secouant la tête, car elle craignait que ma grossesse ne me tue. Opposée à mon projet, elle s'était présentée, le torse bombé et le visage fardé, à don Achille qui l'avait jugée trop vieille. « Tu ne conviens pas, avait-il décrété de sa grosse voix désagréable. Mieux vaut ta fille. » Je m'efforçais de la rassurer en lui disant que si j'étais vraiment enceinte Pietro m'épouserait et que nous recevrions probablement quelques ducats de l'armée. Elle avait fini par céder tout en priant la Vierge et en plaçant chaque nuit un cierge devant la statue de sainte Marine de Bithynie.

« Ma fille, il va falloir te sacrifier un peu », avait dit papa, les yeux baissés. Je craignais que ce travail ne dure pour toujours, je pensais qu'il n'y avait pas pire que le métier à tisser. Je me trompais : celui de la soie était mille fois plus pénible. Ainsi, chaque matin, j'effectuais en sens inverse le trajet qui me menait à l'école du temps de tatie *Tremble-Terre*, soit une heure de route jusqu'à la Sila, puis vingt minutes sur un sentier caillouteux que la pluie transformait en bourbier.

De temps en temps, Teresa et Salvatore surgissaient chez don Achille, montés sur des chevaux à la robe brillante. Je les entendais ralentir au loin, dans la fraîcheur qui montait enfin, et, à la vue de leurs silhouettes sculptées par la lumière du soleil couchant, je me disais qu'ils n'avaient jamais été aussi vivants, aussi heureux.

Ils bavardaient un moment sur le seuil en compagnie de don Achille. Puis Teresa se promenait entre les rangées d'arbres, accompagnée de Salvatore qui la suivait en boitant. Les voyant jeter un regard à la ronde, j'essayais de me cacher parmi les frondaisons. Quand Teresa m'apercevait, perchée sur un mûrier noir, elle m'indiquait du doigt à don Achille, qui doublait ensuite ma charge de travail. Le mariage et la richesse qui en avait découlé n'avaient donc pas apaisé ma sœur. Pis, la possibilité de s'abreuver une nouvelle fois à la coupe du pouvoir l'avait enivrée. Je ne l'oubliais pas : elle se bornait tout simplement à tenir sa promesse ; nul doute, elle parviendrait à me gâcher la vie.

Je m'engageais en larmes sur le chemin du retour. Comme j'avais la nausée, je dînais d'un peu de pain trempé dans de l'huile et du sel, puis m'allongeais. Je m'endormais alors que papa, maman, Vincenza, Angelino et Salvo mangeaient encore. Vincenza s'approchait et me murmurait des mots à l'oreille. Je me tournais de l'autre côté et me rendormais pendant que maman lavait les assiettes.

Un jour, perchée sur la lourde échelle en bois, la tête au milieu des branches, j'ai ressenti une douleur au dos, au ventre, et il m'a semblé avoir uriné. Je suis tombée dans une mare de sang et me suis évanouie. Le bébé, si tant est qu'il eût existé tout au long de ces semaines et de ces mois, n'était plus là. Pour m'éviter le déshonneur, une camarade m'a blessée à une cuisse avec son couteau, et le sang de cette plaie s'est mêlé à l'autre.

On m'a ramenée au village sur une mule. Le Dr Bacile, le médecin moustachu de Casole, m'a sauvé la vie en arrêtant à temps l'hémorragie. « Il faut qu'elle se repose. J'insiste », a-t-il dit à maman. Puis à mon adresse : « Pas de mûriers. Beaucoup de lait et de la viande de temps en temps. »

Mais je refusais nourriture comme attentions, je pleurais jour et nuit et ne quittais pas le lit. Ma vie m'apparaissait comme gâchée, parce qu'il est possible de perdre ce qu'on n'a jamais possédé. Soudain j'avais repris une existence que je ne reconnaissais plus. Il est possible de se sentir vieux quand on n'a que seize ans.

Je n'avais pas touché un mot de cette histoire à Pietro. Au bout de trois semaines, j'ai rassemblé mon courage et suis retournée chez don Mazzei. En nage, les yeux injectés de sang, il m'a dévisagée en secouant la tête et a agité une main comme s'il chassait des mouches. M'entendant insister, il a saisi mon poignet et m'a conduite de force dans une pièce vide.

« Si tu ne disparais pas immédiatement, je m'amuserai moi aussi avec toi, m'a-t-il lancé, les lèvres humides de salive. J'ai vu ton sang, tu sais. » Il a tenté de m'attraper. « Je te déshonorerai devant tout le village, espèce de débauchée ! »

Je me suis sauvée, certaine que je ne remettrais jamais les pieds dans ce domaine.

Dès lors, papa n'avait plus le choix. Il a donc accepté ce qu'il avait refusé toute sa vie : quitter sa famille pour aller travailler comme métayer dans le domaine des Morelli.

Il vivrait là, couchant dans le fenil, et s'occuperait non seulement de la terre, mais aussi des bêtes, du lait, des fromages, du pressoir, du blé, de la farine, de tout. Il ne pourrait revenir chez nous qu'une fois par mois.

Il est parti sans trop de cérémonies, fourrant quelques vêtements dans un sac en toile après avoir imprimé un baiser sur le front de chacun d'entre nous. Il était plus maigre que jamais, la faim l'avait délesté du peu de bedaine qu'il avait. Maman l'a regardé s'éloigner ainsi qu'elle avait regardé s'éloigner Raffaele, ainsi qu'elle avait regardé s'éloigner Teresa. Sans résister. Elle a rejoint Angelino, qui s'était élancé derrière lui, et l'a retenu par un bras.

« Il reviendra vite, Angeli », a-t-elle menti.

Papa revenait la nuit, comme tonton *Tremble-Terre* dans la cabane de tatie, comme Pietro de retour du front : c'était la nuit – et en cachette – qu'on agissait dans le Royaume. Il abandonnait la ferme pour dormir un peu avec nous.

BRIGANTESSA

Il frappait tout doucement, observait sa propre maison d'un air circonspect, à la recherche de changements.

Il n'y en avait pas.

Alors, il se couchait, plus sûr de lui.

À trois heures et demie, il se réveillait et retournait chez son patron.

20

Chez nous on exprime l'amour uniquement quand on est en péril : le reste du temps, il n'existe pas.

Parce qu'il avait fait une apparition furtive sous forme de salut au bas des lettres de Pietro, après son départ pour le service militaire – *avec amour, Pietro* –, je l'ai toujours pris pour ce qu'il était : un message de danger.

Personne ne m'a jamais expliqué l'amour et je n'en connais toujours pas les règles. « Les torgnoles et le pain font de beaux fistons », disait maman pour justifier les coups, c'était tout. Seules quelques vieillardes le mentionnaient quand on passait devant les portes ouvertes de leurs maisons : chez nous, dans la Sila, l'amour et la mort sont des parents proches.

Le matin de notre mariage, contrairement aux coutumes, Pietro s'est présenté chez nous et a tendu à Vincenza une petite boîte blanche, un écrin à bijoux.

« Tiens, c'est pour ta sœur. Mais dis-lui de ne pas l'ouvrir avant la fin de la fête. » Puis il a filé.

Maman, qui me coiffait et m'admirait dans ma robe blanche, brûlait d'en découvrir le contenu. « Que tu es belle, ma fille ! répétait-elle. Tu es la plus belle de notre famille. » Et à l'adresse

de Vincenzina : « Vincenzi, ouvre-la, ouvre-la... » Je ne voulais pas, mais elle me connaissait mieux que je ne me connaissais moi-même, elle savait que je l'ouvrirais avant le soir.
« Que veux-tu que ce soit ? répliquais-je en feignant l'indifférence. Certainement pas une bague en diamants. »

Notre mariage a donné lieu à la plus grande fête qu'on eût jamais vue dans les parages. Elle s'est déroulée dans les ruines d'une ferme que don Donato Morelli nous avait louée pour une somme raisonnable en présence de tous les journaliers de Casole et de Macchia.

De temps en temps l'un d'eux s'approchait de papa, le félicitait, puis s'enquérait de sa santé et de son travail. Depuis quelques mois, en effet, il ne se portait pas bien : le travail de la ferme, qui l'occupait jour et nuit sans une minute de repos, et davantage encore le poids de ses dettes le tuaient à petit feu. Au milieu des vêtements qu'il apportait à laver, Vincenza avait trouvé un mouchoir taché de sang et me l'avait montré. Maman l'avait lavé en toute hâte et personne n'en avait reparlé.

Mais ce jour-là papa semblait en très bonne santé, il rayonnait après m'avoir accompagnée à l'autel, et maman n'arrivait pas à contenir son émotion.

Personne n'avait jamais vu Giuseppina et Biaggio aussi élégants. Ils avaient commandé à une couturière de Serra Pedace des vêtements que Pietro avait tenu à payer en déclarant que ce serait un honneur pour lui. Cette fois, comme il n'avait pas affaire à son patron, papa avait accepté. Maman avait tout préparé pendant des mois avec l'aide des villageoises, et personne n'a jamais mangé autant que ce jour-là : pâtes à la mie de pain et aux anchois, tagliolini aux pois chiches, chevreau et boulettes de viande, saucisses et aubergines farcies, le tout arrosé de vin rouge du Pollino. Donna Francesca et Elina souriaient, heureuses que leur fils se fût casé, mettant fin aux racontars.

Nous avons chanté et dansé jusqu'au cœur de la nuit des tarentelles et des *viddanedde*[1]. Après avoir bu des litres et des litres de vin, les invités se pressaient autour de Pietro et, lui touchant le coude, disaient : « Quand on a une belle *espouse*, on chante à tous coups », ou « L'*espouse* des autres est la meilleure », « Y a pas de deuil sans rires, ni d'*espousailles* sans pleurs ». Et ils entonnaient des chants propitiatoires.

Les villageois sont peu à peu partis aux premières heures du matin. Bientôt ne sont plus restés que papa, maman, Vincenzina, Salvo et Angelo. Vincenza fixait sur moi ses yeux embués, tandis que nos parents, mal à l'aise, ne se décidaient pas à me quitter. Je n'appartenais plus à leur famille, j'étais devenue une Monaco. Tout en me regardant dans ma robe blanche ils tentaient de s'habituer à l'idée qu'il y aurait désormais une fille en moins dans leur existence. Puis Vincenza, ma petite Vincenzina si courageuse, s'est levée et m'a étreinte.

« Cette couleur te va bien, tu sais », lui ai-je dit. Elle arborait une robe de mousseline rose que j'avais portée pendant des années et que maman avait parfaitement reprisée sur le devant. « Elle te va mieux qu'à moi. »

Elle souriait tout en recueillant, du bout de la langue, les larmes qui coulaient sur ses lèvres.

---

1. Variante calabraise de la tarentelle.

BRIGANTESSA

Après leur départ, Pietro s'est agenouillé et a saisi la main de l'alliance.

« Puis-je danser avec vous ? » a-t-il lancé en plaisantant.

Les musiciens étaient partis, à l'exception du joueur de musette et du tambourinaire, qui fumaient un cigare assis sur un muret. Nous avons donc dansé la dernière tarentelle lentement et seuls.

Puis Pietro a murmuré : « Tu l'as apportée ? »

Il savait que je n'aurais pas résisté, que j'aurais ouvert la boîte. Elle contenait une clef.

« Oui. »

À la lumière de la lune, nous nous sommes engagés sur le sentier qui gravissait la colline et avons gagné Macchia à pied.

Des grillons stridulaient, quelques grenouilles coassaient près de l'étang.

Pietro avait aménagé en logement la petite étable qui se trouvait derrière la maison de sa mère.

« Voilà, a-t-il dit une fois devant la porte. Maintenant, ouvre. »

C'était vrai, j'avais changé de famille.

21

La situation à la *carbonnerie* avait dégénéré, et le bruit courait dans toute la Sila que Garibaldi ne tarderait pas à arriver.

Galvanisés, quelques ouvriers s'étaient mis en grève. Parmi eux figuraient des camarades de Pietro, lequel leur avait pourtant conseillé d'attendre, pour agir, que le Héros des Deux Mondes fût présent parmi eux. Aucun incident ne s'était produit les trois premiers mois, sans doute parce que Salvatore Mancuso avait été pris à l'improviste, ou parce qu'il avait craint – à tort – que les choses ne changent vraiment. Mais en l'absence de ses ouvriers, ses *carbonneries*, éparpillées dans la Grande Sila et dans la Petite Sila, s'étaient toutes éteintes par une nuit de tempête.

Cet épisode avait constitué un terrible présage de malheur ainsi qu'une promesse de misère : de mémoire d'homme, on n'avait jamais entendu dire qu'une charbonnière s'était éteinte. Pour faire sécher le bois et réactiver les braises – et peut-être par vengeance – quelques grévistes avaient alimenté excessivement le feu, si bien que les cheminées de branches et de broussailles s'étaient enflammées. Quinze des vingt charbonnières avaient brûlé. De tous les villages de la Sila, on voyait des panaches de fumée s'élever et obscurcir le ciel, créant une atmosphère apocalyptique, nous menaçant d'un désastre d'une ampleur inédite.

Un matin, Salvatore s'est présenté dans la forêt, accompagné de gardes du corps, bombant encore plus le torse que le jour de son mariage. « N-nous avons p-perdu une immense q-quantité de d-ducats, n-notre incertitude pour l'avenir est g-grande, q-qui sait si l'on utilisera encore du ch-charbon dans l'Italie unie sous les P-piémontais, ou p-plutôt q-quelque d-diablerie f-française », a-t-il lancé aux ouvriers. Il leur a tenu un long discours, un très long discours, dont la substance était la suivante : les charbonniers qui resteraient à leur poste devraient se contenter de la moitié de la paie qu'ils avaient reçue jusqu'à présent.

C'est ainsi que Pietro a regagné la maison avec moins d'argent et davantage de rage. En vain j'essayais de lui tirer des sourires ; seules ses lectures le réconfortaient un peu. Tous les deux mois, deux anciens officiers de Naples qui lui demeuraient attachés lui envoyaient des livres dans des paquets ficelés avec une cordelette en chanvre.

Ces ouvrages jaunis et décousus étaient accompagnés de pages d'une vieille revue aux coins rongés qui s'intitulait *Il Politecnico*. Pietro passait ses nuits à la lire à la lumière des bougies qui se consumaient comme le vin, pour poser sur moi, le lendemain, un regard affligé.

« Nous sommes de nouveau à sec », m'informait-il en indiquant la base de la bougie marquée d'une ligne verdâtre. Les ducats filaient vite, il lui fallait choisir entre l'alcool et les lectures. Il choisissait les lectures et remplissait les voûtes en pierre de ces phrases : « Le peuple doit s'agripper solidement à sa liberté », « La liberté est une plante aux multiples racines », « L'analyse, née dans la servitude de la nature, grandit dans la servitude de la société », « Dans les conflits de la vie, le raisonnement est l'art réciproque de toutes les passions ». Surtout il lisait et relisait les deux livres auxquels il tenait le plus : deux ouvrages de son ami Pisacane, qu'il tournait et retournait entre ses doigts, telles des reliques. Il les rangeait sur le linteau de la cheminée, la couverture bien en vue, et les ouvrait sans cesse au hasard, comme si leurs pages allaient lui parler avec la voix de son ancien camarade. Puis il fixait longuement le feu : il rapportait toujours de la *carbonnerie* quelques bûches qu'il fourrait dans sa besace au nez et à la barbe des gardes.

« Si tu continues, tu vas perdre la vue », lui disais-je, mais il ne m'entendait pas. Il se levait brusquement ou me réveillait pour me lire un passage, comme si en dépendaient notre avenir et, plus encore, celui de la Calabre, de l'Italie qui n'existait pas.

La misère est la principale raison, la source intarissable de tous les maux de la société, un abîme grand ouvert qui engloutit toutes ses vertus. La misère aiguise le poignard de l'assassin, prostitue la femme, corrompt le citoyen, procure des satellites au despotisme. L'ignorance est sa conséquence immédiate. La misère et l'ignorance sont les anges tutélaires de la société moderne, les soutiens sur lesquels sa constitution s'échafaude. Tant que ne seront pas assurés à chacun les moyens nécessaires pour l'éducation et pour l'indépendance absolue de la vie, la liberté restera une promesse trompeuse.

« Tout dépend de nous ! s'exclamait-il. Tout dépend uniquement de nous. » Il se saisissait de moi et, les yeux lumineux et limpides, les bras forts et le dos brisé, m'obligeait à me lever. Nous finissions par faire l'amour à la manière des animaux, Pietro emporté par un élan violent et rêveur que je ne parvenais pas à partager entièrement. Puis il s'endormait. Incapable de trouver le sommeil, j'écoutais sa respiration. Il était malheureux.

C'est à cette époque-là qu'il a commencé à me battre.

Quand il touchait sa paie et qu'il y avait du vin, il buvait, mangeait voracement et se remettait à lire, l'esprit échauffé par l'alcool. Il m'observait en secouant la tête : j'étais sale, j'avais les manches retroussées au-dessus des coudes, la chemise ouverte sur la poitrine à cause de l'eau bouillante dans la casserole et les cheveux en désordre – le portrait de ma mère.

« Tu ne penses qu'à ces choses insignifiantes, me lançait-il, les yeux injectés de sang, transformé.

– Sans *grailleton*, on peut pas penser », rétorquais-je.

Il ignorait que, dans la journée, pendant son absence, je dévorais ses livres et en apprenais des paragraphes par cœur. Je ne partageais toutefois pas son optimisme, ce que je cachais, pour éviter les conflits : il m'était arrivé d'y faire allusion, et il s'était fâché. « Tu veux m'ôter tout espoir ! s'était-il exclamé. Avec l'espoir, meurent les idées, et sans idées, il n'y a pas d'avenir. Si les choses dépendaient de toi, on mourrait tous comme des vermicules, ainsi qu'on est nés. Comme tant de vermicules infects. »

Rembruni, en proie à une profonde rage, il ne m'avait pas adressé la parole pendant des jours, comme à la veille de son expédition avec Pisacane, lorsque j'avais mis en doute ses convictions. Il estimait que je n'étais pas à la hauteur d'Anita, ou d'Enrichetta, la compagne folle et guerrière de Pisacane, qui avait abandonné pour lui son mari en dépit du scandale, qui s'était battue à ses côtés pendant la République romaine, ce qui avait causé la mort de l'enfant qu'elle portait en son sein. Un soir, au lit – je n'arrivais plus à garder le secret –, je lui ai soufflé tout bas, à l'oreille, que j'avais porté moi aussi un enfant et que je l'avais moi aussi perdu. Sous-évaluant son amertume, j'ai follement ajouté : « Il aurait pu avoir tes yeux. » Il m'a alors dévisagée, incrédule, s'est levé, ivre de vin, furibond, et m'a accusée de le lui avoir caché, d'avoir conçu cette créature avec un autre homme, de m'être souillée. Puis il a pris de l'eau-de-vie dans le bahut et en a avalé un verre, qui l'a un peu calmé. « Enrichetta, au moins, l'a perdu pour se battre », a-t-il conclu, assis à la table, la tête entre les mains.

J'aurais sans doute moins souffert si la maison s'était écroulée sur ma tête. Telle était pourtant la vérité, j'avais perdu mon bébé *uniquement* pour travailler. « Je l'ai perdu pour conserver mon emploi », ai-je répliqué, certaine d'avoir raté ma vie.

Il s'est approché et, fixant sur moi le regard désespéré, obscène, qui lui venait quand il me possédait, il m'a frappée. Une gifle sèche, dure, assénée de sa main ligneuse, qui m'a jetée au bas du lit où je m'étais redressée. Avant même de sentir la douleur, j'ai éprouvé de la stupeur. Ce n'était pas possible, il ne m'avait pas frappée, je ne m'étais pas effondrée sur le sol, le nez et la bouche en sang ! Mais si, et il me toisait maintenant, comme si j'étais un ver à écraser. Alors le monde m'a engloutie et ça a été terminé. Pietro, le garçon auquel j'avais confié mes douze ans, était mort. Maman m'avait bien dit de ne pas croire les hommes. Mon époux me surplombait et criait son dégoût pour la simple Maria, la petite ouvrière que j'étais. Il estimait que, par ma faute, il était privé de ce qu'il croyait mériter. Voilà pourquoi je devais être punie. Dans ses yeux et dans sa main dure stagnait une violence accumulée pendant des siècles, au fil des générations, une violence qui débordait du lac noir de son cœur et attendait une épouse pour s'épancher. Cette barbarie ne pouvant se déchaîner contre sa mère ou sa sœur, il l'avait conservée pour la nouvelle venue.

Le lendemain matin, Pietro m'a présenté ses excuses en m'implorant, les joues sillonnées de larmes. « J'ai perdu la tête, pardonne-moi. » Mais j'avais compris qu'il me faudrait désormais affronter, outre la férocité du monde, celle qui naissait à l'intérieur de ma propre famille, le mal qui y couvait. Dès lors nous avons partagé notre couche sans partager nos rêves. Le matin, je regardais mon mari. C'était Pietro et ce n'était plus lui.

Puis, en mai 1859, le roi Ferdinand est mort, et, sans que personne ait le temps de s'en rendre compte, le Royaume a été transmis à son fils François II.

Aussitôt les révolutionnaires ont rebaptisé le nouveau roi Ciccillo, diminutif de son prénom[1], ou encore « Lasa », le surnom que lui valait sa passion pour les lasagnes. Nous disions, nous autres, en

---

1. Contrairement aux Français, les Italiens utilisent les diminutifs en dehors du cercle familial ou intime. Ainsi « Gianni » remplace fréquemment « Giovanni ». « Francesco » (François) est abrégé en « Franco » et, dans le Sud, en « Ciccio » ou « Ciccillo ».

riant que sans sa femme, Marie-Sophie, il passerait son temps à pleurer dans sa chambre : il n'avait certes pas la réputation d'être un guerrier courageux. Très vite les choses se sont gâtées pour lui. L'Autriche, son alliée historique – alliée de la tyrannie et de la restauration –, a perdu la guerre contre le Royaume de Sardaigne des Savoie, qui a ensuite annexé la Lombardie. On murmurait que Victor-Emmanuel II autoriserait bientôt le Héros des Deux Mondes à envahir le Sud et à achever l'annexion de l'Italie. Tout juste monté sur le trône, Ciccillo voyait déjà sa fin approcher. Il prenait des mesures d'urgence. Le Royaume n'était plus qu'un corps agonisant.

Comme l'armée des Bourbons s'équipait pour affronter l'invasion du Nord, Salvatore a bientôt été appelé sous les drapeaux, malgré sa patte folle. Mais il n'avait aucunement l'intention de risquer sa vie pour Ciccillo, aussi est-il venu frapper un soir chez nous avec tant de violence qu'il a failli enfoncer notre porte. Il était flanqué de deux gardes du corps.

« Tu pars à ma place », a-t-il lancé à Pietro – cette fois sans bégayer. En effet, une loi permettait de s'enrôler à la place d'un autre homme contre une bourse de ducats et sa solde.

« Il faut que je réfléchisse, a répondu Pietro.

– Fais ce que tu crois. Moi aussi je réfléchirai aux charbonniers que je garderai et à ceux que je chasserai. »

Il est reparti en claquant la porte.

Pietro était de plus en plus nerveux. Depuis qu'il m'avait battue, nous avions cessé de nous toucher et même de nous parler, mais je comprenais qu'il était tenté de reprendre du service à l'armée pour gagner de l'argent. Plus encore, il rêvait de faire la guerre, il rêvait de quitter Macchia et notre existence misérable, il rêvait de brûler, voire de mourir. Tel était également mon désir secret : qu'il aille consumer son idéal à la guerre plutôt que de me frapper, qu'il aille défier la mort, et peu m'importait que ce fût dans le mauvais camp, le camp de la dictature.

Pietro s'est tourmenté pendant une semaine : il travaillait à la *carbonnerie* du matin jusqu'au soir et s'y attardait parfois la nuit. Quand il était à la maison, il ne fermait pas l'œil. Au cours d'une de ces nuits, constatant que je ne dormais pas moi non plus, il a tenté de me confier quelque chose avant de se raviser.

Il a cédé le lendemain soir, au dîner.

« La *carbonnerie* paie de moins en moins. Si je ne pars pas, ce chien de Salvatore me chassera. C'est un Mancuso, un parent des Morelli, des individus capables de tout. Je le fais pour gagner un peu d'argent... » Il a observé une pause. « Mais dès que Garibaldi sera là, je déserterai et m'unirai à la révolution. »

Il est parti trois jours plus tard.

Il portait un tricot crasseux et un képi informe de l'armée des Bourbons qui avait mystérieusement survécu, au fond de sa malle, depuis l'expédition de Sapri.

22

Le monde a commencé à changer au printemps 1860 pour s'engager à l'été sur une pente inéluctable. Quand la situation explosera, pensais-je en préparant mes repas ou dans mon lit vide, elle nous explosera au nez, après des siècles d'immobilisme.

Durant cette période sont nés clandestinement les Comités de l'ordre, des cercles secrets de nobles, de bourgeois et de notables qui assuraient le roi de leur fidélité tout en intriguant en secret pour unifier l'Italie. Ils rassemblaient les « individus sous surveillance » exilés, qui trouvaient peu à peu le courage de rentrer chez eux, persuadés que les choses se transformeraient irrémédiablement.

Le 30 avril, le journal clandestin *Il corriere di Napoli* a écrit que les « individus sous surveillance » devaient s'unir aux journaliers pour fonder un nouveau pays. Des nobles et des ouvriers réunis ! Quel scandale ! C'était une idée folle, ridicule, irréalisable, qu'on avait évoquée tout au plus dans le secret des habitations. Et voilà que ce projet d'union courait maintenant sur toutes les lèvres comme le vin nouveau, enivrant les paysans. Nous serons tous égaux, nous promettions-nous. Dans l'ivresse de ces mots – je n'avais pas reçu de nouvelles de mon mari depuis des semaines, mais ce silence ne faisait que prolonger notre mutisme –, Garibaldi s'est embarqué le 5 mai à Quarto, en Ligurie, pour Marsala avec mille insouciants[1], aussi insouciants que nous le serions après l'Unité, pendant la guerre civile, lorsque nous déciderions de nous consumer comme des étoiles filantes. Débarqués en Sicile, les Mille ont dû affronter vingt mille soldats et cent soixante-dix navires de guerre, ainsi que trois bateaux à vapeur chargés de canons. Mais ils se sentaient invincibles, et ils l'étaient donc. À la mi-mai Garibaldi s'est proclamé dictateur[2] de la Sicile et a promulgué à Palerme un décret révolutionnaire : les terres publiques, communales et nationales seraient divisées en parties égales entre les journaliers qui les cultivaient. C'était notre rêve depuis toujours. La justice, transportée sur les ailes du dictateur, promettait de s'étendre jusqu'à nous et, comme un ouragan, de tout balayer. C'était la plus douce des illusions. J'ai couru comme une folle à Casole annoncer la nouvelle à ma famille, mais elle la connaissait déjà : papa avait profité de l'abattement du comte Morelli pour s'octroyer une journée de repos et passer quelques heures auprès de sa femme. Dans tous les domaines, sur toutes les terres, dans tous les champs, les paysans calabrais s'étreignaient et s'écriaient pour la première fois sans crainte : « Nous sommes libres ! Nous avons gagné ! L'esclavage, c'est terminé ! »

---

1. Il s'agit de la célèbre « expédition des Mille » décidée conjointement par Giuseppe Mazzini, Giuseppe Garibaldi, Victor-Emmanuel II et Camillo Cavour, dans des buts différents.
2. Dans la Rome antique, le « dictateur » était un magistrat extraordinaire détenant les pleins pouvoirs pendant une période déterminée dans une situation d'urgence. C'est à cette fonction que le terme fait référence ici.

Il fallait cependant patienter encore – longtemps, très longtemps et en fin de compte en vain. Pour l'instant, nous n'avions pour nous que l'enthousiasme, et si l'enthousiasme donne des ailes, il aveugle également. Ainsi, il avait suffi d'un décret pour aveugler les papillons de nuit ; désormais Garibaldi attirait les journaliers comme un aimant attire les éclats de métal, c'était notre libérateur, un dieu descendu pour nous racheter de l'oppression.

C'est à ce moment-là que Pietro a repris la plume et que, cédant à l'euphorie, j'ai décidé de lui pardonner – des mois après la gifle. Si je n'avais pas répondu aux excuses qu'il m'avait présentées le lendemain matin, je m'y employais maintenant en lisant ses lettres.

Son ardeur était perceptible entre les lignes, où la censure bourbonienne, qui lisait toutes les missives, ne la débusquerait pas.

Tu vois, nous avions raison ! écrivait-il, comme si la guerre avait balayé nos silences. *Nous étions fous, Maria, mais les fous l'emportent toujours, y compris quand ils pardonnent. Et nous l'emportons, toi et moi, ma petite Maria. Toi et moi ensemble.*

Je lui répondais. Il était encore en vie et j'avais cessé de désirer sa mort. Je lui répondais que tout allait bien à Macchia, que sa mère et sa sœur Elina l'attendaient, je le suppliais de ne pas courir de risques, lui disais que oui, nous étions tous les deux fous. Il m'adressait des mots d'amour. Il pressentait qu'il reviendrait bientôt, avant qu'on ne l'enrôle contre Garibaldi : à l'en croire, les soldats de Ciccillo, qui s'apprêtaient à prendre la marche des Mille à rebours, de Naples vers le sud, pour arrêter la révolution des chemises rouges, étaient déjà au nombre de cent trente mille.

Le 25 juin, pour se gagner les bonnes grâces des ouvriers, François II a promis une Constitution et octroyé à la presse une fausse liberté, comme son père des années plus tôt. Mais comme lui, il sous-évaluait le peuple, persuadé qu'il mordrait à l'hameçon. Ainsi, un pamphlet de l'écrivain napolitain Luigi Settembrini, qui se moquait de ces concessions, s'est répandu clandestinement à une vitesse auparavant impensable. Tout le monde, analphabètes compris, le tournait et retournait entre ses mains, tout le monde l'apprenait par cœur et le récitait dans les caves, dans les champs, dans les forêts, dans les maisons.

Puisque le gouvernement vous donne des armes, prenez-les. Puisqu'il vous donne la liberté de presse, écrivez et dites courageusement qu'il faut construire l'Unité d'Italie. Puisque vous pouvez vous réunir, réunissez-vous. Bref, prenez toutes les armes qu'ils vous donneront pour les tourner contre eux.

Tout retourner contre ce que nous avions été jusqu'à présent, nous armer contre nous-mêmes, voilà ce que nous nous disions alors. Au même moment, comme un signe du destin, j'ai vu rentrer d'exil Mme Donati – ce que j'avais de meilleur.

Nous nous sommes rencontrées par hasard sur la grand-place de Macchia. Son souvenir ne m'avait pas quittée. Il avait insinué dans mes rêves une sorte de soulagement, puis, au fil du temps, une sensation, une présence lumineuse, porteuse de sérénité. Je me rendais au marché en compagnie de ma belle-mère, un panier à la main, quand elle a surgi d'une ruelle, vêtue d'une robe en soie verte et d'un châle sous lequel on devinait ses épaules pointues et ses bras osseux. Son visage évoquait une tête de mort. Il semblait que trente années, et non cinq, s'étaient écoulées depuis notre séparation. Les mauvais traitements qu'elle avait subis à la Fossa étaient visibles jusque dans sa démarche ; elle s'appuyait sur une canne, un sourire aux lèvres, rivant au sol ce regard typique des individus qui ont tout perdu. Nous nous sommes heurtées et elle a vacillé.

D'instinct, je l'ai soutenue, croyant avoir affaire à une dame âgée. Nous nous sommes dévisagées un long moment, mais elle ne m'a pas reconnue : le mariage m'avait sans doute transformée moi aussi. Cependant, il émanait de tout son être une fierté qui m'évoquait la douceur des raisins secs et les lundis d'une autre époque, remplie de rêves, de liberté et de projets. C'était elle. J'ai prononcé son nom. Alors, comme s'arrachant au sommeil, elle m'a adressé un sourire complice, un sourire amer.

« Tu as grandi », a-t-elle affirmé d'une voix fluette en levant la main comme pour me caresser, avant de me demander si je continuais d'appliquer mon intelligence à toute chose.

Je lui ai parlé de mon mariage, de Pietro, du service militaire, de ses idéaux, de nos rêves, j'ai consacré quelques mots aux lectures que je faisais en volant à mon mari ses précieux livres. J'imaginais que cela la réjouirait, or quand j'ai eu terminé, elle a levé sa canne en la pointant à grand-peine vers le centre de la grand-place : son mari l'y attendait.

« Ton Pietro reviendra bientôt, tu verras », a-t-elle dit.

Enfin, solidement agrippée à sa canne, elle a rejoint d'un pas lent M. Donati, m'abandonnant à mes pensées sur mon passé.

Au cours de cette période, les noms des journaux se succédaient aussi vite que les bûches dans la cheminée. Le journal napolitain

Diorama est devenu *Italia*, et l'on a vu naître *Il nazionale, L'avvenire d'Italia, L'opinione nazionale, La nuova Italia*[1]. Après Palerme, Garibaldi a conquis Milazzo en l'espace de quelques jours, telle une vague irrépressible qui s'apprêtait à tout bouleverser. C'est alors que les trahisons ont commencé. Flairant comme des limiers la fin de la dynastie de François II et avec elle de leurs pouvoirs, de leurs biens, de leurs privilèges, de leur vie même, de nombreux bourboniens ont tourné casaque, changé de visage et de dieu. Il s'agissait non seulement de nobles et de bourgeois, mais aussi de militaires, de cardinaux, d'évêques, de curés, d'apothicaires, bref, de quiconque détenait un pouvoir, un avantage, une autorité ou un privilège, fût-il minime. L'amiral Vacca lui-même, le chef de la flotte militaire bourbonienne, a abandonné ses navires du jour au lendemain et s'est mis à fréquenter les cercles secrets des libéraux qu'il avait jusque-là pourchassés. Soudain les défenseurs de la conservation empoignaient les fusils de la révolution. Voilà donc l'Italie, pensais-je devant ces volte-face impudiques, voilà pourquoi nous sommes condamnés à une guerre sans fin, frère contre frère, père contre fils, l'un contre l'autre, tous contre tous. Comme tout le monde, j'assistais à la naissance d'un peuple de chouettes, et ce peuple serait le peuple italien. À l'image de ces oiseaux de nuit, nous apprenions l'art du camouflage, nous apprenions pour survivre l'art de frapper dans le dos, de surprendre nos proies dans l'ombre, de voler aux autres un infime avantage. Nous étions des profiteurs et des parjures, nous niions l'évidence. Pour les rapaces que nous étions, rien, pas même Dieu, n'était

---

1. *Le National, L'Avenir d'Italie, L'Opinion nationale, La Nouvelle Italie.*

digne d'un serment ; du reste, le pape laissait les Italiens s'entretuer en utilisant la croix et les autels à ses propres fins. Que vaut le Seigneur sans la terre où exercer sa seigneurie ?

Mais tandis que la révolution atteignait la Basilicate, avant même que Garibaldi ne débarque sur le continent ; tandis que les comités secrets formaient des groupes armés et que se réunissaient dans le petit bourg de Corleto Perticara des centaines d'insurgés, armés, vêtus de chemises rouges et pourvus de drapeaux tricolores ; tandis qu'ils marchaient sur la mairie, abattaient les symboles des Bourbons, juraient fidélité à Victor-Emmanuel II et à Giuseppe Garibaldi ; tandis que, le 18 août, le gouverneur de la province de Potenza, Cataldo Nitti, signait un procès-verbal établissant le transfert de la souveraineté et de la trésorerie à la mairie, nous donnant pour la première fois l'impression que le pouvoir passait *vraiment* aux mains du peuple ; tandis que le président du Tribunal démissionnait, que le maire et ses conseillers renonçaient à leurs fonctions au profit d'un gouvernement provisoire, au cours de ces heures mêmes – toute morale se démembrait, toute valeur se décomposait, tout credo perdait corps – papa mourait en silence, seul, dans la ferme de don Donato Morelli où il avait travaillé pendant des années.

23

On avait ramené à la maison, sur une charrette tirée par un mulet, son corps recouvert d'un petit drap qui ne dissimulait pas grand-chose. Il s'était éteint dans la nuit, victime d'un malaise dû à un travail excessif, à une nourriture insuffisante, à l'éloignement de sa famille et aux dettes, pendant qu'on faisait une révolution à laquelle il n'avait jamais vraiment cru. Je l'observais à la lumière des bougies, dans cette pièce où nous avions mangé et dormi toute notre vie et où, à présent, quelques voisines priaient et pleuraient, assises le dos contre le mur. Je me suis approchée et j'ai murmuré à son oreille : « Tu avais raison, papa. Chez nous, les choses ne changent que pour éviter de changer. »

Le jour de son enterrement, le 19 août 1860, alors que nous portions son cercueil sur nos épaules, Garibaldi débarquait à Melito di Porto Salvo. Au moment même où, entourés de tous les villageois à l'exception de sa fille aînée, nous enfouissions sa dépouille dans cette maudite terre qu'il avait cultivée et dont il avait espéré jusqu'au bout posséder un lopin, les soldats de l'armée bourbonienne, attirés comme des papillons de nuit par le feu follet des promesses du Libérateur, déposaient les armes spontanément et des colonnes se formaient, réunissant anciens gardes nationaux, soldats bourboniens en déroute, volontaires garibaldiens, villageois, prêtres et séminaristes. Et tandis que la fanfare de Casole jouait la marche funèbre, ces mêmes colonnes pénétraient dans les bourgs au son de fanfares identiques ; armes au poing, elles occupaient les palais du gouvernement, lisaient le décret de déchéance de la dynastie des Bourbons et s'emparaient du pouvoir. « Au nom de Garibaldi et de Victor-Emmanuel II. »

Désespérée, maman ne cessait de répéter qu'elle ne survivrait pas à son cher Biaggio, que, sans lui, elle n'avait plus aucune raison de vivre. Vincenzina la soutenait en se mouchant le nez et en s'essuyant les yeux. Au moment où l'on avait descendu le cercueil, Salvo, dans un geste frénétique, avait tenté de le retenir. Mais il n'y avait rien à retenir.

Ainsi, alors que la bière était recouverte de terre, le seul général demeuré fidèle aux Bourbons, le général Ghio, s'efforçait dans un dernier sursaut de repousser l'avenir par une manœuvre impliquant dix mille hommes sur la rivière Corace.

Et tandis que, après l'enterrement, le patron de papa, Donato Morelli, chouette impériale et ancien chef des bourboniens, se présentait chez nous sans ôter son chapeau pour nous rappeler que les dettes de l'hypothèque ne s'éteignaient pas avec la mort de notre père, qu'il nous faudrait les honorer jusqu'au dernier tournois, son frère Vincenzo, autre rapace de premier plan, était acclamé en tant que libérateur. Le comité anti-bourbonien de Cosenza – infiltré par ceux qui deviendraient nos nouveaux patrons du Nord – le chargeait de réunir les déserteurs des troupes royales, d'organiser une milice régulière et de distribuer des grades militaires. Vincenzo Morelli avait aussitôt accepté : pour maintenir l'ancien ordre, il était prêt à mener la guerre contre sa propre maison. La mue de la chouette, passée des Bourbons aux Savoie, s'accomplissait ainsi. Il ne restait plus maintenant qu'à monter une dernière mise en scène et à sacrifier la vie de nombreux jeunes idéalistes. Après quoi tout redeviendrait comme avant.

Le 28 août, neuf jours après l'enterrement de papa, Pietro est rentré à la maison après avoir déserté comme des milliers d'autres phalènes et marché des semaines durant sans nourriture. Il a frappé à notre porte d'une manière inhabituelle : trois coups légers.

Je ne dormais pas, ou dormais mal, comme toujours depuis son départ et la mort de papa. Il est apparu, les yeux écarquillés et perdus, flottant dans sa vareuse, son képi enfoncé sur la tête et, à l'épaule, une besace qui semblait énorme. J'ai aussitôt pensé à tonton *Tremble-Terre* quand il surgissait dans le noir.

Avant même de manger, de boire ou de demander quoi que ce soit, il m'a entraînée dans notre chambre. J'ai pleuré pendant qu'il me prenait, parce que je ne le reconnaissais pas, parce que j'essayais d'avoir confiance en lui ; tout simplement, parce qu'il était en vie et de retour. Tel un fantôme dans l'obscurité, il m'a ramenée sur terre. Cela n'a duré qu'un instant, le temps de nous habiller et de manger un plat chaud, le temps de se laver et de dormir un peu, côte à côte sur le même matelas.

« Comme c'est confortable... avait dit Pietro. J'avais oublié ça. »

Un baiser hâtif, des vêtements propres, et avant l'aube il était reparti pour le front, sur la rivière Corace, pour affronter le général Ghio et se transformer en garibaldien, sans savoir qu'il faisait ainsi le jeu des Morelli.

« À bientôt, Maria, a-t-il lancé sur le seuil, alors que le ciel commençait tout juste à s'éclaircir. Nous serons libres, nous serons italiens. » Après avoir déposé un baiser sur mes mains et mon front, il a disparu aussi vite qu'il était apparu.

Deux nuits plus tard, le 30 août, date de mon anniversaire, un terrible tremblement de terre a secoué toute la province. Le clocher de l'église de Macchia s'est effondré, tout comme quelques maisons.

« Quand une monarchie tombe, commentions-nous en errant au milieu des gravats, la terre tremble en profondeur. »

Cette nuit-là, interprétant le séisme comme un signe de bon augure, Pietro a quitté le campement militaire pour effectuer une mission de reconnaissance avec une avant-garde composée de six camarades. Au terme d'une longue marche, il a aperçu les bivouacs des soldats des Bourbons. Sans réfléchir, il s'est jeté sur l'ennemi en criant « Vive Garibaldi ! » à la recherche du choc frontal. Or, au son de leurs voix, les ennemis ont levé les bras au ciel et, sans leur concéder l'honneur des armes, ont déposé leurs fusils. L'armée des Bourbons – gangrenée depuis longtemps par la corruption, comme toutes les villes et tous les villages du Royaume – s'était désagrégée de l'intérieur, emportée par la révolution qui poussait les soldats à la désertion.

Pietro m'a raconté cette nuit victorieuse dans une longue lettre qu'un camarade, muté à Catanzaro, avait laissée à mon attention au café de Macchia. La chouette Donato Morelli possédait un télégraphe de campagne, que Garibaldi a utilisé pour annoncer aux Savoie sa première victoire calabraise.

Dites au monde que j'ai obtenu hier, avec mes vaillants Calabrais, la reddition de dix mille soldats commandés par le général Ghio. Cela m'a valu le trophée suivant : douze canons de campagne, dix mille fusils, trois cents chevaux, le même nombre de mules et un matériel de guerre important. Transmettez à Naples et partout cette heureuse nouvelle.

G. Garibaldi

Le 31 août à midi pile, le général Garibaldi s'est montré au balcon du palais Morelli, celui-là même où Teresa s'était mariée et où papa avait été humilié.

J'étais présente, ce jour-là, comme tous les journaliers et tous les misérables de la Sila. Nous savions – on le murmurait dans les rues et les ruelles – que son discours changerait le cours de l'Histoire. Nous l'attendions depuis toujours, notre sang même était fait de cette attente, d'une folie héroïque et d'une férocité mêlée de désespoir, d'une volonté sanguinaire et suicidaire qui avait couvé sous la patience. La soif de terre était inscrite dans nos propres patronymes – les Oliverio, qui avaient cultivé des olives ; les Terrazzano, qui se brisaient le dos sur les socs des charrues ; les Zappari, qui n'étaient habiles qu'à utiliser la bêche ; les Pecoraro[1] qui s'occupaient des animaux –, elle n'attendait depuis des siècles qu'une étincelle pour exploser.

Le général, reconnaissable à sa grosse barbe, à ses cheveux blonds et à sa chemise rouge, est apparu, flanqué du grand et sombre rapace don Donato Morelli, aux épaules recouvertes d'une longue cape noire. Sa voix a retenti dans un silence irréel :

---

1. *Zappa*, signifie « bêche » ; *Pecora*, « brebis » ; *Terra*, « terre ».

« Je promets solennellement à ceux qui prendront les armes, qui appuieront la révolution et l'Unité de l'Italie sous l'égide de Victor-Emmanuel que les terres seront redistribuées. Le prix du sel et de la farine sera amputé de moitié. Les impôts communaux seront abolis. L'usage collectif des terres sera reconnu. Vous pourrez couper du bois, pêcher, chasser, cueillir des légumes et des fruits comme des citoyens libres. »

Un gigantesque vacarme a accueilli ces mots. Nous avions enfin le sentiment d'exister. Voilà, c'était dit, il serait désormais impossible de revenir en arrière. En témoignaient les lancers de chapeaux, les cris joyeux qui s'élevaient vers le ciel.

« Hourrah ! Hourrah ! Vive Garibaldi ! hurlions-nous tous en nous embrassant. Vive la liberté ! Vive l'avenir ! »

Était-ce ainsi que l'esclavage s'achevait ?

Tandis que ces promesses couraient de lèvres en lèvres et ralliaient en un éclair cinquante mille hommes – frères, cousins, pères, maris, prêts au sacrifice de leur vie – à la cause de l'Italie unie, Garibaldi nommait de ses mains saintes la chouette impériale Donato Morelli prodictateur provisoire. Puisqu'il était un rapace, alors nous tous qui fixions le balcon étions les cerfs et les bouquetins qui se figeaient devant un feu follet.

24

La guerre devait continuer, Pietro devait, avec cinquante mille nouveaux bouquetins, remonter les Calabres, la Campanie et la Terre de Labour[1] jusqu'à Naples qu'ils assiégeraient et dont ils chasseraient Ciccillo. Le soir, il m'écrivait des lettres que des volontaires, organisés en réseau dans tout le Sud, me remettaient plus rapidement que le service postal du Royaume. De nouveau, l'amour jaillissait du danger.

Cosenza, 31 août 1860

Ma petite Maria,

Sept jours se sont écoulés depuis que je suis parti pour cette campagne difficile, irrégulière, et la fatigue commence à se faire sentir. Nous avons escaladé nos montagnes en portant trois bateaux sur notre dos. Nous croiras-tu ? Nous avons hissé

---

1. Territoire situé entre la Campanie, le Latium et le Molise correspondant à l'ancienne *Campania felix*.

trois bateaux dans la montagne. On m'a versé dans la brigade Sirtori, où je me suis distingué en servant d'intermédiaire, au moyen du dialecte, entre les bûcherons et les bergers. Nous sommes accompagnés de montagnards du Nord, surtout lombards et piémontais, qui grimpent bien, mais ne comprennent rien à ce que disent nos gens. « Je suis enthousiasmé par le formidable costume des montagnards calabrais ! » s'est exclamé hier Garibaldi en personne, après nous avoir passés en revue. Ma petite Maria, j'aimerais te dire uniquement de belles choses, mais la vérité, c'est que nous manquons de tout. Tu devrais voir nos frères calabrais nous apporter souliers (nombre d'entre nous n'en ont pas, les ont crevés ou perdus), pantalons, chemises, instruments de cuisine, poudre et plomb, armes, couvertures, mules et chevaux. Telle est cette guerre : d'un côté une armée de cent vingt mille soldats équipés de pied et en cap ; de l'autre, nous, poussés par nos seuls idéaux et le ventre vide. Et pourtant, entre un ventre plein et un ventre vide – combien de fois en avons-nous parlé, toi et moi ? –, qui l'emporte ? Le ventre vide.

Nous avons réussi, c'est incroyable, non ? Tout ce pour quoi nous avons vécu se produit. 30 août 1860, palais Morelli : marquons ce jour d'une pierre blanche ! Peux-tu imaginer ma joie d'appartenir à cette marée invincible ? Si Pisacane était à nos côtés, il serait sans voix. Et maintenant je te salue bien, on vient de m'appeler. Je continuerai de t'écrire chaque soir si je le peux.

Avec mon amour,
Ton Pietro

BRIGANTESSA

Cosenza, 1er septembre 1860

Ma chère Maria,

Quelques rares mais glorieuses nouvelles, car ici, au campement, le temps est un tyran. Je ne suis pas encore mort, ou plutôt je me sens plus vivant que jamais. Il me faut hélas partager la brigade avec don Achille Mazzei, ton ancien employeur, qui se donne des airs de révolutionnaire et ignore de quel côté on empoigne un fusil. Nous le considérons tous comme ce qu'il est : un profiteur de la dernière heure, uniquement bon à grimper sur le char des vainqueurs. Compte tenu de la haine qu'il s'attire, il est possible qu'il finisse un jour transpercé par une de nos balles.

Notre général Sirtori a débarqué à Sapri avec quatre mille hommes. Ils partent pour Salerne en deux colonnes, avec les généraux Medici et Cosenz. Notre bien-aimé roi Ciccillo a ordonné à ses troupes de se concentrer à Pagani et à Nocera, à quatorze milles de Naples, et y a installé son quartier général. En l'espace de deux jours, vingt mille soldats napolitains se sont réunis dans la capitale. Ce sont les moments suprêmes, Maria. Nous serons bientôt à Naples, nous prendrons la ville et chasserons le roi Lasagne. Ce ne sera pas chose aisée, j'espère que je survivrai. Prie pour moi, même si cela te déplaît.

Comme j'aimerais que tu sois ici avec moi, le soir, quand on organise le campement et bavarde en fumant (pour ceux qui possèdent une moitié de cigare), oubliant le temps d'un moment la grandeur de notre entreprise, et qu'on entend tous les accents, non seulement ceux du Nord, mais aussi ceux du monde entier ! Un ordre arrive en anglais, suivi d'une instruction en allemand ou en hongrois (il y a ici un tas de Hongrois, des garçons robustes et pleins de bonne volonté, ils voudraient que le général libère leur pays du joug autrichien) ; on livre une réponse harmonieuse en espagnol et une autre rauque en danois. Bref, le monde entier se bat pour nous.

Je te laisse : l'ordinaire est arrivé, et nous sommes heureux quand nous parvenons à tremper un quignon de pain dans un peu de bouillon.

Je te charge de donner mille baisers à maman, et gardes-en pour toi autant que tu veux.

Avec mon amour,
Ton P.

Cosenza, 2 septembre 1860

Ma chère petite Maria,

Les événements qui se sont produits sont si merveilleux qu'ils dépassent toutes nos espérances. Le roi est parti de Naples à cinq heures de l'après-midi à bord d'une frégate espagnole et, malgré ses efforts, aucun navire de guerre n'a accepté de le suivre. Tu imagines, Maria ? Dans cette vaste et bruyante ville, pas un cri ne s'est élevé, personne ne s'est ému, à la lecture d'un avis du préfet de police qui annonçait le départ du roi. Une *dynastie est renversée au bout de cent vingt-six ans de règne, et les boutiques ouvrent, le peuple vaque à ses occupations comme si de rien n'était. Nous partons à présent à bord d'un bateau à vapeur. Nous serons à Naples dans quelques heures et nous nous battrons contre les soixante-dix mille hommes auxquels Ciccillo a confié la défense de la ville. Mais une nouvelle, annoncée par télégramme aux soldats que nous sommes, a agité et secoué le peuple napolitain : Garibaldi entrera dans la capitale le 7, il empruntera le train de midi au départ de Salerne. Alors ce sera officiel : nous serons libérés de l'esclavage.*

Maria, ne perds pas de temps. Tu trouveras dans cette missive de quoi payer un billet de coche. Monte dans celui de demain sans y réfléchir. Ton tour est arrivé ! Tu verras Naples, tu verras Garibaldi, tu me verras. Je t'attendrai le soir du 6 à la gare. Je te reconnaîtrai parce que tu seras la plus belle ; tu me reconnaîtras à ma chemise rouge et à mon grand fusil à double canon : au cours de ces semaines de guerre, je crois avoir changé au point de ne pas me reconnaître moi-même. Je vois la faim sur les joues de mes camarades et je sais qu'elle est sur les miennes. Mais nous sommes heureux. Naples nous appartient ! À moi et à toi.

Avec mon amour,
Ton Pietro

PS : Ne t'inquiète pas pour la nuit, nous dormirons chez un camarade que j'avais du temps du service militaire.

25

J'ai pris le coche au petit matin et, trois heures plus tard, j'atteignais Cosenza. Il émanait de la ville en fête, libérée et heureuse, une énergie grandiose.

La diligence pour Naples ne partait qu'à midi. Elle était remplie de jeunes gens qui, comme moi, allaient assister à l'arrivée de Garibaldi dans la capitale, bien décidés à « être présents au moment où l'Histoire se faisait ». Jusqu'à Paola le trajet a été un supplice, en l'absence de routes et de ponts ; tiré par quatre chevaux, le véhicule avançait sur des sentiers muletiers, ouverts par des sabots d'âne, et empruntait la grève des cours d'eau sur de longs tronçons. Nous nous sommes arrêtés deux ou trois fois près de masures construites sur pilotis et, comme d'autres, j'ai vomi tripes et boyaux, à cause des cahots. C'était un voyage affreux. Le conducteur a sifflé, et deux passeurs en haillons ont fait traverser pour cinq pièces de monnaie la diligence et l'attelage, puis, sur leur dos, chacun des passagers. Nous avons continué notre chemin plus aisément et, une fois à Sapri, nous nous sommes engagés sur la route consulaire, une voie militaire qui parcourt les collines du Cilento. À l'heure des repas, nous observions une halte afin d'avaler de quoi nous lester l'estomac et les hommes qui en avaient les moyens buvaient un peu de vin. Trois jours plus tard nous étions à Naples. Pietro m'attendait à la station des diligences. Nous nous sommes étreints. Oui, il avait changé ; oui, il était très maigre, mais il était heureux de me voir et transformé par l'entreprise dans laquelle il s'était lancé. Il voulait, malgré l'heure, m'emmener en promenade, mais j'étais épuisée par le voyage et nous avons gagné le logement de son camarade. L'épouse de ce dernier, une petite femme gentille et empressée, nous avait attendus avec son mari, vêtue de pied en cap et coiffée. La maison était éclairée par des lampes murales, et nous avons parlé tout bas pour éviter de réveiller les enfants. Quand, enfin, nous nous sommes retrouvés en tête à tête, Pietro ne m'a même pas laissé le temps d'ôter mes vêtements.

Le lendemain matin, nous nous sommes dirigés de bonne heure vers la piazza Plebiscito et le quartier Chiaia. C'était la première fois que je voyais la mer. Je l'ai découverte à la sortie d'un tournant, après que Pietro a mis ses mains sur mes yeux et les a ôtées. J'en ai eu le souffle coupé : cette immensité argentée était une inconnue entre le monde et moi, une invitation, une promesse, c'était un risque. Aussitôt j'ai pensé que la mer était le contraire des montagnes – immobiles, gigantesques, sûres. Mais la ville était remplie de gens en fête, qui se saluaient avec de grands signes de tête et des sourires, semblant dire que l'avenir était proche, qu'il suffisait de prendre son élan pour l'atteindre. Les bâtiments étaient pavoisés aux couleurs des Savoie, et à chaque coin, à chaque poteau, à chaque mur et même au sol, le long des trottoirs, était affichée la proclamation de Garibaldi :

Enfant du peuple, c'est avec un respect et un amour véritables que je me présente à ce noble et imposant centre de populations italiennes que de nombreux siècles de despotisme n'ont pu humilier, ni obliger à fléchir le genou en présence de la tyrannie.

La concorde était le premier besoin de l'Italie, pour obtenir l'unité de la grande famille italienne ; aujourd'hui, la Providence nous a apporté la concorde avec la sublime unanimité de toutes les provinces pour la reconstruction nationale : pour l'Unité elle a donné à notre pays Victor-Emmanuel, que nous pouvons dès à présent appeler le véritable père de la patrie italienne.

Je le répète, la concorde est la première nécessité de l'Italie. Pour cette raison, nous accueillons comme des frères les adversaires d'autrefois sincèrement désireux d'apporter leur pierre à l'édifice de la patrie.

Enfin, tout en respectant la maison des autres, nous voulons être les maîtres chez nous, n'en déplaise aux despotes de la terre !

Giuseppe Garibaldi

Le général Garibaldi était censé arriver en début d'après-midi à bord d'un train en provenance de Salerne, en compagnie du maire, du général de la Garde nationale et du ministre de l'Intérieur Romano. Ainsi, à midi, Pietro et moi, nous sommes-nous acheminés vers la via Toledo au milieu d'un flot de gens qui formaient un courant rapide, irrésistible, merveilleux. De temps en temps, voyant en Pietro un garibaldien, un homme se frayait un chemin dans la foule et se précipitait vers lui, s'époumonait pour l'indiquer aux passants, avant de l'étreindre, de le secouer, de le tirer par sa vareuse. Alors Pietro souriait à la ronde et me confiait son fusil, si lourd qu'il me fallait poser le canon par terre pour le tenir, tandis qu'il se laissait aller, en proie à une joie que je ne lui connaissais pas : il accueillait dans des rires chaque bourrade, chaque blague, chaque question, chaque baiser.

« C'est mon épouse. La femme à l'arme », disait-il. Aussitôt tout le monde se retournait et m'embrassait à mon tour, me félicitait, me serrait la main. « Elle a l'air très gentille, mais elle est féroce ! » s'exclamait Pietro en riant.

Soudain les bateaux à vapeur ont tiré vingt-cinq coups de canon : le signal. Garibaldi se présentait sur la route du Piliero, à bord d'une voiture qui paraissait minuscule au milieu de cette foule. Il y avait des gens partout, des paysans venus de la campagne, armés de fusils à grosses balles, ou de serpes, de fourches, d'autres les mains nues, d'autres encore munis de casseroles et de louches pour faire du tapage. Tous criaient « Vive Garibaldi ! », « Vive l'Italie unifiée ! », « Vive Victor-Emmanuel ! ». Vêtus de rouge, fût-ce seulement un foulard au cou, ils étaient entassés sur les balcons, sur le seuil des cafés, sur les toits des voitures et sur ceux des maisons ; les adolescents, au sommet des réverbères ; les plus petits, sur la selle d'un soldat de la Garde nationale. Chacun surveillait les membres de son entourage pour éviter de les perdre au milieu de la cohue.

Enfin le général Garibaldi s'est montré au balcon du palais sur lequel tous les regards étaient braqués, suscitant un vacarme gigantesque, irréel, au point qu'on a cru qu'un bateau à vapeur avait explosé. Il a levé le bras et le silence s'est abattu sur nous.

Il a souri, comme s'il souriait à chacun d'entre nous et, gonflant la poitrine, a tonné : « Je me suis toujours fié au sentiment des peuples. Quand des individus qualifiaient mon entreprise de téméraire, c'était parce qu'ils ignoraient la signification de la contribution unanime, concordante, spontanée de tous les citoyens, qui l'emporte et triomphe dans les entreprises les plus ardues et les plus audacieuses ! » De nouveau, un énorme vacarme et des milliers d'applaudissements. Le visage sillonné de larmes, Pietro m'a serrée dans ses bras.

Puis, apercevant un garçon de quinze ou seize ans dans la cohue, il s'est exclamé : « Viscovo ! », alors que le dictateur poursuivait son discours.

Mal fagoté comme tous les garibaldiens, l'adolescent se ménageait un chemin parmi la foule, apparemment ému, sa trompette à la main. Il l'a brandie, à la vue de Pietro.

« Monaco ! a-t-il hurlé en se dirigeant vers nous. Quelle belle fête ! C'est incroyable ! »

Nous nous sommes étreints comme si nous nous connaissions depuis toujours. Quand Garibaldi s'est tu, Pietro a dit : « Joue-nous quelque chose, Viscovo ! »

L'adolescent a soufflé dans sa trompette de toutes ses forces et les gens, dans un rayon de plusieurs centaines de mètres, se sont tournés vers nous. Il possédait vraiment un don : petit et maigre, il disparaissait entièrement derrière son instrument. Au centre de la place maintenant, sa trompette élevait vers le ciel cette victoire collective. Viscovo était un orphelin que les garibaldiens avaient recueilli en Sicile, il avait trouvé sa raison de vivre dans la musique, peut-être plus encore que dans l'Italie, même s'il avait un jour affirmé le contraire à Pietro. « Mais il se peut que je trouve un emploi quand tout se terminera, je jouerai dans une fanfare. »

Maintenant que le dictateur avait quitté le balcon, la mélodie mélancolique remplissait la grand-place, suscitant en moi l'impression d'appartenir à un esprit supérieur qui nous unissait et nous émouvait : cette musique n'était pas une musique, nous le devinions tous, c'étaient les vagissements de la Nation nouveau-née. Pour la première fois, grâce au souffle de Viscovo, j'ai eu le sentiment d'être italienne. Nous partagions tous – bourgeois, journaliers, militaires et gentilshommes – le même rêve. Je regardais le garçon ébouriffé et imberbe en élaborant ces pensées et, mystérieusement, je voyais en lui le fils que Pietro et moi n'avions pas encore eu.

Le soir, la ville était illuminée.

Le long de la via Toledo, on portait les bersagliers en triomphe, tandis que défilaient quatre mille voitures aux phares allumés, remplies de jolies femmes qui arboraient au cou des drapeaux et des écharpes tricolores. Pietro devait toutefois s'embarquer avec ses camarades pour Capoue, où poursuivre la bataille et défaire une fois pour toutes l'armée du roi, barricadée dans la forteresse de Gaeta.

Nous nous sommes donc dirigés d'un pas lent vers le port.

D'énormes bateaux à vapeur étaient reliés à la terre ferme par des passerelles en bois chancelantes. Sur le pont d'une de ces embarcations, un garibaldien a lancé à Pietro avec un étrange accent :

« Hé ! T'as amené ta gueuse ! »

Alors, prenant mon visage entre ses mains, Pietro m'a dit :

« À bientôt, petite. Quand je reviendrai Macchia sera libérée et nous pourrons avoir ce qui nous appartient. Attends-moi, car tu me verras arriver un jour comme un homme libre. »

Il s'est engagé sur la passerelle, tenant en bandoulière un fusil presque aussi grand que lui.

À mi-chemin, il a pivoté et levé un bras.

Je l'ai imité.

Je connaissais le chemin pour retourner chez ses amis. Le lendemain matin, je prendrais la coche pour Cosenza.

26

Au-dessus de Valle, 7 octobre 1860

Ma chère Maria,

Je suis vivant. À Santa Maria, à Sant'Angelo, à San Leucio, victoire sur toute la ligne, après dix heures de combat. À gauche, entre les gorges de Castel Morrone, le major Bronzetti a tenu le défilé avec la moitié d'un bataillon contre les troupes bourboniennes, six fois plus importantes. Il est mort, comme nombre de ses hommes, mais l'ennemi n'est pas passé. Il faudra que je t'explique comment nous savourons le repos, nous qui avons survécu. Le général Sirtori, commandant en chef de nos troupes, prend lui aussi un peu de bon temps. Tu sais, Maria, j'ai beaucoup d'affection pour ce général. J'ai l'impression de voir en lui le père que je n'ai jamais eu. Lui-même me traite comme un fils, me semble-t-il. À chacun de ses ordres, je le sais, je serais capable de m'élancer, sabre au clair, et d'aller jusqu'au bout du monde.

Mais où vont les âmes de nos défunts, Maria ? Je ne cesse de me poser cette question. Certes, sur le champ de bataille la mort est différente. Elle n'est qu'une chose parmi tant d'autres. Il y a des morts parmi les Bourbons qui gisent dans leurs uniformes gris, leurs visages muets encore empreints de férocité. De gros hommes carrés dans des uniformes élégants. Leurs flasques d'eau-de-vie sont encore à moitié pleines. Ils ont probablement mangé et bu abondamment avant de s'attaquer à nos troupes affamées. Au sommet du Monte Carlo l'un de ces bourboniens a découvert un minuscule terrain ceint d'un mur en pierres sèches, ouvrage d'un berger sans doute. Il s'y est installé et nous n'avons pas pu l'en chasser, pas même lorsque, après la fuite des siens, il s'y est retrouvé seul. On a dû l'achever comme une bête enragée, parce qu'il ne cessait de donner des coups de baïonnette. Paisible comme un homme qui a accompli son devoir, il gît maintenant du côté du cœur et a l'air de dormir. Les nôtres défilent en procession devant lui, mais avec respect. Mieux vaut mourir ainsi que de vieillesse dans un lit ! N'est-ce pas ce que nous nous sommes toujours dit, toi et moi ?

À toi pour toujours,
Pietro

Tandis qu'il se battait, Pietro ignorait que la situation dans les villages qu'il avait quittés n'était pas telle qu'il l'imaginait : en effet, le monde ne se laissait pas conduire docilement sur la route qui semblait toute tracée, et les batailles que nous livrions, nous autres bouquetins, étaient balayées par les forces contraires des chouettes. Chez nous, rien ne changeait – rien de rien –, et en vérité rien n'avait changé nulle part. Les terres n'avaient pas été redistribuées, les impôts n'avaient pas été abolis, l'usage collectif des sols n'avait pas été introduit ; la situation était la même qu'avant l'arrivée du Libérateur, comme si rien ne s'était produit, comme s'il n'y avait eu qu'une merveilleuse illusion ayant duré le temps d'une fête.

Seuls avaient agi les « messieurs » qui recommençaient à dispenser emplois, faveurs et biens. Les Gullo, autres chouettes, étaient revenus eux aussi en libérateurs, à la faveur du retour des « individus sous surveillance », des libéraux, ce qui m'avait permis au moins de reprendre mon métier de tisserande.

Étrangement, c'était de la terre que, pour une fois, venait une amorce de changement. Dans de nombreux villages du Sud, les paysans s'étaient organisés et avaient empoigné faux, vouges et fourches. Ils voulaient savoir pourquoi les promesses que Garibaldi avait prononcées au balcon du palais Morelli n'avaient pas été tenues. À Casalduni, près de Bénévent, et à Pontelandolfo, le village où Teresa avait grandi auprès du comte Tommaso Morelli et de sa femme Rosanna, les journaliers s'étaient rebellés contre les soldats des Savoie qui avaient occupé la région en se présentant comme des libérateurs, alors qu'ils ne faisaient que monter la garde devant les propriétés des riches pour les protéger contre la fureur du peuple. Les paysans les avaient attaqués en masse en poussant des cris, une faux dans une main et le chapelet dans l'autre. J'avais frémi à l'annonce de cette nouvelle, qui courait de village en village, de la Terre de Labour jusqu'à la Calabre citérieure. Je voyais dans ces paysans des héros. De véritables héros.

Mais contrairement à eux, les soldats étaient armés de fusils et ils avaient commencé à tirer. Et après avoir tiré, ils s'étaient mis à tuer. À tuer, encore et encore.

Alors la fureur s'est déchaînée. De violents affrontements ont eu lieu pendant des jours et des nuits, et les journaliers, en proie à une férocité ancienne et aveugle, ont tué quarante soldats. Trois jours plus tard – le temps que se forme la vague, comme celles que j'avais vues dans le port de Naples –, en représailles, l'armée royale, désormais commandée par le général Cialdini, est retournée à Casalduni et à Pontelandolfo avec trois mille hommes et a détruit maisons, fermes, églises, auberges, marchés.

Les soldats, dans leurs élégants uniformes bleu-gris, sont entrés dans tous les lieux sacrés et profanes, enfonçant portes, trappes et fenêtres. Ils volaient tout : les statues en bois et les autels en marbre du XVIIIe siècle, les tableaux de Luca Giordano, les candélabres en or, les lampes en cuivre, la sculpture portant le blason de Pontelandolfo, les ex-voto de l'église mère de San Salvatore. Pour terminer, Cialdini a rassemblé mille journaliers, choisis au hasard parmi les malheureux qui imploraient sa pitié devant leurs maisons, il les a arrachés à leurs femmes et à leurs mères, puis fusillés sur la grand-place, devant le reste des villageois. Leurs corps tuméfiés se sont effondrés comme des épis fauchés. Enfin, sans se soucier des enfants qui se sauvaient de toutes parts, des vieillards prisonniers de leurs maisons, des femmes portant des nouveau-nés, ils ont incendié et rasé deux villages afin d'effacer les preuves de cette opération. Telle est la méthode de l'armée des Savoie : éliminer le souvenir de la révolte, de façon que personne ne puisse s'en servir contre eux. Ces gens n'avaient qu'un seul péché : réclamer des comptes à propos d'une promesse qui avait envoyé cinquante mille jeunes gens à la mort pour livrer le Sud aux Savoie. Mais ce n'était que le début, les choses ne faisaient que naître : les chouettes avaient écarquillé leurs yeux dans la nuit.

Un jour Giovanni, le fils de don Tonio, le pâtissier, nous a rapporté notre niche votive. Il l'avait trouvée à Bénévent, dans un monticule de babioles, au bazar La Caserne de Jésus, où avaient échoué les objets razziés dans l'église mère de Pontelandolfo, et l'avait reconnue immédiatement grâce à l'image de sainte Marine de Bithynie, jumelle de celle qu'il avait vue chez nous. L'ayant ouverte, il avait découvert à l'intérieur les lettres que papa et maman avaient écrites au fil des ans à cette fille qu'ils avaient dû donner en adoption.

Vincenza m'a demandé de la rejoindre à la maison, où elle me les a montrées en tremblant un peu. Comme toujours, maman était assise dans son fauteuil ; au fur et à mesure que je les lui tendais, elle posait son regard tantôt sur moi, tantôt sur la poupée encore fixée à la cheminée.

Tout le temps qu'avait duré le séjour de Teresa chez le comte et la comtesse Morelli, papa et maman lui avaient envoyé des lettres affectueuses, auxquelles elle n'avait jamais répondu. Après ma naissance – elle avait alors douze ans – ils l'avaient priée de m'accepter, moi, la benjamine que les comtes désiraient adopter. Teresa avait refusé.

Vous pourez vivre enssemble, et ta sœur Maria aura la même vie avantagée que toi. Elle poura faire des études et avoir l'avenir que nous on peut pas lui donner, écrivait papa de son écriture hésitante. *Et puis vous serez deux, vous vous tiendrez companie.* Papa était présent dans ces pages, il semblait n'être jamais parti : je voyais ses yeux et entendais sa voix parmi ses fautes d'orthographe. Jamais je n'aurais imaginé qu'il se serait conduit ainsi, lui qui était un homme concret et laborieux. Mais les parents dissimulent toujours un bout de leur monde à leurs enfants. À présent, je les voyais, penchés sur ces feuilles de papier, l'un écrivant, l'autre dictant. J'ai jeté un coup d'œil à maman : elle souriait. Puis le comte et la comtesse Morelli avaient décidé de m'accueillir en se passant de l'accord de Teresa, laquelle avait alors cessé de manger, de dormir et même de parler. Elle tapait des pieds par terre et jetait en l'air tout ce qui lui tombait sous la main. S'emparant de la poupée en porcelaine que le comte et la comtesse avaient achetée à mon intention, elle avait essayé de la casser. Aujourd'hui la poupée était là, accrochée à la cheminée, une orbite vide, privée de bras et de nez.

 La seule fois où papa et maman étaient allés la voir, Teresa leur avait rendu toutes leurs lettres. Avant de repartir, ils s'étaient arrêtés à l'église de San Salvatore de Pontelandolfo, un saint qui, disait-on, accomplissait des miracles. Ils l'avaient prié pour que leur fille change d'avis et lui avaient offert la niche votive de sainte Marine de Bithynie qui contenait toutes leurs lettres. Leurs prières avaient été exaucées, même si le comte et la comtesse étaient allés à Naples pour y mourir et ne m'avaient donc pas adoptée. Et voilà que les deux niches votives de la sainte trônaient de nouveau sur le bahut comme avant ma naissance.

BRIGANTESSA

Teano, 27 octobre 1860

Maria, ma chérie,

Nous avons assisté hier à un moment historique : le général Garibaldi a remis l'Italie entre les mains de Victor-Emmanuel. Hier soir, à bout de forces, nous ne cessions de nous dire qu'on se serait crus six cents ans plus tôt, au moment où Charles d'Anjou quittait Rome pour venir ici, béni par le pape qui lui vendait la couronne de Manfred, la couronne de nos terres du Sud.

La scène qui s'est déroulée aujourd'hui est restée gravée dans mes yeux. Une maison blanche à un carrefour, des cavaliers vêtus de vareuses rouges et d'autres de vareuses noires, le général debout au pied des peupliers qui commençaient à perdre leurs feuilles. Puis soudain, un roulement de tambours retentit, la fanfare royale du Piémont, et tout le monde saute à cheval. Encore une galopade, quelques ordres et l'acclamation suivante : « Vive le roi ! Vive le roi ! » De là où j'étais placé, j'ai pu voir Garibaldi et Victor-Emmanuel se serrer la main, j'ai pu entendre ce salut immortel : « Salut au roi d'Italie ! » Une autre galopade, d'autres instructions et l'acclamation unanime : « Vive le roi ! Vive le roi ! »

La matinée n'était pas terminée, Maria, et nous avions déjà bâti l'Italie. Le général parlait tête nue, le roi caressait l'encolure de son cheval pie. Des pensées sombres traversaient l'esprit du général, je l'ai remarqué comme tout le monde. Il était également rembruni lorsqu'il s'est écarté et placé à la gauche du souverain. Mon bon général Sirtori, que j'aime tant, avait lui aussi la tête baissée. Ce matin, Garibaldi n'est pas allé déjeuner avec le roi. Il a prétendu qu'il avait déjà mangé, mais il a avalé du pain et du fromage en devisant sous les arcades d'une petite église, entouré de ses amis, résigné. Résigné à quoi ? Je suis tenté de croire que ceci n'est pas de bon augure et que nous avons mené cette guerre pour d'autres fins. Mais ce sont des discours que nous tenons le soir entre nous, vaincus par la fatigue, car personne ne peut fixer le regard sur le soleil levant. À part toi, ma petite Maria guerrière. Je rêve chaque nuit de t'étreindre. Mille baisers à maman, dis-lui que nous avons gagné. Que son fils a gagné !

Ton Pietro

Naples, 2 novembre 1860

Maria, ma chérie,

Le général Sirtori en personne m'a élevé avec tous les honneurs au grade de lieutenant pour mérites de guerre. Je ne pourrais être plus heureux, je rentre à la maison en vie, l'Italie est unifiée et je suis décoré.

Aujourd'hui même le canon grondait au loin. On bombardait Capoue et nous n'y sommes plus. Les artilleurs de Victor-Emmanuel n'auront pas à s'acharner : la garnison de Ciccillo

BRIGANTESSA

n'attend qu'une bonne raison pour capituler. Mais Griziotti, un de nos colonels, l'avait dit au général il y a deux jours : « Les Piémontais vont arriver, ils conquerront la ville à l'aide de quelques obus, puis diront que, sans eux, notre œuvre ne vaudrait rien. » *Tu sais ce qu'a répondu Garibaldi ? Je l'ai entendu de mes propres oreilles :* « Laissez-les dire. Nous ne sommes pas venus pour la gloire. » *Moi, ma chère Maria, je ne veux pas un seul gramme de gloire.* Mais des tonnes de justice, parce qu'il y a des siècles d'injustice à racheter. Nous devrons vivre, toi et moi, non comme des bourgeois, mais pas non plus comme des domestiques, car nous avons assez vécu comme des domestiques.

J'y vais, la bougie s'éteint et la lune aujourd'hui n'est pas plus grosse qu'un ongle. Regarde-la, toi aussi, et pense à moi.

Ton Pietro

27

L'Italie est née le 17 mars et, bien vite, tout le monde s'est rendu compte que cette révolution apparente n'était qu'une mise en scène.

Je savais que Pietro trouverait à son retour une situation que je n'avais pas eu le courage de lui décrire dans mes lettres au cours des derniers mois. En vérité, les choses avaient empiré, les villages et les villes étaient plongés dans une destruction lente et aveugle, la misère régnait partout et nous étions de plus en plus esclaves.

Donato Morelli était devenu le maître non seulement de la Sila, mais aussi de la Calabre citérieure et de la Calabre ultérieure : après s'être un temps camouflé, il s'était exposé en entraînant à sa suite ses anciens alliés. C'étaient donc toujours les mêmes familles qui commandaient : les Mancuso, les Gullo, les Falcone, les Parisio, les Mazzei. Rien n'avait changé, et la meilleure façon de désamorcer une révolution consistait à la faire. Désormais eux seuls pouvaient commercer avec le nord de l'Italie. Les familles de « messieurs » qui étaient restées bourboniennes ou qui n'avaient pas voulu se transformer en chouettes étaient en effet au bord de la faillite. Mon beau-frère Salvatore Mancuso, par exemple, vendait le charbon de ses *carbonneries* non plus à Naples, mais à Turin : les Piémontais ne s'adressaient qu'à lui, et ses commandes avaient triplé. Il en allait de même pour les Gullo avec leurs tissus, pour les Mazzei avec leurs vers à soie, pour les Morelli avec leur bois, leur blé, leur acier et leurs métallurgies. Ils s'enrichissaient tous de plus en plus. Salvatore avait pris l'habitude d'effectuer de longs voyages dans l'ancien Royaume de Sardaigne, souvent accompagné de Teresa. Ils en revenaient vêtus à la mode du Nord et munis de nouvelles diableries qu'ils montraient à tout le monde, l'air faussement indifférent : des photographies imprimées représentant des sommets alpins ou le palais royal de Turin ; une machine pour préparer du café par « percolation » ; un télescope permettant de compter les cratères sur la bosse de la Lune ; des *lunettes*[1] ; un jeu de société ayant quatre-vingt-dix chiffres et des grilles de quinze, appelé le loto. Des objets qui suscitaient l'admiration et l'envie des gens, mais qui ne me faisaient ni chaud ni froid, ou plutôt qui étaient à mes yeux des crétineries.

Un jour, j'avais rencontré Mme Donati.
Nous cheminions de chaque côté de la rue quand nos regards s'étaient croisés. Cette fois je l'avais reconnue immédiatement : elle s'était rétablie, elle semblait même ne s'être jamais mieux portée, si bien que j'avais levé le bras en guise de salut. Elle m'avait vue, et pourtant elle avait détourné les yeux sans me laisser le temps de traverser la chaussée. Baissant la tête, elle s'était agrippée au bras de son mari et avait pressé le pas. J'avais songé à cette scène des jours durant. L'institutrice était pour moi une seconde mère, son attitude me blessait. Puis j'avais posé des questions à la ronde et

---

1. En français dans le texte.

fini par comprendre : après l'Unité, les Donati, comme toutes les chouettes, avaient commencé à se nourrir des musaraignes, des taupes, des écureuils, des fouines et des huppes que nous étions. Les Morelli leur avaient offert l'opportunité d'investir dans l'acier avec eux et ils l'avaient saisie. Je repensais à nos conversations, à ses murmures, aux après-midi passés ensemble à la maison, à notre voyage à Catanzaro et j'éprouvais de la haine pour cette partie de moi-même qui s'était fiée à l'institutrice, qui avait vu pendant des années le salut dans son enseignement. Qu'était devenu *Jacopo Ortis*, qu'étaient devenus Mazzini et l'*Adelchi* ? Où avaient échoué les idéaux d'égalité et de justice de Mme Donati ? Comme le reste, tout cela n'avait probablement été qu'une pantomime, de belles paroles vides de sens. J'avais du mal à l'admettre, mais si Mme Donati s'était elle aussi muée en chouette après avoir connu la prison pour actes séditieux, il n'y avait certainement plus personne pour nous sauver. Les vrais Italiens, c'était nous, pensais-je. Nous – les jeunes gens comme Pietro qui s'étaient enrôlés pour permettre la naissance de l'Italie –, pas eux.

Quand il est rentré du front, blessé à l'épaule, Pietro n'a été accueilli ni en libérateur ni en héros, malgré la victoire et la médaille qu'il arborait sur sa chemise rouge en lambeaux.

Il était désespéré.

Comme toutes les localités de la région, Macchia s'enfonçait dans la dégradation sous les yeux et, plus encore, sous les narines de tous : excréments, vomissures et ordures encombraient les abords des rues et les maisons dans l'indifférence générale. Si le Royaume n'avait jamais eu d'attention pour nous, l'Italie nous rejetait. À présent, les villageois qui avaient fêté Pietro lors de ses permissions lui réservaient des sourires de circonstance quand ils le rencontraient dans la rue et secouaient la tête sur son passage. Ils le jugeaient responsable de leurs nouveaux malheurs tout autant que ses semblables, les cinquante mille hommes qui avaient livré le Royaume aux Savoie, et la Calabre aux Morelli.

Comme tous ses camarades rescapés, Pietro était incapable de s'en faire une raison. Il n'avait plus un sou : au lieu de gagner de l'argent, les volontaires en avaient dépensé pour acheter un fusil à un berger ou à un fermier, des bottes, des pantalons, des cercueils.

Au bout de quelques semaines, son inactivité lui est devenue intolérable. Il ne m'écoutait même pas quand je lui disais : « Mon emploi chez les Gullo nous permettra de vivre quelque temps. » Il cherchait du travail dans les échoppes, dans les fermes. Comme il n'essuyait que des refus, il a fini par se résigner à la perspective qui lui répugnait plus que tout : proposer ses services à Salvatore.

Il m'a donc priée de l'accompagner et il s'est présenté chez lui pour la deuxième fois, l'épaule bandée et sa casquette à la main.

Le domestique venu ouvrir nous a laissés attendre à l'extérieur pendant un laps de temps interminable. Enfin, Salvatore a daigné se montrer sur le seuil pour éviter de nous faire entrer.

Dévisageant Pietro avec un air de suffisance et sans même le saluer, il lui a demandé ce qui l'amenait.

« J'ai besoin de travailler, a répondu Pietro en tourmentant son couvre-chef.

– Et alors ? »

Ils n'étaient plus amis, ils n'étaient plus rien. Salvatore considérait Pietro comme un vaincu, malgré sa victoire et sa médaille militaire : vaincu par les faits. Et, sans avoir bougé le petit doigt, il se considérait lui-même comme un vainqueur, comme un grand Italien. Pietro avait eu beau se battre, il avait perdu et il se sentait rejeté par l'Italie.

Au moment où Salvatore s'apprêtait à rentrer dans sa demeure, Pietro a glissé une jambe dans l'entrebâillement de la porte afin de la bloquer. Mon beau-frère a eu alors un regard de mépris pour le bandage qu'on entrevoyait sous sa chemise ouverte, usée : le mépris des faits pour les idéaux et pour les mots, le mépris des infirmes pour les infirmes. C'est alors que Teresa est apparue derrière lui, les yeux lumineux, vifs. Nous serons toujours perdants, ai-je pensé. Nous serons perdants. Toujours. Mais Salvatore a fini par accorder un emploi à Pietro, pour une paie inférieure à celle qu'il touchait auparavant.

« Tu as déjà empoché les ducats de l'enrôlement, avant de déserter pour rejoindre Garibaldi, lui a-t-il lancé. Si tu veux, contente-toi de ce que je te donnerai. »

Ainsi, l'épaule encore blessée, Pietro est retourné dans la forêt exercer le seul métier qu'il connaissait.

Un matin, deux mois plus tard, le facteur a frappé à notre porte. Il n'apportait jamais de bonnes nouvelles.

De fait, l'air abattu, il nous a remis pour la quatrième fois une enveloppe jaune, tamponnée par l'énième bureau de recrutement, où s'étalait le blason du Royaume d'Italie.

BRIGANTESSA

Pietro revenait de la charbonnière. Il trimait sans relâche, jour et nuit : n'ayant pas réussi à mourir à la guerre, il essayait de se tuer au travail. Il s'est assis à la table, a décacheté l'enveloppe à l'aide du canif dont il ne se séparait jamais et en a tiré une feuille de papier jauni, qu'il a contemplée un moment. C'était l'appel à la conscription. Victor-Emmanuel enrôlait les garibaldiens rentrés chez eux sains et saufs.

Une convocation supplémentaire pour une incorporation supplémentaire, pour une guerre supplémentaire – cette fois, aux côtés de ceux qui nous avaient trahis. Après s'être battu deux fois sous les Bourbons et avoir gagné la guerre aux côtés de Garibaldi, Pietro était censé intégrer l'armée du Royaume d'Italie. La réalité, qui nous était apparue comme une nécessité, puis comme une tragédie, se transformait maintenant en farce.

« Je ne peux pas vivre comme ça, a-t-il dit. Ils veulent ma vie ? Qu'ils la prennent ! Qu'ils viennent et qu'ils me tuent ! »

Bien vite il a cessé de lire et même de me parler. Son labeur à la *carbonnerie* et la nouvelle du recrutement lui ôtaient toute son énergie ; désireux de fuir le village, il travaillait la nuit, même si cela l'obligeait à se réveiller toutes les heures pour jeter un coup d'œil aux braises.

Il avait pris en haine les villageois, qu'il considérait comme des traîtres, il avait pris en haine sa maison, sa famille, tout le monde. Il ne supportait que la forêt, son monde clos.

Puis, un soir, après le dîner, alors que je lavais les assiettes, il m'a annoncé : « On viendra bientôt m'arrêter pour désertion. On voudra me conduire dans le Piémont et m'enfermer dans la prison de Fenestrelle. Mais je ne me battrai pas pour les Savoie, ces lâches. Personne ne peut s'enrôler quatre fois. »

Le lendemain, sans avertir personne, pas même moi, sa femme, il a quitté le village pour la forêt. Il avait l'intention de se joindre à une bande de brigands.

Il ferait la guerre à ceux qui l'avaient trahi et qui voulaient maintenant sa mort.

28

Depuis le départ de Pietro, j'allais respirer dans les bois. J'étais fascinée par un énorme mélèze, tout tordu et sombre, qui avait poussé sur un éperon rocheux et résisté pendant des siècles à la foudre. Il avait des branches brisées et de profondes cicatrices, et pourtant au printemps, lorsque les merles revenaient nidifier, il se couvrait de fleurs jaunes et rouges qui réveillaient les amours des geais.

Quand, enfant, je le voyais fléchi et solitaire au-dessus du ravin, je songeais qu'il était certainement né d'une graine qu'un écureuil avait cachée là en prévision de l'hiver. Cet arbre était une promesse tenue. Plus tard, pendant l'absence de Pietro, il m'avait évoqué un soldat estropié et blessé, mais toujours debout. C'était auprès de lui que je me rendais désormais. Je traversais la forêt et grimpais au sommet du piton rocheux en me hissant parmi les aiguilles de pin que le soleil enflammait au couchant. Je m'asseyais à califourchon à l'intersection de deux branches et accueillais la lumière sur mon visage.

J'emportais un panier et, imitant tatie *Tremble-Terre*, le remplissais de bois, de branches et de pommes de pin sèches qui me serviraient à allumer le feu. La nuit, je glanais dans un champ de blé, cueillais des champignons et des châtaignes, pêchais des truites dans le torrent. Ces larcins me permettaient de me réapproprier mon bien.

Le printemps arrivait, et un soleil tiède venait me réchauffer. Les geais, les merles, les bécasses et les pics épeiches réapparaissaient. À l'orée du bois, les bouleaux ouvraient leurs branches à un vert tendre.

De temps en temps Pietro surgissait pour se ravitailler et faire l'amour. Il était parfois accompagné d'un certain Marchetta, qui l'attendait, caché derrière un petit mur, non loin de là. Ils apportaient du bois, des châtaignes, des champignons et repartaient avec des flasques de vin, du fromage et des saucisses.

L'arrivée du printemps annonçait un ordre qui nous dépassait, Pietro et moi, qui dépassait les Morelli et l'Italie, qui dépassait le monde, un ordre qui remettait chaque année les choses en place. La paix apparente demeurait toutefois irréelle : les révoltes des paysans qui avaient éclaté à Pontelandolfo s'étendaient maintenant aux Calabres, à la Basilicate, à la Sicile, à la Capitanate[1], aux Abruzzes et à la Terre de Labour. Armés de fourches, les journaliers s'octroyaient les usages collectifs que Garibaldi avait promis. Ils occupaient les terres, qu'ils se partageaient équitablement. Et les affrontements commençaient. Envoyés par le gouverneur Morelli, les bersagliers fusillaient des dizaines de paysans, rasaient leurs maisons, incendiaient leurs villages. C'était une guerre entre opprimés et manipulateurs, une guerre civile, et il fallait bien que des individus la mènent dans notre camp aussi.

---

1. Ancienne province du Royaume des Deux-Siciles correspondant à la région de Foggia, dans les Pouilles.

Je pressentais cependant que quelque chose de mal, voire d'horrible, allait m'arriver.

Pietro avait cessé de donner de ses nouvelles. J'avais perdu l'appétit et mon sommeil était peuplé de terribles cauchemars : j'étais prise dans un piège et je criais, mais aucun son ne sortait de ma bouche ; ou encore des villageois m'attribuaient des méfaits que je n'avais pas commis pour la simple raison que j'étais la femme de Pietro. Je me réveillais en sursaut et en nage.

C'étaient bien des prémonitions : quelque temps plus tard, des gardes se sont présentés chez moi un matin, alors que je filais.

Sur le poêle cuisaient, avec un petit morceau de porc, des légumes destinés à nourrir Pietro pour le cas où, comme je l'espérais, il surgirait à la recherche de ravitaillement pour sa bande. Je devais aussi me forcer à manger.

Quatre soldats ont enfoncé la porte. J'ai tenté de résister. En vain : sans me laisser le temps de prononcer le moindre mot et sans rien dire, ils m'ont menottée. Puis ils m'ont traînée à l'extérieur par les cheveux, tandis que les cloches sonnaient dix heures.

Dehors les voisins ont assisté en silence à la scène – certains à leur fenêtre, d'autres à travers l'entrebâillement de leur porte, d'autres encore de derrière un rideau. Et les quatre enfants qui jouaient au milieu de la rue avec un ballon en chiffon se sont brusquement immobilisés.

« Que voulez-vous ? ai-je crié. Je ne suis qu'une pauvre femme seule ! »

Le commandant a répondu qu'il obéissait aux instructions du colonel Fumel, l'officier dépêché en Calabre pour faire la guerre aux brigands, puis a enjoint à ses hommes de me hisser sur un cheval.

Sous les yeux des villageois, nous nous sommes alors engagés dans la rue qui menait à la campagne et, après le cimetière, sur la route du Cannavino, à l'intérieur de la forêt, au pied du Mont Guarabino. Un sentier muletier nous a ensuite menés à Celico, un village de bergers d'où nous avons gagné le couvent de San Domenico, que Fumel avait réquisitionné et transformé en quartier général.

À destination, on m'a ordonné de mettre pied à terre. Or j'étais tellement fatiguée que je n'arrivais pas à bouger. Y voyant un mouvement de révolte, un garde a levé la main sur moi, mais le commandant l'a arrêté. On m'a fait descendre de force et emmenée dans un cloître, dont un long mur était percé de portes en bois.

Près de celle de ma future geôle, se trouvait une niche votive contenant une statue de saint Dominique dont les bons yeux semblaient encourager le petit oiseau posé sur sa paume droite.

Les gardes m'ont ôté les menottes et poussée dans ce qui avait sans doute été la cellule d'une religieuse. La folie dans laquelle baignait l'ancien Royaume rebaptisé Italie entrait dans ma vie.

Après avoir fermé la porte à double tour, les soldats sont partis.

La pièce était plongée dans le noir, si l'on exceptait un rai de lumière qui, filtrant à travers une minuscule ouverture près du plafond, se posait sur un petit crucifix en bois au-dessus de la porte. Quand mes yeux se sont habitués à l'obscurité, j'ai distingué, contre un mur, une couche au matelas enfoncé.

Durant trois semaines, personne n'est venu me parler, personne n'a daigné m'expliquer pourquoi j'étais contrainte de coucher sur ce matelas qui sentait l'urine et les excréments, dans cette cellule humide et malsaine. Pour éviter de perdre la tête, je me suis agrippée à ce qu'il y avait de solide dans ma vie : maman, Vincenzina, Salvo, Angelino. Deux fois par jour les gardes ouvraient la porte et déposaient par terre une tasse d'eau, ainsi qu'une assiette de soupe. Chacun avait sa propre façon de frapper. L'un d'eux, sans doute le plus jeune, disait « bonjour » ; un autre tapait sur le bois et grognait en jetant l'assiette, qui se brisait parfois et se renversait toujours. Alors je m'accroupissais et léchais la bouillie sur la pierre.

Puis, un après-midi, deux soldats sont venus me chercher.

Ils m'ont bousculée dans le cloître. Aussitôt la lumière m'a aveuglée, mais les amandiers étaient en fleur, leur parfum flottait dans l'air et je n'ai pu m'empêcher de sourire à la vue des pétales blanc et rose que le vent avait poussés sous les arcades. Le ciel était bleu roi.

Fumel occupait ce qui avait dû être le bureau de la mère supérieure, à en juger par l'énorme crucifix qui trônait sur le mur, derrière la table. Célèbre pour sa violence, c'était en réalité un petit homme maigre, au visage pointu et barbu, aux yeux rapprochés, dont les cheveux clairsemés retombaient en partie sur son front large. Il m'a fait signe de m'asseoir, et je me suis exécutée, tandis que les deux gardes se plaçaient dans mon dos. Un troisième garde se tenait devant une porte close, à droite de la table.

« Vous êtes donc la femme de Pietro Monaco », a commencé l'officier avec un accent piémontais. Comme je ne répondais pas, il a ajouté : « Dites-moi… Depuis quand n'avez-vous pas vu votre époux ? »

De nouveau, je me suis abstenue de parler.

L'un des gardes m'a frappée à l'épaule, me causant une douleur sourde qui m'a arraché une exclamation : « Aïe ! » Fumel l'a arrêté d'un geste du bras.

« Depuis quand n'avez-vous pas vu votre époux ?

— Je me *ramémoire* point.

— Pardon ?

— Je ne m'en souviens pas.

— Ah, vous ne vous en souvenez pas… »

Il a posé des lunettes sur son nez et a lu une feuille de papier.

« Comment se fait-il que vous ayez oublié ? Mais peut-être n'avez-vous pas très envie de parler. » Il a observé une pause, l'air songeur. « Parce que je sais, moi, que votre mari est un déserteur, qu'il est allé vivre dans la montagne et qu'il s'en prend aux positions de nos bersagliers. »

Il a ôté les lunettes avant de poursuivre : « Qu'en dites-vous, madame Monaco, j'ai raison ou j'ai tort ?

— Tort. »

Il a souri puis, posant les bras sur la table, s'est penché en avant. « Il y a pourtant ici une personne prête à jurer que j'ai raison. »

Il s'est tourné vers le garde qui se tenait devant la porte et lui a adressé un signe.

L'homme s'est hâté de sortir.

Il est revenu peu après, accompagné d'une femme.

Très élégante, elle portait un manteau de drap vert foncé, des boucles d'oreilles scintillantes, et avait le visage fardé. Sa façon de se mouvoir ne m'était pas inconnue. Je l'ai bien regardée.

C'était Teresa. Je ne pouvais pas en croire mes yeux. Que faisait-elle donc là ?

À un autre signe, le garde a apporté une chaise.

Et ma sœur s'est assise calmement près de Fumel.

« Madame Monaco, connaissez-vous cette femme ? » m'a-t-il interrogée.

Je n'ai rien dit.

Il a donc repris : « D'après moi, oui. »

Par quel mystère Teresa se tenait-elle aux côtés de l'homme qui pillait nos terres ?

Il a chaussé de nouveau ses lunettes et, les yeux rivés sur sa feuille de papier, a énuméré de nombreux noms de villages, de bourgs, de vallées et de montagnes de la Sila. Il s'agissait là des derniers déplacements de Pietro, rapportés avec une effrayante précision. Comment connaissait-il tous ses mouvements ? Il savait également qu'il irait bientôt se ravitailler ; il a mentionné à ce propos une ferme située dans une vallée qui conduisait à Cava dell'Orso, dans la forêt de Gallopane.

« Si vous collaborez, vous serez libérée aujourd'hui même », a-t-il continué.

Teresa me dévisageait de son air triomphant habituel. Alors j'ai compris : c'était elle. Elle avait tout raconté aux Savoie. Elle avait probablement rejoint Pietro à plusieurs reprises depuis qu'il avait pris le maquis. Plus fréquemment que moi.

Fumel m'a accordé un temps de réflexion et, devant mon silence, a conclu : « Bien. Ramenez-la dans sa cellule ! Qu'elle n'ait aucun traitement de faveur ! »

Teresa nous suivait à quelques mètres de distance. Je pouvais entendre ses talons marteler les dalles du cloître.

Après que le garde a ouvert la porte de la cellule, elle lui a dit : « Vous avez entendu Fumel. Qu'elle n'ait aucun traitement de faveur. »

Alors l'homme m'a violemment poussée à l'intérieur et, au lieu de repartir, est entré à son tour.

Tandis que son camarade verrouillait la porte à double tour, il m'a attrapée par les poignets et jetée sur le lit.

Un instant plus tard, il était à califourchon sur moi et tentait de déboutonner le pantalon de son uniforme.

C'est alors que, retrouvant la force qui s'était assoupie en moi depuis des semaines, je me suis rebellée. Ce garde n'était pas un inconnu, ce garde était Pietro rejoignant Teresa en cachette.

Je lui ai distribué de violents coups de pied, faisant tomber son képi. Je criais, le suppliais d'avoir pitié de moi, mais ce n'étaient que des excuses pour le frapper plus fort. C'est ainsi que j'ai réussi à libérer un bras.

Comme possédée, je l'ai griffé au visage, giflé à l'aveuglette. Profitant de ce qu'il se penchait et portait les mains à sa figure, je lui ai asséné un coup de genou très sec entre les jambes. Il s'est alors effondré sur le côté, telle une marionnette dont on a coupé les fils, avant de tomber par terre dans un bruit sourd.

Alors je me suis levée et, puisant dans la rage qui m'habitait depuis longtemps, je lui ai donné de toutes mes forces un grand coup de pied dans le dos, puis un deuxième et un troisième à la tête, sans regarder, comme pour le tuer. Et sans doute y serais-je parvenue si son camarade n'avait pas ouvert.

Il s'est redressé laborieusement et, crachant par terre, m'a lancé d'une voix rauque : « Toi, tu ne peux t'accoupler qu'avec les bêtes de ton espèce. »

Teresa, la traîtresse, était là, immobile. Sa silhouette se détachait dans la lumière. Elle était restée derrière la porte depuis le début, savourant ma perte.

29

J'ai été libérée quarante jours plus tard. Les gardes ne m'avaient plus inquiétée, se contentant de m'apporter de l'eau et de la nourriture avant de s'éclipser. En proie à une forte fièvre, je n'avais cessé d'imaginer dans un demi-sommeil les rendez-vous galants de Pietro et Teresa. Comment ma sœur et mon mari avaient-ils pu se conduire de la sorte, comment avaient-ils pu me tromper tout ce temps-là ? En vérité, pensais-je, ils m'avaient tenue à l'écart dès les premiers après-midi au Café Bourbon.

Un matin, les gardes sont entrés en m'annonçant que j'étais libre. Croyant qu'il s'agissait d'un piège, j'ai essayé de réagir. Or ils se sont bornés à tenir la porte ouverte en attendant que je sorte. J'ai hésité ainsi qu'hésite le prisonnier effrayé par la liberté.

Ils m'ont accompagnée à la porte du couvent. Brillant haut dans le ciel, le soleil de la fin mai diffusait une lumière aveuglante. La route pour Macchia était longue, je n'avais ni cheval ni mule et, affaiblie par le peu de nourriture que j'avais absorbé depuis des semaines, je titubais. J'ai repris en sens inverse la route que nous avions parcourue à l'aller, à travers la forêt, et j'ai atteint le village par miracle cinq heures plus tard, épuisée.

Mais la nouvelle de ma libération m'avait précédée – j'ignore comment, peut-être par l'intermédiaire d'un fermier ou d'un berger qui m'avait vue traverser le bois –, car l'après-midi même Marchetta, le camarade le plus fidèle de Pietro, s'est présenté à la maison.

Après avoir mangé une assiette de chicorée et de saucisse, agrémentée de pain, que m'avait préparée ma belle-mère Francesca, je m'étais recroquevillée sur le lit, les mains refermées sur mes genoux. Je songeais à Pietro, je songeais à Teresa ; tout ce qui faisait ma vie et le monde me paraissait erroné.

Marchetta a avalé un verre de vin avec un morceau de fromage dont j'avais raclé la moisissure, puis il s'est éclipsé non sans m'avoir délivré son message : Pietro voulait me voir quelques jours plus tard, le 27 mai, à la fontaine située aux abords du village. J'étais certainement surveillée, a-t-il dit, les hommes de Fumel savaient que je rencontrerais mon mari. Je devais donc user de la plus grande prudence.

Pietro était caché derrière un gros olivier, armé de son fusil, dont on distinguait les deux canons à la lumière de la lune presque pleine, et coiffé d'un chapeau noir. Marchetta m'avait conduite auprès de lui, à l'endroit où la route s'effaçait devant les oliviers, avant de retourner monter la garde.

Pietro avait changé depuis qu'il vivait dans la forêt : il avait une longue barbe, ainsi que de petits yeux inquisiteurs que je ne lui connaissais pas. Sa froideur m'effrayait et me glaçait.

« Maria. » Il a souri et les trois quarts de lune ont éclairé ses dents blanches. Il m'a caressé une joue de ses doigts rêches et de ses paumes calleuses. « La prison t'a fait du mal », a-t-il dit, d'une voix devenue caverneuse.

Je me suis écartée pour échapper aux mains qui me trompaient. Il l'a compris, parce qu'il a tenté de m'attirer à lui doucement et m'a fait asseoir au milieu des troncs tordus. Mais je tenais à prendre la parole la première, aussi ai-je levé la main pour l'arrêter.

« Fumel sait tout de tes déplacements, ai-je commencé. Teresa était avec lui, elle lui a tout raconté. Vous vous êtes vus à de nombreuses reprises ces derniers mois, je suis au courant.

– La traîtresse ! » Il m'a dévisagée, puis a tourné les yeux vers la lune. « Nous nous sommes vus plusieurs fois… a-t-il admis un émiettant une motte de terre entre ses doigts. C'était elle qui venait me chercher sous prétexte de nous envoyer du ravitaillement. On se voyait… » Il a lancé la poignée de terre au loin. « Puis elle me demandait où j'allais de façon à expédier les provisions au bon endroit. »

En écoutant les aveux de mon mari, j'ai eu le sentiment d'être une des minuscules créatures qui rampaient sur le sol. J'avais honte de lui avoir accordé ma confiance malgré tout, honte de ma naïveté.

« Elle t'a trahi, ai-je affirmé. Et toi, tu m'as trompée. »

Il a posé son fusil, a ôté son gilet et sa chemise, qu'il a étendus sur la terre dure et brune de l'oliveraie. De nouveau, il me caressait les joues de ses doigts ligneux, imaginant qu'il étoufferait ainsi en moi les mille voix qui m'habitaient.

« Tu es belle, Mari. Quand je suis dans la forêt, j'oublie à quel point ma femme est belle. »

Il entendait étancher sa soif. Mais je ne voulais en aucune façon qu'il m'arrache à ma planète déserte pour me ramener sur terre à travers ses voies secrètes. Je l'ai donc repoussé.

Au même moment Marchetta a surgi de derrière une haie. « La Garde arrive ! s'est-il exclamé. Vite, vite ! »
Pietro s'est rhabillé en pestant et s'est levé.
Il m'a adressé un dernier regard avant de disparaître parmi les oliviers en direction de la forêt.

Pour regagner Macchia, je me suis engagée sur un sentier muletier que la Garde nationale ne pouvait pas connaître, parce qu'il coupait à travers champs. Je savais que Salvatore était parti pour Turin, aussi, au lieu de rentrer chez moi, ai-je emprunté la route qui menait à sa demeure. Le moment était arrivé ; c'étaient les événements qui m'y avaient poussée, pas ma volonté.

J'ai toqué avec le heurtoir, sans obtenir de réponse. Au bout d'un moment, j'ai répété mon geste, plus fort.

Une voix s'est élevée à l'intérieur.

« Pietro ? »

Elle appelait mon mari.

« Pietro, c'est toi ? » a-t-elle demandé une nouvelle fois d'un ton suppliant de traîtresse. La luxure l'avait sans doute rendue stupide.

Comme je ne répondais pas, elle a ouvert et s'est retrouvée nez à nez avec moi.

Seul un éclair dans son regard de chouette a révélé sa surprise.

« Qu'est-ce que tu veux ?

– Laisse-moi entrer. »

Aussitôt elle s'est mise à crier comme une possédée, elle hurlait que la femme d'un brigand était chez elle et qu'il fallait l'arrêter.

Je l'ai poussée à l'intérieur.

« Tais-toi, maintenant ! »

Je sentais la férocité grandir en moi.

J'avais subi, subi et encore subi toute ma vie. Mais pendant que je subissais – je le comprenais maintenant –, une partie de moi-même se préparait à l'affrontement. À présent la vengeance se manifestait à travers la fureur avec laquelle j'avais ouvert la porte et le regard que je posais sur Teresa. À ma grande surprise, je me découvrais transformée, je n'avais plus peur de ma sœur. Je voulais juste qu'elle me dise pourquoi elle avait humilié ma famille, pourquoi elle s'était ingéniée à nous détruire, pourquoi elle s'était abstenue d'assister à l'enterrement de son père, je voulais savoir à quel moment elle avait substitué au sang qui coulait dans nos veines un sang qui n'était pas le sien et qui n'était pas le nôtre. Son immense et riche demeure en apportait la preuve.

Soudain une domestique, qui avait entendu les cris, a surgi derrière nous.

« Je vais appeler les gardes ! » a-t-elle lancé avant de disparaître.

Alors Teresa s'est hâtée de verrouiller la porte pour m'empêcher de fuir. Elle n'avait pas compris que je n'en avais plus envie.

« Cette fois, on ne te relâchera pas ! a-t-elle grogné. Pauvre naïve ! Cette fois, les gardes feront de toi tout ce qu'ils sont censés faire. »

Elle s'est jetée sur moi et a refermé les mains autour de mon cou.

« Pourquoi me détestes-tu… depuis la première fois que tu m'as vue ? ai-je répliqué à grand-peine, tandis qu'elle resserrait son étau. Pourquoi… as-tu toujours… tout voulu prendre ? »

Elle gardait le silence, le visage pareil à un masque de plaisir maléfique.

BRIGANTESSA

D'un geste, je l'ai attrapée par les cheveux et j'ai tiré de toutes mes forces, ce qui lui a arraché un cri de douleur. Profitant de ce qu'elle portait les mains à sa tête, je me suis ensuite dégagée.

« Je sais que tu nous as vendus à Fumel... que tu m'as fait arrêter... que tu as trahi Pietro. »

Nous nous faisions face, telles deux ennemies prêtes à tout.

Les yeux de Teresa, enfoncés dans ses orbites, s'étaient teintés de jaune ; sa tête, rentrée dans le cou, se confondait peu à peu avec ses épaules.

« Pietro le sait, lui aussi. Il m'a tout raconté. Tout. »

Ses bras écartés évoquaient des ailes blanches. Son rictus désespéré ressemblait au bec crochu et affilé d'une gigantesque chouette effraie.

Tendant le bras, elle a saisi sur un coffre un couteau de campagne. Les yeux ronds, impassibles, jaunes, elle clignait furieusement des paupières.

Elle s'est approchée.

Soudain j'ai senti une douleur au côté : la lame m'avait effleurée. Ouvrant ses ailes comme pour s'envoler, Teresa a agité de nouveau le couteau et m'a touchée au bras.

Après quoi, telle l'énorme chouette qu'elle était devenue, elle m'a poussée contre le mur et, m'agrippant le cou, a pointé la lame sur ma gorge.

« Tu ne vaux rien, tu n'es qu'une servante ignare ! » a-t-elle sifflé en exerçant une pression de plus en plus forte sur ma chair. La lame l'avait déjà incisée, elle pénétrait peu à peu.

Je n'allais pas tarder à mourir, tuée par ma propre sœur. Alors j'ai articulé, du filet de voix qui me restait :

« Je suis libre. Libre. »

Puis, me soustrayant à son étau, je lui ai arraché le couteau et je l'ai plaquée contre le mur de la cheminée.

Elle a réussi à garder son équilibre et s'est emparée du tisonnier, qu'elle m'a planté dans le côté, me causant une douleur atroce.

Mais je n'avais pas lâché mon arme. Et ce qui devait se produire s'est produit. Soudain un incendie s'est déclaré en moi, me brouillant la vue. J'étais écorchée vive et mise à nu face à une cuirasse indestructible. Le crochet du tisonnier avait harponné ma chair et mis au jour le feu qui brûlait derrière : je me voyais brusquement, et c'était l'image la plus vraie de moi-même que j'eusse jamais vue. J'étais un chêne qui, après avoir connu le sacrifice de la sécheresse, parvenait à se déployer, libérant vers le ciel de longues branches prêtes à accueillir feuilles et fleurs.

Alors j'ai frappé.

J'ai frappé encore et encore.

Et encore, et encore, et encore, la vue brouillée et le cœur en feu.

J'ai frappé pour racheter la femme insignifiante et morte que j'avais cru être, une femme écorchée et douce à l'existence gâchée. Comment avais-je pu garder en moi autant d'angoisse sans jamais l'exprimer, sans même en avoir conscience ?

Teresa s'est débattue un moment avant de s'effondrer, épuisée, et de se recroqueviller sur elle-même, tandis qu'une flaque de sang s'élargissait sur le sol.

La chouette l'avait abandonnée, elle s'était envolée, laissant pour toute trace de son passage une pose artificielle.

Les traits enfin détendus, Teresa était belle, plus belle que jamais, lumineuse comme tout ce qui disparaît.

BRIGANTESSA

Quant à moi, j'étais devenue féroce ainsi qu'on devient vieux ou fou. Avais-je tué ? Devais-je inscrire mon nom parmi ceux des ennemis ? Je me suis précipitée vers la porte d'entrée, l'ai déverrouillée et me suis enfuie.

J'ai pris le sentier qui menait à la forêt. Je savais que je ne reviendrais pas.

TROISIÈME PARTIE
DANS LA FORÊT

30

La mort apporte la grandeur ; après elle, il n'y a rien. La naissance, non, la naissance est un miracle ; pour la mort, en revanche, il y a toujours une explication possible.

Peut-on tuer un individu de son propre sang ? continuais-je de me demander en m'enfonçant dans la forêt. J'avais commis le plus ancien des péchés, mais la forêt soufflait son haleine sur mon cou et sur mon dos, m'enveloppant dans un manteau invisible, pour se refermer derrière moi. Qui était coupable ? Ma personne, ma famille, l'ancien Royaume, ou l'Italie ? Portais-je seule la responsabilité de mes actes, ou fallait-il la diviser par mille, par nous tous ?

J'ai arraché à ma jupe des bouts de tissu pour me bander la gorge, le bras et le côté blessés. Je montais, le souffle court, m'éloignant des ruines et des sentiers muletiers, comme persécutée : devant moi se dressait le sommet du Mont Volpintesta ; sa silhouette gigantesque me servait d'étoile Polaire, mais c'était le bois de Colla della Vacca que je devais rallier, et il était encore loin.

Insensible à la douleur, à la faim et au froid, j'ai dépassé Camigliatello puis Sculca en une journée de marche. En grimpant dans les hauteurs, à la recherche d'air, en sortant des hêtraies, j'apercevais les toits des maisons dans les villages. Je parlais toute seule. Les mots m'habituaient au cours du temps, qui est différent entre les montagnes et les nuages, ils m'aidaient à entendre les meuglements d'une vache vêlant dans un pâturage proche, le hurlement d'un loup, le murmure d'un torrent coulant entre les rochers, plus bas, dans une gorge où je me précipitais pour me désaltérer.

Avec la nuit, venait la pluie, en ce mois de juin.

Elle tombait, fine et constante, du couchant jusqu'à l'aube, faisant des aiguilles de mélèze, des pommes de pin et des feuilles de hêtre un unique amas sombre qui diluait les pensées et en fin de compte me semblait béni. Je cherchais un abri dans les vires et les grottes, je m'accroupissais et m'endormais en serrant les pans de ma *camise* contre ma poitrine. Je me nourrissais d'herbes et de feuilles tendres, je mâchais des sauterelles et suçais des escargots. Je me hissais jusqu'aux nids de grives, volais les œufs et les gobais. Je me désaltérais avec de l'eau de pluie, me lançant sur les coussins de mousse et, la nuit, je devenais à mon tour terre de forêt, graine que l'averse fécondait.

J'ai fabriqué une fronde avec du cytise, comme Raffaele et Salvo dans leur enfance. Je prenais pour cible des perdrix et des pics noirs, des alouettes et des poules d'eau, mais j'étais trop lente pour les abattre. Je surplombais une étendue infinie de forêt, d'où jaillissaient des rochers argentés et la montagne d'acier, comme la fourrure d'un loup. Sans m'en rendre compte, je suis entrée dans le bois de Colla della Vacca, une hêtraie où poussaient des géants de cinquante mètres de haut et de deux mètres de large, les arbres tricentenaires dont j'avais tant entendu parler. Je savais que

Pietro et ses camarades étaient dans les parages, mais comment les retrouver ?

Puis, un matin, j'ai aperçu deux fusils abandonnés dans un bâtiment en ruine, dont le toit s'était écroulé et dont les murs, noircis par la fumée, étaient criblés de balles. À l'évidence, une fusillade s'était déroulée là. Sous la cendre la braise était encore chaude et, tout près, gisaient des allumettes de bonne qualité, enveloppées dans un mouchoir. J'ai ouvert un des fusils : il était chargé. Je l'ai mis en bandoulière, j'ai ramassé les allumettes et poursuivi mon ascension.

Les crampes tourmentaient mon estomac, vide depuis des jours. Enfin, un après-midi, au milieu d'une clairière, est apparu un groupe de gallinules. L'une d'elles n'arrêtait pas de s'agiter.

J'ai épaulé mon arme.

L'oiseau volait en zigzag et en piqué, se posait un instant avant de reprendre son vol, il s'éclipsait derrière la cime des arbres pour réapparaître, plus bruyant encore. Il s'est approché de moi, comme s'il me défiait. Vingt mètres nous séparaient, puis dix. Je l'ai visé une nouvelle fois. Mais le sang de Teresa a rejailli devant mes yeux et je n'ai pas tiré.

Le sixième jour, j'ai mangé des feuilles de hêtre et des pignons de pin. J'étais si fatiguée que je n'arrivais plus à marcher, j'avais la vue embrumée et les oreilles emplies d'échos ; filtrant à travers les branches, le soleil battait sur ma tête et me ramollissait les jambes. Je me suis effondrée. J'avais besoin d'avaler quelque chose, je voyais danser devant mes yeux des fromages et des viandes de toutes sortes. Appuyée contre le tronc d'un pin, j'étais sur le point de perdre connaissance quand les gallinules sont de nouveau passées au-dessus de moi. En m'aidant de la crosse du fusil, je me suis relevée à grand-peine.

J'ai attendu qu'elles reviennent, le canon brandi, éblouie par le soleil. À leur arrivée – elles étaient une dizaine –, j'ai fermé les yeux. J'ai tiré à l'aveuglette : un vacarme assourdissant a retenti entre les troncs. Les oiseaux se sont sauvés dans un unique bruissement d'ailes.

Mais le plus gros, peut-être la mère, est tombé en vrille en perdant quelques plumes légères. J'ai *successé*, ai-je pensé. J'ai coupé entre les arbres pour rejoindre le point de chute supposé, j'ai cherché partout, comme une folle, en vain. Je ne l'avais pas touchée.

Marchetta m'a retrouvée deux jours plus tard.

J'étais évanouie au milieu d'une clairière, la tête exposée au soleil. Il avait suivi mes traces ; l'un des fusils lui appartenait, l'autre était celui de Florette.

31

Le campement était situé au beau milieu d'un bois de grands mélèzes où les aiguilles accumulées au fil de nombreux hivers formaient un tapis que la neige n'avait pas fait pourrir. Pour y parvenir, il fallait abandonner le sentier muletier à Sculca, le dernier village, et s'engager sur un chemin pierreux qui semblait conduire à une paroi rocheuse, alors qu'il descendait vers un torrent à sec. Une fois celui-ci traversé, on grimpait dans une immense hêtraie et entamait une nouvelle journée de marche. Les autours, les percnoptères et les milans connaissaient son emplacement, tout comme les quelques cerfs et les quelques chevreuils qui se perdaient entre les rochers à la recherche d'eau, mais les bersagliers et les montagnards de la Garde nationale ne le trouveraient jamais.

Pietro et ses compagnons occupaient, dans une clairière, un groupe de trois bâtiments en ruine dont les portes enfoncées donnaient sur le grand cercle noir du feu.

Assis sur un rocher, Pietro examinait les canons vides de son fusil démonté quand je me suis présentée en compagnie de Marchetta, l'arme en bandoulière. À ma vue, il a bondi sur ses pieds et s'est dirigé vers nous.

« C'bestiau s'est bien conduit ? a-t-il dit. T'es maigre, Mari, viens manger quelque chose. » Aussitôt il m'a apporté du pain et du fromage.

En général, les femmes n'étaient pas admises parmi les brigands, sinon en qualité de *fëelles* – les accompagnatrices des guerriers des bois, comme tatie *Tremble-Terre* –, mais Pietro savait que je ne me contenterais pas de ce rôle. Du reste, la nouvelle du meurtre de Teresa s'était déjà répandue dans la Sila, j'étais une tueuse, j'avais assassiné une ennemie, ce qui faisait de moi une personne digne de respect. Pietro était au courant, comme tout le monde, cependant il n'a jamais abordé ce sujet.

Avant d'allumer le feu, ce soir-là, nous nous sommes placés côte à côte à l'endroit où le soleil venait de se coucher afin d'absorber les derniers restes de chaleur. Il s'agissait d'un rituel, d'une sorte de prière qui réclamait une protection pour la nuit. Mais après s'être tournés vers l'est, dos et nuque étaient beaucoup plus froids que le visage et la poitrine. « Cela permet aussi de s'orienter quand le soleil se couche, m'a expliqué Pietro. La température baisse, tandis que l'humidité se lève à l'est. »

Nous avons rôti des saucisses sur une branche en forme de fourche et coupé du pain noir. Puis nous nous sommes assis en cercle autour du feu, chacun sur un rocher plat. Nous étions au nombre de huit : Pietro et moi ; Salvatore De Marco, dit Marchetta ; Salvatore Celestino, surnommé « Florette » ; Gennaro Leonetti, « Dragon » ; Vincenzo Marrazzo, « Démon », et les frères Saverio et Giuseppe Magliari de Serra Pedace. Ils avaient tous servi dans l'armée des Bourbons avant de s'unir à Garibaldi pour construire l'Italie et de se dérober à l'appel des Savoie. Pietro était leur chef.

BRIGANTESSA

Dragon a fait passer deux outres en peau de chèvre remplies de vin, et l'alcool a bientôt délié les langues tout en réchauffant les corps : sous son effet, Ferdinand II devenait le plus grand roi du monde ; Démon avait vu un cerf aussi gros que le sommet du Mont Botte Donato ; Florette avait trouvé des balles qui tiraient jusqu'à neuf cents mètres et les avait utilisées pour tuer un loup de cent cinquante kilos ; Naples était une ville hypocrite et horrible, comparée à Cosenza, et Garibaldi le guerrier le plus courageux qu'on ait jamais vu, même s'il ne possédait pas un dixième de la ruse de Cavour ; Victor-Emmanuel n'était qu'un idiot doublé d'un chançard qui s'était retrouvé comme par magie à la tête d'un pays ; et eux, cette bande de brigands et de déserteurs, les seuls héros.

« C'est nous, les vrais Italiens », déclarait Marchetta. Quant à moi, je me sentais à l'aise, à ma place, au milieu de ces inconnus. Je riais de leurs trouvailles et de leurs jeux, et mes rires les encourageaient. Démon, qui avait perdu son cigare en se levant, parmi les insultes des autres, a grimpé sur une pierre et écarté les bras. Le vent soufflait, et son mouvement nous a apporté une odeur de foin, de tabac et de vin.

« Regardez, a-t-il dit. Voilà comment s'habillent les véritables héros de l'Italie. » Il portait une veste et un pantalon de drap noir, une large ceinture en peau de chèvre, de gros souliers en cuir de vache et, sur la tête, un chapeau en forme de cône à bord mou.

« Descends donc de cette estrade ! a crié Marchetta en lui lançant un caillou.

– Et toi, c'est qui que tu préfères ? Victor-Emmanuel ou François II ? m'a interrogée Dragon entre deux rires.

– Ni l'un ni l'autre.

– Faut bien qu't'en choisisses un, a-t-il insisté en avalant une gorgée de vin. Forcé.

– Ciccillo.

– Cic-cil-lo, a répété Dragon sur un ton comique, provoquant l'hilarité générale.

– Ciccillo.

– Alors, à partir d'aujourd'hui tu t'appelleras Ciccilla. Ici, on a tous un p'tit nom, faut bien que t'en aies un, toi aussi. »

Des applaudissements ont suivi. « À Ciccilla ! À Ciccilla ! » s'est écriée la bande en trinquant. Pietro, qui m'observait, a fini par joindre son rire à ceux de ses camarades. C'est ainsi que je suis devenue Ciccilla.

Puis la pluie est tombée, une forte pluie drue.

Je me tournais et me retournais sur mon lit de feuilles mortes, tandis que l'humidité renforçait le parfum des myrtilles. Des dolines qui nous surplombaient s'élevaient les cris des chouettes effraies et des hulottes occupées à chasser, tandis que montaient de la terre et des rochers les bruissements des renards en fuite, les gémissements des chevreuils, semblables à des pleurs de nouveau-nés. Puis les stridulations des grillons – sèches, ligneuses – et celles des cigales – chaudes et interminables – ont salué la fin de l'averse.

Pietro s'est levé pour attiser le feu et, quand il est revenu, je me suis levée à mon tour. Le ciel s'était dégagé, un croissant de lune projetait une lumière claire sur les fusils. La proximité de mon mari me dérangeait. Teresa – son fantôme – était encore parmi nous. J'ai marché un moment dans le campement, reconnaissant malgré l'obscurité les rochers durs, la glaise, le terreau, la boue durcie, le

BRIGANTESSA

tapis de feuilles pourries. Avec la pluie, tout changeait : les odeurs s'accentuaient, les sons s'atténuaient, les stridulations cessaient, le reflet de la lune se faisait aqueux et luisant, des vers phosphorescents et des mille-pattes verts jaillissaient d'innombrables cavités, les papillons de nuit reprenaient leur vol fou autour du feu et les scarabées sortaient de leurs trous. Au cœur de la nuit, enfin, la forêt a entamé son repos, plongeant dans un épais silence qui a duré deux heures, quand l'aube a apporté les prémices d'une nouvelle journée sous la forme du ciel strié et du chant d'un pivert. Peu à peu les hommes se sont réveillés et je me suis sentie coupable de ne pas avoir partagé leur sommeil.

Avant que tout le monde se lève, j'ai pris le couteau de Pietro et me suis coupé les cheveux. Très court, comme un homme.

Personne ne demeurait inchangé dans la forêt. Les mèches châtaines tombaient au sol, chacune emportant un pan de ma vie : l'enfance que j'avais passée à Casole à grimper sur le toit de la maison, à me cacher dans le jardin public et dans la tour du clocher ; la jeunesse que j'avais consumée en filant pour les Gullo ; l'amour avec Pietro dans la grange ; l'enfant que j'avais perdu parmi les mûriers des Mazzei ; papa, son enterrement ; maman qui s'était remise à filer après l'Unité, comme s'il s'agissait d'une bénédiction ; Vincenza qui, le jour de mon mariage, posait sur moi le même regard qu'au moment où elle se glissait, petite, dans mon lit.

J'ai ramassé les mèches, dont j'ai fait une natte que j'ai enterrée. Qu'elle reste donc dans le bois de Colla della Vacca qui me baptisait pour la seconde fois.

32

Dans la forêt règne la patience du temps figé : la tarentule prend le soleil devant son repaire, à la même place que la veille, l'alouette est revenue. C'est la patience du prédateur qui se tient immobile, comme mort, pendant des heures et des jours avant d'attaquer ; c'est aussi celle de l'homme en prière. C'était la nôtre, dans l'attente du moment propice pour passer à l'action.

Un matin, début août, une semaine avant la fête de l'Assomption, Pietro et moi sommes allés nous ravitailler chez un ami métayer. Je marchais devant et donnais l'allure, tandis que Pietro, plus entraîné, me suivait. Nous avancions au milieu de mélèzes adultes dont l'écorce épaisse ruisselait de résine, sur une boue sombre et glissante, quand j'ai eu l'impression d'avoir piétiné une pomme de pin pourrie. Juste après j'ai senti une secousse à côté de la jambe et entendu un coup de feu. Pietro avait décapité une vipère qui rampait près de moi. À présent, l'animal gisait à dix mètres de distance, sans tête, la queue encore secouée de frémissements. Sur notre gauche, au milieu des rochers, un bruissement de feuilles trahissait la fuite d'un autre serpent, sans doute le compagnon du premier.

« Des vipères noires, a déclaré Pietro. Une morsure, et tu serais morte.

BRIGANTESSA

– Je ne l'ai pas vue.
– La forêt parle sous nos semelles. » Dominer ou être dominé, telle était la seule alternative. « Elles s'accouplaient », a-t-il ajouté en indiquant les restes du serpent.

Cet incident a suffi. Il m'a attrapée par le bras et, comme je résistais, m'a poussée contre le tronc d'un vieux hêtre. Je refusais le contact de son corps, je me débattais, ruais et me conduisais avec lui comme avec le soldat dans la prison de Fumel. Mais Pietro était le plus fort et il suscitait en moi la sensation d'être fautive. Sans desserrer son étau, il a dégainé son couteau et l'a planté dans le tronc. Il a recueilli de la résine sur le bout d'un doigt et, m'immobilisant la tête, l'a étalée sous mon nez.

« Respire et *encalme*-toi. » Il me parlait tout doucement à l'oreille, ôtait la résine et en remettait d'autre. Très vite l'effet s'est fait sentir : je me suis calmée et assise par terre.

Alors Pietro a cherché ma bouche tout en serrant les mains autour de mon cou, telle une bête affamée. Il jurait qu'il m'aimait, il disait qu'il s'était trompé sur toute la ligne et implorait mon pardon, il remerciait Dieu de nous avoir réunis, il déclarait que j'étais la femme la plus courageuse du monde et qu'il était, lui, du fait de notre mariage, l'homme le plus veinard ; il affirmait d'une voix de plus en plus grave, suave et menaçante, qu'il avait cru perdre la tête en mon absence. Je savais que j'aurais dû me rebeller, mais – je m'en rendais compte maintenant en humant son odeur – son absence avait creusé une plaie en moi. Sa voix m'avait manqué, tout comme ses discours, son enthousiasme, son courage, son élan. Sans son approbation, sans son corps – je le devinais à présent, sous ses caresses –, je n'étais pas moi-même.

« Tu m'appartiens, affirmait-il en me possédant. Tu as beau te vêtir comme un homme, tu m'appartiendras toujours et exclusivement, Ciccilla », murmurait-il en pressant mes seins entre ses mains, en s'agrippant à mes cuisses comme au dernier piton rocheux avant l'abîme, en ouvrant mon pantalon et en cherchant, de ses doigts tremblants, la dernière fente avant la chute. Je l'ai laissé me prendre à pleines mains. C'est à ce moment-là que nous avons croisé Bacca.

Soudain j'ai aperçu sur l'escarpement d'un rocher un grand loup à tête grise qui nous observait. Je l'ai indiqué à Pietro, qui a aussitôt commenté : « C'est une femelle. » Mais nous devions poursuivre notre route vers la ferme et nous avons emprunté un raccourci à travers un pierrier. En montant on atteignait une clairière à pic, d'où l'on pouvait voir en bas, au loin, la toile argentée d'un étang à la surface métallique. Il fallait grimper pour passer d'un versant à l'autre de la colline. La ferme se trouvait en contrebas, dans la prairie où semblait se déverser la forêt.

Nous avons escaladé une gorge qui masquait le soleil, vers le nord, puis Pietro devant moi a indiqué l'endroit où nous nous étions immobilisés un peu plus tôt pour contempler l'étang. La louve y était encore, les yeux toujours fixés sur nous. À présent, je la voyais bien : une grande tache blanche partageait son front en deux et s'étirait sur ses côtés ; une seconde, rougeâtre, s'étalait sur son dos. Elle était jeune, on le comprenait malgré la distance. Elle avait le poil long et fourni, les oreilles pointues, et elle était énorme. Elle se tenait là, comme si elle connaissait les tours des hommes. Au bout d'un moment, lasse de ce face-à-face à distance, elle a détourné la tête et feint d'examiner quelque chose près de l'étang. Enfin, elle a pivoté, avant de disparaître en trois ou quatre foulées en soulevant des vagues d'aiguilles.

Le soir, une fine brume dessinait sur les troncs des lignes blanchâtres. Nous avons fait du feu dans le campement et mis à rôtir une meule de pecorino que nous avait donnée le métayer. Nous devions choisir notre cible. Nous exigerions de l'argent, qui nous servirait en partie à financer la bande. Nous distribuerions le reste aux journaliers des territoires de Macchia Sacra, Carlo Magno, Perciavinella, vallée de l'Enfer, et à ceux qui travaillaient pour les bourgeois de Serra Pedace, Casole, Macchia, Aprigliano, Celico, Rogliano, jusqu'à San Giovanni in Fiore – notre zone d'influence.

Quand mon tour est venu de proposer le nom d'une chouette à frapper, je n'ai pas eu d'hésitation : « Les Gullo », ai-je dit. La forêt parlait pour moi, la guerre m'absolvait.

C'était mon premier coup. Les autres ont accepté.

Nous avons préparé une lettre de menace réclamant deux mille ducats, que nous confierions à un complice qui travaillait dans une ferme voisine de Spezzano. Nous étions en guerre et nous avions envie de nous battre.

Florette a empoigné sa *ciaramedda*, sa musette, et les autres l'ont accompagné avec des pipeaux en roseau. Ils ont entonné des chansons qui exaltaient la lutte pour la survie et l'affrontement entre l'homme et l'animal. « Maintenant joue, joue pour tous ceux qui sont partis et pour ceux qui doivent venir ! me suis-je exclamée. Joue, Florette, joue ! »

Enivrée par la lune, par l'air froid et le vin, je me suis approchée de Pietro.

« Et toi, chante, Pietro. Danse, Pietro, danse ! »

Pietro m'a fait virevolter autour du feu et de ses compagnons, au centre de la clairière, au cœur du bois de Colla della Vacca.

Puis nous avons chanté tous ensemble la chanson des brigands, celle que chantait tatie *Tremble-Terre* et que je n'avais pas oubliée.

> *Dix-huit ans, ô mon Seigneur,*
> *quel bel âge à porter,*
> *et quelle belle vie à donner,*
> *la vie qui est en fleur !*
> *Le brigand paysan a été*
> *par l'oppresseur fauché.*
> *Désarmé par la mort,*
> *il dort comme un petiot,*
> *brin d'herbe droit,*
> *à ta porte couché.*
> *Ô Seigneur, toi qui le peux,*
> *donne-lui le ciel des héros.*

Tout en chantant, nous avons fait la ronde, célébré la vie. Puis chacun s'est perdu derrière ses pensées au son du bois qui se brisait dans le feu et du cri d'un pic noir.

Soudain, dans l'obscurité, Marchetta a aperçu deux yeux lumineux.

Il s'est levé et a attrapé son fusil : il pouvait s'agir de chats sauvages ou d'une meute de loups. On racontait qu'un ours gigantesque, qu'aucune arme n'était en mesure de tuer, rôdait dans la Sila.

Il s'apprêtait à tirer quand je l'en ai empêché. J'ai saisi une branche, que j'ai allumée au feu, et, munie de cette torche, je me suis dirigée vers ces yeux.

La louve se tenait là. Au fil de mes pas, les contours de sa silhouette se précisaient dans le noir : énorme, elle tournait fièrement son museau vers la lune.

Alors que je me rapprochais, elle a baissé la tête et reculé. Je me suis immobilisée et elle m'a imitée. J'ai fait quelques pas en avant et elle en a fait quelques-uns en arrière. Elle ne voulait pas attaquer. Elle semblait chercher de la compagnie, plutôt que de la nourriture. Alors j'ai levé la torche vers le ciel et j'ai regagné le feu à pas lents. La louve, méfiante, m'a suivie.

« Drôle de *loubelle*, a dit Florette. On dirait un énorme cabot. »

Sans qu'il fût besoin de le dire, nous avons décidé qu'elle resterait avec nous.

« Bacca, ai-je déclaré. Appelons-la comme la marque rouge en forme de baie qu'elle a sur le dos. »

33

Les nouvelles du village se diffusaient dans la montagne en l'espace de quelques heures à travers un réseau de métayers, bergers et complices qui nous soutenaient dans la guerre civile.

Quelques jours après avoir reçu notre lettre, le comte Alfonso Gullo, pour la femme de qui maman et moi avions longtemps travaillé, nous a fait savoir qu'il ne paierait pas la somme que nous réclamions ; pis, qu'il nous dénoncerait auprès du commandant de la Garde nationale.

Nous n'attendions que ça.

Nous avions décidé de profiter du désordre qui régnait à Macchia le 15 août, lors de la fête de l'Assomption, pour porter nos coups. Pietro, Marchetta et moi sommes ainsi partis, chacun armé d'un fusil, d'un pistolet et d'un couteau, et avons atteint en fin de journée le champ d'oliviers qui précédait le village. Telles des ombres, nous avons escaladé le mur qui délimitait le jardin des Gullo et, une fois à l'intérieur, nous nous sommes cachés derrière une haie de laurier-cerise.

Une fête se déroulait dans la demeure. Elle réunissait la famille du comte Alfonso et de la comtesse – laquelle se levait de table et interprétait des airs au piano à l'intention des invités –, mais aussi les familles de leurs fratries respectives, les propriétaires de la fabrique de réglisse de Solazzi, l'une des industries les plus riches de la province.

De l'autre côté de la haie, dans toutes les rues et sur toutes les places, des groupes de villageois chantaient et buvaient, des vendeurs ambulants proposaient des figues sèches farcies aux amandes et au miel, des pains aux raisins secs et des *mostaccioli*[1] au moût, des enfants lançaient des pétards. Le moment était arrivé. Nous avons compté jusqu'à trois et tiré ensemble sur les fenêtres : trois coups de fusil chargés de cartouches contenant une once de poudre, et trois coups de pistolets à balles d'une demi-once.

Les vitres ont volé en éclats, la comtesse Gullo s'est mise à hurler comme une possédée, empoignant ses cheveux et levant les yeux au ciel, tandis que son mari allait et venait en courant d'un côté à l'autre de la maison et que ses frères filaient se cacher. Mais nous ne voulions blesser personne, nous entendions juste adresser un avertissement aux individus qui avaient commandé jusqu'à présent et qui devaient désormais obéir.

« Partons, partons », a dit Pietro. Tout était déjà terminé.

En un éclair, nous avons sauté par-dessus la haie et gagné la route qui menait à la campagne, au milieu de la terre dure qui descendait à l'oliveraie. Nous avons traversé le bois, guidés par les étoiles, et rejoint le campement aux premières lueurs de l'aube, alors que les geais chantaient sur les branches des sapins, que les écureuils grimpaient sur des troncs et que le givre commençait à fondre. Bacca nous attendait, les oreilles dressées et la queue droite.

---

1. Biscuits au miel, spécialité calabraise.

Quelques jours plus tard, une nouvelle s'est répandue dans le bois de Colla della Vacca : la Garde nationale avait incendié notre maison à Macchia. Francesca, la mère de Pietro, avait échappé par miracle aux flammes ; n'ayant rien pu sauver, elle s'était installée chez sa fille Elina et son gendre.

Notre foyer avait donc brûlé avec notre misérable dignité, avec les quelques économies des années passées – pour moi à filer, pour Pietro à remplir ses poumons de charbon. Il n'y avait ni preuves ni accusations ni procès : la Garde nationale savoyarde se présentait, et dans la nuit tout partait en fumée.

« Nooon ! hurlait Pietro. Maintenant c'est vous qu'allez vous *enflamber* ! » Mais ce n'était que le début et nos ennemis étaient prêts à tout pour gagner la guerre civile. Voilà donc l'alternative qui s'imposait aux Italiens, pensais-je : se conduire soit en flagorneurs, prédateurs, buses et chouettes ; soit en voleurs, criminels, brigands, bouquetins.

« Vive l'Italie ! ai-je dit. Le pays où tout le monde est en guerre contre tout le monde. Si c'est ça, la justice, je préfère mon père à la justice. »

Ce soir-là, au couchant, nous nous apprêtions à manger notre dernier morceau de poitrine fumée quand un gros milan, posté sur la branche d'un mélèze, s'est envolé dans un grand battement d'ailes et s'est précipité sur mon assiette en fer-blanc, qu'il a emportée.

Cela faisait un bon moment que cet oiseau tournait autour du campement. Il devait être affamé ou fou, car les milans se mettent d'habitude à l'abri avant le couchant. Florette le soupçonnait d'avoir enlevé le levreau qu'il avait placé dans une boîte en écorce de hêtre après l'avoir soustrait, en sang et boiteux, à un renard. Ce soir-là, privée de dîner, je me suis demandé si le rapace avait choisi mon assiette parce que j'avais mes *rougeons* et qu'il sentait l'odeur du sang menstruel : me croyant agonisante, il m'avait peut-être jugée inoffensive. Mais peut-être me narguait-il parce que j'étais une femme. Je l'ai cherché dans l'obscurité, armée de mon fusil – en vain : il s'était évanoui dans la nature.

« Tu t'es fait avoir par un oiseau ! » s'est exclamé Marchetta dans un rire. J'étais bien décidée à me venger : les lois de la montagne coulaient maintenant dans mes veines.

Le lendemain, après avoir longuement examiné le ciel, j'ai fini par dénicher le coupable dans un bois lointain. Il était le seul représentant de son espèce dans les parages, sans doute avait-il chassé tous les autres pour régner en solitaire. Il m'a de nouveau narguée : chaque fois que je m'approchais, il battait des ailes – deux mètres d'envergure –, s'envolait vers le sommet de la montagne et se glissait dans la fente d'un rocher. Il en jaillissait pour fendre l'air et disparaître une nouvelle fois sous les hurlements de Bacca. Il est devenu peu à peu mon obsession.

Le lendemain soir, nous l'avons vu revenir auprès du feu et tenter, par un vol en piqué, de m'arracher ma gamelle. Mais je m'étais préparée à cette éventualité et il a échoué.

« Il est vraiment énorme, a commenté Dragon. Jamais vu ça. Il est noir comme la poix. »

Il était immense, effectivement, et ses plumes noires étaient striées d'or.

« Il doit mesurer un bon mètre, a dit Florette. Peut-être bien un mètre cinquante. Et il pèse à tous les coups cinq kilos. »

Je n'ai pas fermé l'œil de la nuit, tant j'avais mal au ventre. Bacca aussi gémissait et s'agitait. De temps en temps un hululement de chouette retentissait et j'allais entretenir le feu pour permettre aux autres de se reposer. Soudain des épisodes et des lieux que je croyais oubliés remontaient à ma mémoire : Raffaele brûlant les patrons de tissage ; maman à la fenêtre, cherchant du regard les montagnes où je vivais à présent ; Teresa à mon mariage, puis gisant dans son sang ; Naples fêtant bruyamment la venue de Garibaldi ; Mme Donati gênée, évitant mon regard dans la rue. Régulièrement Bacca se redressait dans une plainte et, rassurée par ma présence, se blottissait au sol.

Je me suis levée une nouvelle fois et j'ai fouillé la veste de Pietro, où j'ai déniché une moitié de cigare, que j'ai fumée. Je me suis recouchée dans l'espoir de m'octroyer deux heures de sommeil.

Mais j'étais déjà debout à quatre heures, le feu s'éteignait et les autres dormaient encore ; Florette ronflait comme un sanglier. Après avoir ravivé la braise, je me suis rincé le visage avec l'eau d'un fût, j'ai réchauffé le café sur le feu et graissé le canon de mon fusil. Enfin j'ai glissé deux quignons de pain dans mes poches et pris la gourde. Impatiente, Bacca sautillait et s'étirait. Elle, au moins, avait probablement dormi un peu.

Le vent froid de la nuit me cinglait le visage pendant que, guidées par la position et la forme des constellations, nous grimpions sur ce sentier familier. De temps en temps Bacca me devançait, avant de rebrousser chemin, précédée de son souffle condensé en vapeur. Elle m'attendait, immobile, et je percevais sa respiration.

Les premières lueurs du jour sont apparues à l'endroit même où la montagne s'ouvrait vers la vallée. Cette longue ascension m'avait réchauffée, à moins que ce ne fût le rayon de soleil qui se posait sur mon visage. Dans un buisson, deux ou trois alouettes ont chanté. Nous avions atteint le lieu où nous avions repéré le milan la veille. Je me suis assise sur une pierre, mon fusil sur les jambes, et j'ai mangé un peu de pain. Au bout d'un moment, entendant un battement d'ailes gigantesques, j'ai levé la tête : il était là, il nous avait vues. Je me suis levée, mais il a aussitôt disparu.

Nous l'avons retrouvé deux heures plus tard. Il a surgi dans notre dos en piqué dans une attitude de défi, puis a repris de l'altitude. Il était déjà reparti quand j'ai pointé mon fusil dans sa direction, mais j'ai tout de même tiré afin de le déstabiliser. Bacca, qui ne s'attendait pas à ce vacarme, a bondi sur le côté. Dans le ciel, le milan a semblé tomber en chute libre, me laissant entendre que je l'avais touché.

« Vas-y, vas-y, Bacca ! » me suis-je écriée. En vain : la louve savait que l'oiseau était sauf. De fait, il s'est évanoui derrière le sommet de la montagne.

Tirer avait été une erreur, ai-je pensé : il ne reviendrait pas. Je me suis assise sur un lit de feuilles mortes, j'ai bu à ma gourde et mangé du pain. J'en ai donné un morceau à Bacca, que j'ai ensuite abreuvée avec de l'eau versée au fond de ma botte. Après quoi nous nous sommes allongées face à face. Un rai de soleil filtrait à travers les branches, éclairant les aiguilles jaunies. Nous nous sommes endormies.

Quand je me suis réveillée, dérangée par un chatouillis au niveau de mon cou – une araignée aux longues pattes essayait de se glisser sous mon chapeau –, la louve n'était plus là. Elle était montée plus haut : elle avait sans doute aperçu le milan. J'ai attrapé mon fusil et l'ai rejointe.

L'oiseau était posé, majestueux et noir, sur un sapin jaunâtre, dans la lumière du couchant. J'avais gardé un morceau de pain tout exprès et, levant le bras, je le lui ai montré. Sans hésiter, il a battu des ailes et s'est lancé en piqué vers moi.

Quelques mètres seulement nous séparaient. Bacca a bondi, comme si elle voulait le saisir au vol, tandis que je soulevais mon fusil de l'autre main. Le pressentant, l'oiseau a viré et repris de la hauteur de deux grands coups d'ailes. J'ai tout de même tiré deux coups qui ont résonné dans la vallée. Mais il a poursuivi son vol et s'est posé sur un rocher élevé. Alors je me suis engagée derrière Bacca sur un sentier muletier qui menait vers lui.

Nous avons surgi dans son dos : en me penchant vers la vallée, je pouvais voir son bec crochu et noir. Il devait être deux heures de l'après-midi, le campement était à trois heures de marche, il ne fallait donc pas traîner pour éviter de rentrer à la nuit. Bacca s'est avancée, et quelques branchettes sont tombées, cependant le milan est resté immobile, il contemplait la vallée comme s'il en était le maître. J'ai jeté à mon tour quelques branchettes. Au contact de l'une d'elles, il a écarté les ailes et s'est envolé. Mais bientôt je l'ai vu perdre de l'altitude et j'ai compris que je l'avais touché un peu plus tôt.

J'ai tiré une nouvelle fois et il s'est renversé, offrant au ciel ses plumes dorées. Je l'avais tué. Il s'est écrasé au sol dans un bruit sourd, tandis que quelques plumes flottaient dans l'air.

« Je t'ai tué, ai-je dit. Ce soir nous aurons de quoi dîner. »

BRIGANTESSA

Mais au moment même où je prononçais ces mots une grande tristesse m'a envahie. La forêt, le ciel et le soleil s'en étaient allés avec l'oiseau. Nous nous étions côtoyés et il n'était plus là. Je l'ai ramassé un peu plus bas. Il était lourd. Oui, il pesait probablement cinq kilos. Je l'ai ouvert et l'ai vidé de ses boyaux, que Bacca a dévorés. Puis je l'ai fourré dans mon sac et nous sommes retournées au campement avec notre trophée.

34

Comme tatie *Tremble-Terre* et mémé Tinuzza je vivais selon les cycles naturels du soleil et de la lune, selon les cycles des saisons. En ce mois d'octobre la Sila se préparait au repos. Avant qu'il ne fasse trop froid, les habitants des villages situés sur le Mont Volpintesta rapportaient de la vallée farine, coupons de futaine et vin, tandis qu'en redescendaient des chariots remplis de fromages – *provole, burrate, ricotte* –, de châtaignes, de baquets et autres articles fabriqués dans du hêtre. Depuis que je vivais dans la forêt, la lumière m'impressionnait plus que tout. Elle se présentait timidement au lever du jour, attendait que le soleil eût dépassé les troncs d'arbre pour éclater dans le ciel et tout brûler. Je contemplais ce miracle chaque matin en ouvrant bien les yeux : la lumière se soustrayait à l'injustice et ranimait ma combativité. Pour nous, le moment de nous venger était arrivé.

Pas un jour ne s'écoulait sans que je me remémore notre maison, nos meubles et nos objets brûlés, notre vie détruite, même s'il me semblait maintenant qu'une autre que moi l'avait menée. Nous appliquerions la justice même que le Royaume d'Italie nous réservait : les Gullo possédaient non seulement la filature, mais aussi des granges et des fermes. Nous prendrions ces dernières.

Un matin, nous sommes partis au nombre de huit, laissant Bacca de garde au campement. Nous avons marché une journée entière à travers la hêtraie aux arbres géants et avons atteint à deux heures du matin le lieu dit « Piano dei Santi », aux abords de Macchia. Un parfum d'aubépine et de chardon flottait dans l'air et le ciel était constellé d'étoiles. Cette nuit étrangement inerte n'annonçait rien de bon.

Les granges du comte Gullo, qui comptaient parmi les plus importantes de la province avec celles des Mancuso, formaient une série de quatre bâtiments longs et bas. Nous avons frappé à la porte de celui qui était situé le plus près de la route principale.

Le métayer, Gabriele Miceli, a surgi peu après, hors d'haleine, les yeux bouffis de sommeil. Il couchait dans ces granges avec sa mère, sa femme et deux jeunes journaliers. Je n'ai pu m'empêcher de penser à papa qui avait dormi seul, sans le réconfort de sa famille, dans celles des Morelli. À la vue de nos fusils, il a compris immédiatement la raison de notre présence. Il était de notre côté comme tous les paysans, lesquels constituaient des soutiens qui entravaient, dans la mesure du possible, les patrons et la Garde nationale.

Nous nous sommes dévisagés. La ferme était grande et ces richesses alimenteraient un beau feu. Nous avons porté notre choix sur la paille, dont les meules formaient une tour élevée.

« Y a quelqu'un ? Hé, y a quelqu'un ? » s'est écrié Pietro.

Nous avons ordonné aux journaliers de sortir du bâtiment principal où ils couchaient et les avons enfermés dans un petit entrepôt voisin.

Florette, Démon et Dragon se sont alors précipités dans la grange et ont allumé un feu à plusieurs endroits, tandis que Marchetta et moi demeurions auprès de Gabriele, et que Pietro montait la garde devant l'entrepôt.

L'incendie s'est propagé très vite, diffusant une terrible chaleur et une forte lumière qui éclairait les champs et la pelouse, l'éboulis et le contour du Mont Volpintesta. En l'absence de vent, les flammes se développaient en hauteur. Bien vite, le toit et le plancher ont cédé, le bois explosant dans un fracas de tonnerre. Le métayer contemplait la destruction des lieux où il avait travaillé toute sa vie et nous priait de jurer, dans le cas où l'on nous arrêterait, qu'il avait fait tout son possible pour l'éviter.

« Tout ton possible et plus encore », a répondu Marchetta en lui adressant un clin d'œil. Mais ce n'était plus seulement le travail de Gabriele qui partait en fumée, avec les quelques tournois qu'il avait gagnés, c'était aussi celui de son maître ; le feu les mettait sur un pied d'égalité. Et de toute façon, le métayer le savait, il ne perdrait pas son emploi, puisqu'il faudrait tout reconstruire.

Alors que les flammes achevaient leur œuvre, nous avons sauté à cheval et nous sommes dirigés avec Gabriele vers Gaudio, où était située la ferme principale de don Alfonso.

Gabriele a abattu plusieurs fois le heurtoir sur la porte, puis actionné la cloche. Enfin, la voix du muletier s'est échappée d'une fenêtre.

« Qui est là, à une heure pareille ?
– Giuseppe, ouvre. C'est Gabriele.

– Gabriele ? a répété l'homme d'une voix ensommeillée.
– Miceli. Le métayer de don Alfonso. »
Quand le muletier est descendu et nous a ouvert, nous nous sommes précipités à l'intérieur. Nous avons inspecté toutes les pièces à la recherche de don Alfonso et de sa femme – en vain.
« Ils sont absents, a expliqué l'homme. Don Alfonso a eu un contretemps, ils sont partis avant le dîner. »
Seuls se trouvaient là un journalier et sa femme Saveria, dans les bras de laquelle dormait béatement la fille des Gullo, Virginia, qui venait d'avoir un an.
Pietro et Marchetta se sont tournés vers moi, l'air interrogateur. Au-dessus de la grande cheminée trônait une des proclamations que le roi distribuait aux chouettes et faisait afficher partout.

Les coupables du crime de brigandage qui s'opposeront, arme au poing, à la force publique seront fusillés.

Victor-Emmanuel, roi d'Italie

« Prenons la petite. »

J'ai tiré de ma poche la lettre que nous avions préparée. Nous réclamions une rançon de six mille ducats et déclarions que nous continuerions de mener la guerre civile et de capturer les traîtres tant qu'on ne nous aurait pas donné ce que le Royaume d'Italie nous avait promis : l'usage collectif des terres, l'abolition des impôts sur le sel et la farine, le partage des terres domaniales.

Je l'ai lue tout haut et l'ai clouée près de la proclamation du roi. Puis nous nous sommes éclipsés en toute hâte.

Le 4 novembre, soit onze jours plus tard, les Gullo ont payé six mille ducats et l'enfant a été libérée sans une égratignure.

35

Par les nuits d'automne, les montagnes poussaient dans la forêt l'odeur glacée de la neige qui tombait au sommet, la terre crissait comme du verre et le givre recouvrait les arbustes d'arabesques blanches. Pietro se réveillait et mettait deux ou trois nouvelles bûches dans le feu ; quand la flamme s'élevait, il se frottait les mains et soufflait à l'intérieur. Il tendait les paumes vers la chaleur et se massait le visage.

« Il ne va pas tarder à neiger, disait-il. Nous avons besoin d'un endroit abrité. Nous allons devoir nous scinder en petits groupes. »

Je redoutais sa proximité et la désirais tout à la fois. Au cours de ces derniers mois, après le rapprochement du début, nous n'avions pas connu d'intimité : nous nous scrutions de loin, tournions l'un autour de l'autre à distance, comme deux loups qui se reniflent, conscients que l'autre pourrait attaquer. Parfois, profitant de l'absence de nos camarades, Pietro me courtisait, cherchait le contact de mon corps comme du temps de nos fiançailles, mais je repoussais ses avances. Désormais Bacca vivait avec nous, mangeait dans nos mains et buvait dans un seau toujours rempli d'eau. Il lui arrivait de disparaître jusqu'à trois ou quatre jours d'affilée et de revenir le museau couvert de sang quand elle avait tué un renard ou un sanglier, le poil trempé lorsqu'elle avait chassé des truites dans les eaux du Fiego ou du Crati. Elle nous en rapportait quelques-unes au campement, mais leur séjour entre ses dents pendant le trajet les rendait immangeables.

« Elle est plus *cervelée* que toi, lançait Marchetta à Dragon en voyant Bacca ressurgir, sautant comme un chien. Si elle s'appliquait, elle apprendrait à lire. Pas toi. »

Dragon n'avait en effet jamais été en classe, pas plus que Florette. Après s'être battus pour les Bourbons, ils avaient rejoint Garibaldi sur le Corace, comme Pietro, en août 1860. Ces idéalistes étaient aussi dégourdis que des bouquetins, mais analphabètes. Démon et les frères Magliari avaient quant à eux de l'instruction, sans pour autant pouvoir rivaliser avec Pietro, qui avait obtenu une médaille des mains du général Sirtori et qui, par son intelligence et son bagout, était destiné au commandement.

Tout le monde, dans la Sila et dans la plaine, parlait de la bande de Pietro Monaco – la seule à avoir deux chefs, disaient les mauvaises langues : Pietro et sa femme Ciccilla. Ma renommée, je m'en apercevais, croissait de jour en jour. En Calabre et dans le reste de l'Italie, on évoquait une femme terrible et féroce qui vivait dans la forêt et se battait contre les Italiens. On me dépeignait comme un monstre, moitié animal et moitié femme, un être porteur de mort et de destruction, la terreur des bersagliers. Des légendes sur mon compte fleurissaient dans les villages, si bien qu'à notre arrivée chez un ami métayer, c'était toujours moi que les enfants, flanqués de leurs mères, venaient regarder.

« C'est une *dadame* normale, murmuraient à ma vue les plus jeunes, à la fois soulagés et déçus. Et pourtant on disait que Ciccilla était aussi grande qu'une montagne et aussi forte qu'un ours. »

Je souriais et secouais la tête tout en mesurant à leurs regards d'admiration le chemin que j'avais parcouru. Je me demandais comment réagissait maman quand on l'approchait dans la rue et la traitait avec des égards auxquels elle n'était pas habituée, du fait de cette fille qui avait toujours été bizarre, un *malesprit* comme mémé Tinuzza.

Les journaux aussi s'intéressaient à moi, davantage encore qu'à Pietro, et pas seulement en Italie. J'étais devenue célèbre à mon insu au moment même où j'avais décidé de me cacher et je ne savais que faire de cette notoriété. La presse racontait que j'étais à la tête d'une bande fournie de féroces brigands, d'assassins impitoyables. Des mensonges. Un seul point correspondait à la vérité : j'étais la seule brigande d'Italie, toutes les autres femmes étaient des *fëelles* ; moi, je n'accompagnais personne. Je commandais avec mon mari. C'est ainsi que la renommée de Ciccilla s'était rapidement répandue en France, en Autriche, en Angleterre.

Un jour, l'un de nos complices nous a remis deux journaux, dont Marchetta a lu les gros titres à voix haute sans en comprendre le sens. *Ciccilla, la bête humaine*[1], et nous avons tous levé nos verres. *The New Nightmare of Italy : Ciccilla*, et nous les avons vidés. Pietro, à l'écart, en était affecté, cependant il a fini par trinquer avec nous.

---

1. En français dans le texte.

Raffaele Falcone, le frère de Gian Battista – le jeune Calabrais qui, à Naples, avait présenté Pietro à Pisacane, l'ami avec lequel Pietro avait participé à la tuerie de Sapri –, avait été nommé à la tête de la Garde nationale et s'était gagné en peu de temps une réputation d'exterminateur de brigands.

« Encore une chouette impériale ! » s'était exclamé Pietro, dégoûté. Comme son frère, Raffaele avait toujours cru que la révolution se ferait par l'union du peuple et des journaliers, estimant que la noblesse et la bourgeoisie représentaient le passé, le XVIIIe siècle, la cour, la corruption. Toutefois, lorsque le pouvoir avait changé de main, il avait lui-même changé d'idée, tel un mouton ou un rapace, et il avait éliminé bon nombre de bandes, fusillant leurs membres, mutilant leurs cadavres, incendiant les fermes, les granges, les biens de tous leurs soutiens : la bande Palazzo dans le secteur de Corigliano et de Rossano ; la bande de Gaetano Rosa Cozza, à Acri ; celle de Camponetti, à Longobucco ; la bande Lavalle, à Terranova et à Tarisa ; la bande de Repulino, sur le territoire de Cassano ; celle de Vincenzo Chiodo à Soveria Mannelli, et celle de Leonardo Bonaro ; celle de Pietro Paolo Peluso et de Salvatore De Marco, dit « Franche-Tripe », à Serra Pedace. Il avait tué tous ces hommes sans pitié, sans remords, et avec eux une armée de journaliers, métayers, bergers, bûcherons, *carbonniers*, qui leur fournissaient vivres, armes et informations.

Raffaele Falcone était lui aussi présent dans les pages des journaux. Sa méthode l'avait rendu célèbre : il coupait les têtes des chefs de bande et les enfonçait sur des pieux. Puis il plantait ces trophées encore ruisselants de sang à l'entrée des villages de façon que les journaliers comprennent ce que signifiait la guerre civile. Naturellement, nous songions tous à l'éventualité de connaître un tel sort. J'étais pour ma part persuadée que mes yeux ne se fermeraient ni devant la terre ni devant le ciel, ils montreraient ainsi aux gamins intrigués qu'on pouvait vivre comme des esclaves ou bien se battre et acquérir la liberté. En vérité, nous pensions tous à la guerre et à notre dernier plan : l'enlèvement des Morelli, notre coup ultime, le plus grandiose. Le mener à bien équivaudrait à gagner la guerre civile en Calabre et, pourquoi pas, dans les autres régions du Sud qui nous suivraient. Nous obtiendrions ainsi par la force ce que Garibaldi nous avait promis. Après quoi nous déposerions les armes.

Mais le moment était venu de changer de secteur. Après le rapt de Virginia Gullo, il était dangereux de demeurer dans le bois de Colla della Vacca. Les bersagliers de Raffaele Falcone avaient déjà pénétré dans la forêt.

Nous nous sommes donc préparés à effectuer un long voyage pour traverser la Sila en n'emportant que peu de provisions – nous trouverions de quoi nous nourrir en chemin. Nous avons franchi les vallées des fleuves Neto et Garga, puis, après avoir escaladé le Mont Altare et le Sordillo, nous nous sommes enfoncés dans les forêts séculaires de la Fossiata et de Fallistro. Au couchant, nous faisions un feu et dormions quelques heures ; nous repartions avant l'aube par un froid de plus en plus mordant.

Nous avons atteint la vallée du Trionto un matin de bonne heure et avons vu se dresser dans les premiers rayons de soleil le Mont Botte Donato au sommet enneigé. Bacca ouvrait la marche. Nous

nous sommes dirigés vers les vallées du Crati et du Savuto : à droite, les monts étaient creusés par des ravins et recouverts de bois très épais ; à gauche, de profondes gorges, envahies par les hêtraies et la mousse, entaillaient les montagnes. Au bout de dix jours, nous avons abandonné les vastes paysages de la Grande Sila pour les panoramas tourmentés de la Petite Sila, jusqu'à ce qu'apparaissent enfin la silhouette menaçante du Mont Scorciavuoi et, au fond, celle du Mont Gariglione, notre destination. Nous avons franchi la vallée et, en pleine nuit, avons pénétré dans la gorge du Soleo, un lieu si sombre qu'on l'appelait « la Main du Diable ». C'est là que nous avions convenu d'établir nos nouveaux campements. La première nuit, nous nous sommes installés sommairement ; la neige menaçait, et j'ai dormi près de Bacca. Pietro et Marchetta, en revanche, ont veillé près du feu : cette gorge pouvait constituer tout aussi bien notre salut qu'un piège mortel.

Pour réduire les risques, nous avons décidé de nous scinder en petits groupes : nous construirions des abris sur les hauteurs de la gorge et communiquerions à l'aide de signaux de fumée ou de coups de feu rapprochés. Pietro était satisfait, il comptait bâtir pour nous une maison en bois, plutôt qu'un simple refuge : une maison dans la forêt qui remplacerait celle que le Royaume d'Italie avait détruite.

« C'est ce que nous voulons depuis le jour où nous sommes entrés pour la première fois dans les bois », expliquait-il.

Ce n'était pas vrai ; du moins, ça l'avait été autrefois et ça ne l'était plus. J'en avais désiré une des années plus tôt, lorsque Pietro m'avait emmenée voir les *carbonneries*, et plus tard, durant son service militaire, quand je vivais avec sa mère et sa sœur, que je rêvais pour son retour d'un endroit à l'écart, loin de tout, et passais des après-midi entiers perchée sur les branches de mon mélèze préféré. Mais maintenant que les circonstances nous y obligeaient, je ne le voulais plus. Pietro le comprenait. Après avoir cherché en vain l'endroit idéal où réaliser son projet, il posait sur moi un regard abattu en me surprenant occupée à fumer contre Bacca. J'aurais préféré m'enfuir avec la louve plutôt que de coucher avec lui. Au cours de ces froides journées où nous préparions en petits groupes des refuges dans les gorges de la Main du Diable, je n'avais qu'un seul souhait : me perdre dans la forêt sans laisser de trace.

Puis Pietro a trouvé.

« C'est parfait », m'a-t-il annoncé un après-midi.

Il était aussi heureux qu'autrefois.

« Ce sera notre nouvelle maison, nous recommencerons tout de zéro. » Il en était persuadé et il s'efforçait de me transmettre son enthousiasme, mais les sourires s'effaçaient vite sur son visage.

Pour atteindre l'emplacement en question depuis la gorge, il fallait se hisser à la force des bras sur une paroi rocheuse d'une dizaine de mètres dont les saillies formaient des sortes de marches. Situé à mi-hauteur, ce lieu dominait la forêt au sud et permettait de voir, par les journées limpides, aussi bien la gorge étroite que l'Aspromonte, au fond. Tout autour, se dressaient de jeunes mélèzes drus et pointus qui servaient d'abri et laissaient filtrer la lumière du soleil jusqu'à midi. Après quoi la gorge plongeait dans l'ombre et se livrait à un vent glacial qui ne tarderait pas à amener la neige.

36

En un passé lointain, on avait construit au milieu de cette clairière une fournaise pour calciner des calcaires et en retirer de la chaux. Pietro l'avait découverte par hasard au milieu de la mousse et des broussailles qui la dissimulaient. Il s'agissait d'un trou d'un mètre de diamètre creusé dans la terre et garni de pierres plates. Un peu plus loin, sous les branches d'un hêtre, subsistait le refuge d'un bûcheron dont le toit s'était écroulé. Une fois libéré de sa prison de bois, il deviendrait notre maison. Nous cultiverions une bande de terre qui descendait vers le surplomb, exposée au sud et donc au soleil.

« Ici les pommes de terre ne gèleront jamais, pas même en hiver », disait Pietro.

Le matin, nous allions avec nos camarades placer des pièges à sangliers et à geais. L'après-midi, munis de haches et de scies à deux mains, nous abattions de grands mélèzes clairs dans notre clairière. C'était une course contre l'hiver. Pietro coupait les branches et sectionnait les troncs, tandis que j'empilais branchages et bûches sous un rebord de pierres.

Les journées s'étaient brusquement raccourcies. Nous nous activions jusqu'au couchant, pendant que cuisaient de la farine de blé et des pommes de terre. Comme il n'y avait pas de fermes dans les environs, nous devions nous procurer nous-mêmes notre nourriture ; à portée de main, un peu plus haut, nous ne disposions que d'une grande quantité de mûres. Les alouettes et les vanneaux nous tenaient compagnie, mais ils ne tarderaient pas à migrer vers des contrées plus chaudes. Des plaques de neige de l'hiver précédent persistaient, menaçantes, aux endroits les plus sombres de la gorge.

Pietro avait repéré en aval une petite construction en bois à l'abandon qui avait sans doute servi de cabane à outils. Nous l'avons démontée et avons emporté ses planches. Après les avoir fait sécher au soleil, nous les avons clouées et nous avons reconstruit le toit du refuge. Pietro a débité en lattes de vingt centimètres les troncs qu'il avait coupés les semaines précédentes afin de construire le plancher. Pour terminer, nous avons creusé une galerie qui conduisait à la fournaise : ce serait notre poêle ; grâce à lui nous serions bien au chaud y compris quand il gèlerait à pierre fendre. J'ai fabriqué des couches avec les larges feuilles rouges des hêtres et les ai posées sur un lit d'aiguilles de pin afin de les isoler du sol. Nous les placerions contre le mur exposé au nord, vers le Mont Gariglione.

Tout en construisant le toit, Pietro chantait.

C'était la première fois que j'entendais sa voix s'élever ainsi, forte et audacieuse. J'aurais aimé lui dire quelque chose, mais je me contentais de l'écouter. Ses chansons parlaient de soldats qui partaient au front, de la forêt et de la montagne, de brigands. Peut-être oubliait-il en ces instants la guerre civile, notre maison détruite, nos amis défunts, les trahisons, les regrets. Peut-être n'était-il heureux qu'en bâtissant un toit et des projets pour l'avenir. Puis la neige s'est mise à tomber.

Ces semaines de froid ne nous ont pas empêchés de poursuivre nos pillages, nos vols, nos enlèvements. Grâce à notre nouvelle installation, nous avions tout loisir d'agir dans les villages autour de la Petite Sila avant de nous replier sans crainte d'être débusqués. La neige a continué de tomber pendant des semaines, il semblait qu'elle ne s'arrêterait jamais : en l'espace de quelques heures, elle recouvrait nos traces et compliquait la tâche aux bersagliers.

Un jour, Pietro et Dragon, qui allaient chasser le cerf et le sanglier à plusieurs heures de marche du campement, sont tombés, au-delà de la vallée de la Tacina, sur Francesco Lavorate, garde mobile d'Aprigliano et espion de l'exterminateur de brigands. L'homme les a scrutés un moment comme s'il avait affaire à l'ours de la Sila et a fait feu, touchant Dragon à l'épaule, avant de prendre ses jambes à son cou. Malgré le code d'honneur des brigands, qui imposait de ne jamais tirer dans le dos de personne, sauf en cas d'attaque, Pietro n'a pas hésité : si Lavorate appelait des renforts, nous serions perdus. Il a visé et appuyé sur la détente, puis s'est débarrassé du corps dans le Crati.

Marchetta et Florette avaient, quant à eux, tenté sans succès d'enlever le baron Drammis, associé de la famille Morelli. En revanche, ils avaient réussi à capturer un propriétaire terrien du nom de Magliari et l'avaient caché à l'intérieur d'une grotte, dans la vallée du Savuto. La famille avait versé la rançon de cinq mille ducats, et l'homme avait été libéré. Ç'avait ensuite été le tour du

BRIGANTESSA

comte Longo, de Serra Pedace, et du baron Scipione Giudicessa, de Spezzano Grande.

« Nous accumulons un trésor », a déclaré Florette un soir où il comptait notre or. C'était vrai, nous avions de quoi entretenir pendant plusieurs années tous les journaliers de la région.

Quand les eaux se calmaient, après les enlèvements, nous profitions de l'hiver, et donc de l'absence des patrons, pour nous rendre dans les fermes avec des sacs remplis de provisions. Les métayers, les journaliers, les enfants et les femmes nous accueillaient les bras ouverts. Nous mangions en leur compagnie de la ricotta et de la viande d'agneau autour du feu, puis distribuions de l'or et des ducats avant de repartir. « Voici l'Enfant Jésus », disaient les petiots à notre vue.

De temps en temps, après avoir pillé les terres des riches, nous nous réunissions le soir au refuge qu'avait construit Pietro.

« Le printemps finira par revenir, disais-je, et il sera plus beau que les précédents, parce que nous serons libres. »

Et comme il y avait toujours quelqu'un pour se plaindre, j'insistais : « Qu'importe la mort ! Qu'importe, puisque des milliers de personnes se sentent libres à travers nous ! » Alors nous trinquions avec l'eau-de-vie qu'un métayer nous avait offerte et nous racontions des histoires au son de la *ciaramedda* de Florette. Nos préférées concernaient des gladiateurs de l'Antiquité, des esclaves qui s'étaient libérés comme nous, elles nous donnaient la sensation d'appartenir à leur lignée.

Un soir Pietro en a relaté une qu'il tenait de son ami Gian Battista Falcone, le frère de l'exterminateur de brigands. Pendant la traversée de Gênes à Sapri à bord du bateau postal *Cagliari*, ils avaient passé la nuit à fumer des cigares et à parler de Spartacus, le gladiateur qui avait réussi l'exploit de parcourir toute l'Italie avec une armée de paysans, de bergers, d'esclaves et défait Rome.

Originaire de Thrace, Spartacus avait servi l'armée romaine avant d'être capturé et réduit en esclavage. C'est ainsi qu'il avait échoué dans l'arène pour amuser les nobles romains. Un jour, avant un combat, il s'était placé à la tête de soixante-dix de ses semblables et les avait conduits dans les cuisines de l'arène, où ils s'étaient emparés de couteaux, de haches, d'armes de fortune. Ils avaient volé un char et des armures de gladiateurs, puis s'étaient enfuis.

« Avec des *forches* et des serpes contre les patrons, a dit Pietro. Vous avez compris ? » Les gladiateurs avaient rallié Capoue. Là, ils avaient pillé les villas des riches et s'étaient réfugiés sur les pentes du Vésuve. Les Romains les avaient encerclés au milieu d'une vigne sauvage et leur avaient barré toute issue. Mais les esclaves avaient tressé des cordes avec des sarments de vigne et s'en étaient servis pour descendre une paroi rocheuse. Ils avaient à leur tour encerclé les Romains. « Ils les ont massacrés », a dit Pietro. De nombreux compagnons de Spartacus avaient péri dans les affrontements, les autres s'étaient enfuis « dans la selve, comme nous ».

Ils auraient pu rentrer chez eux, désormais libres, or ils étaient restés avec Spartacus et deux autres gladiateurs, Crixus et Œnomaüs. « C'est alors qu'un miracle s'est produit, une grâce, comme pour nous. » Des paysans, des bergers, des esclaves les avaient rejoints spontanément, attirés non par l'argent, mais par une soif de justice et de liberté contre l'oppression romaine. Les rebelles pillaient les villas des proconsuls et des riches, partageaient le butin entre paysans et bergers, s'achetaient des armes avec l'or et l'argent. Ils constituaient maintenant une armée de cent vingt mille hommes. C'était incroyable : un esclave l'emportait sur l'Empire. « La soif de liberté semblait changer le monde... » a commenté Marchetta. Bientôt Œnomaüs était mort au combat et Crixus s'était adonné à la razzia pour le plaisir. Spartacus et lui s'étaient donc séparés : ils conquerraient l'Italie sur deux fronts opposés. Crixus avait gagné la Terre de Bari à la tête de trente mille hommes et péri dans la bataille ; Spartacus s'était, quant à lui, dirigé vers le Nord. Il avait remporté deux victoires sur les Romains dans l'Apennin toscan, vengeant Crixus, puis avait poursuivi sa marche, balayant tous les obstacles. Il aurait alors pu s'embarquer pour la Thrace, rentrer chez lui en homme libre, mais il s'en était abstenu une nouvelle fois.

« Il rêvait de créer un machin énorme, gigantesque : un État d'hommes libres. » Il a donc rebroussé chemin, à la rencontre des Romains – quarante mille hommes confiés par le Sénat au proconsul Marcus Licinius Crassus afin qu'il étouffe la révolte. « Un genre de Raffaele Falcone, l'*élimineur* de nos brigands », a dit Pietro dans un rire.

Crassus avait d'abord été vaincu, mais il avait fini par repousser Spartacus jusqu'à Petilia Policastro, dans la Sila, où devait avoir lieu l'affrontement ultime. Avant la bataille, Spartacus avait tué son cheval : « Si je gagne, j'aurai toutes les montures que je voudrai. Si je perds, je n'en aurai plus besoin », avait-il expliqué. Il s'était lancé à pied dans la mêlée, à la tête de ses hommes, à la recherche d'un contact direct avec Crassus. Mais le général romain était bien à l'abri, à l'arrière. Spartacus, qui se battait comme un loup, avait été encerclé par l'ennemi et transpercé par des coups venant de tous côtés.

On n'avait jamais retrouvé son corps. « On l'a décapité et on a apporté sa tête à Rome en guise de trophée. C'est peut-être le sort qui nous attend, nous autres révolutionnaires », a conclu Pietro.

Nous savions que ce serait probablement le cas. Néanmoins nous avons levé nos verres aux exploits de Spartacus et trinqué, tandis que le ciel s'éclaircissait.

37

Cet hiver-là, des bûcherons ont entrepris de déboiser nos terres. Constitués en équipes, ils coupaient toutes sortes d'arbres – hêtres, mélèzes, sapins – pendant des semaines, jour et nuit, malgré la neige, la glace, le froid et l'obscurité. La Sila, l'Aspromonte, le massif du Pollino, tout serait transformé en traverses pour les voies ferrées du Nord, qui progressaient alors que le chemin de fer que papa aurait aimé voir s'était arrêté au premier tronçon. Ainsi, les étrangers venus du Nord emportaient des milliers de troncs, sous la protection des bersagliers et avec l'autorisation des chouettes, qui fermaient les yeux encore une fois.

Nous marchions dix heures d'affilée, la neige au genou, jusqu'aux versants du bois et, cachés, assistions à la destruction de notre monde. Devant ce spectacle, il était difficile de croire que la vie reprendrait ensuite comme avant, éclairée par une nouvelle lumière.

Les bûcherons choisissaient un hêtre, déterminaient le point d'entaille, puis, par équipes de quatre, abattaient de lourdes haches sur le tronc avant d'empoigner leurs scies à deux mains. Ils fixaient les câbles de traction et continuaient de scier jusqu'à ce que l'arbre s'effondre. Un vacarme assourdissant, affreux, retentissait alors dans toute la forêt, provoquant la fuite des oiseaux et leurs cris de terreur. Après quoi les étrangers plantaient un clou pourvu d'un anneau dans le tronc qu'ils débardaient à l'aide de filins en acier jusqu'à la vallée. Ils coupaient tout, jeunes pousses comme arbres séculaires, lesquels cédaient comme des géants blessés.

Nous assistions, impuissants, au massacre : les hommes du Nord étaient trop nombreux pour nos seules forces et ils agissaient simultanément à divers endroits de la Sila. Une seule fois nous nous sommes hasardés à tirer, à la faveur de la neige qui tombait en abondance, recouvrant aussitôt les empreintes. Disposés en cercle de façon à faire feu de toutes parts, nous avons déchargé nos fusils en même temps. Les bûcherons sont tombés l'un après l'autre, exactement comme les hêtres qu'ils abattaient. Puis nous nous sommes dispersés en partant chacun dans une direction, pour nous retrouver au campement le lendemain.

J'étais inquiète pour le mélèze qui m'avait sauvée d'une longue solitude, même si sa position, un avant-poste sur la vallée, le rendait difficile à couper. Mue par une étrange force, je suis allée avec Bacca m'assurer qu'il était toujours intact.

Au moment où nous avons surgi du sentier, au sommet du ravin, j'ai eu un coup au cœur : il était déjà entaillé, côté ravin, et attaché par des cordes censées l'empêcher de tomber dans le vide, d'où il serait impossible de le remonter. Trois hommes le sciaient en se relayant : les fumiers, ai-je pensé, ils transforment mon refuge en traverses pour leurs maudits trains !

Cachée avec Bacca derrière un hêtre dont les branches touchaient terre, j'ai observé la scène. À présent, l'entaille avait atteint la moitié du tronc et des coins y avaient été introduits ; malgré tout, l'arbre, tiré par des cordes arrimées aux rochers, ne semblait pas vouloir s'incliner.

La matinée touchait à sa fin. J'avais appris à faire du feu sur la neige : il fallait constituer un lit de fins rameaux, qui serviraient d'allumettes, et former dessus une pyramide de branches de plus en plus grosses en laissant un espace, au milieu, pour y allumer des feuilles mortes. Bacca et moi avons patienté jusqu'au couchant, moment où bûcherons et bersagliers repartaient. Mon arbre était penché vers les rochers qu'il avait dominés toute sa vie, tel un malade qu'on empêchait de se jeter dans le vide. Une fois seules, nous nous sommes approchées. Le vent s'était levé, il soufflait dans les frondaisons et les gonflait. À la base du tronc, l'entaille était énorme, plus large que nécessaire : c'était un miracle que l'arbre eût résisté. Le vent se renforçait, soufflant en rafales furieuses qui tendaient les cordes à l'excès.

J'ai caressé l'épaisse écorce et rassemblé mon courage. Après un dernier au revoir, j'ai dégainé mon couteau et coupé les cordes. Le choc a été énorme. En un instant, le vent a fléchi l'arbre et l'a entraîné dans le ravin. Plus jamais je ne monterais dans ses branches, certes, mais ces étrangers n'en profiteraient pas non plus. Le mélèze demeurerait pour l'éternité dans le bois, allongé au fond du gouffre.

Puis, avant le dégel, nous avons appris que le général Sirtori avait été élu président de la commission parlementaire sur le brigandage. Le bruit courait qu'il rallierait Catanzaro, muni des pleins pouvoirs dans la guerre contre les brigands. C'était une question de semaines, tout au plus de mois, il arriverait au printemps, peut-être à l'été, et accomplirait son devoir : nous tuer.

Pietro était plus que jamais tiraillé entre le découragement et la rage : l'homme qu'il considérait comme son père putatif serait l'artisan de notre mort et mettrait fin à la guerre civile. Le destin s'acharnait sur lui davantage encore que sur nous.

C'est ainsi que, au comble du malheur, mon mari a recommencé à se défouler sur moi comme il l'avait fait un soir, de nombreuses années plus tôt. Depuis ce jour-là, je craignais de voir resurgir cette pulsion, tel un mal auquel je préférais ne pas penser. À la moindre étincelle, il saccageait tout. Il buvait de l'eau-de-vie, barrait à Bacca l'accès de notre maison et me battait chaque soir sous un prétexte différent. « Tu es une femme inutile, disait-il. Une bonne à rien. » Au début, je me rebiffais, puis je finissais par le croire. Et plus il buvait, plus il était méchant. « Tu n'as rien à voir avec Anita ou avec Enrichetta ! s'exclamait-il. Ces femmes-là ont tout fait pour leurs maris ! » Il me frappait sur les bras. « Toi, tu ne sais que pleurer ! » Puis sur les jambes. « Tu n'as pas fait mieux que ta mère. Une tisserande, voilà ce que tu as été, une misérable tisserande. »

Dehors, Bacca hurlait. Pietro achevait d'épancher sa fureur, renversé sur le sol, avant de perdre conscience. Moi aussi je restais par terre et pleurais, dans l'espace vide et lointain où je me réfugiais. Ses mots étaient la trahison de toutes ses promesses, une trahison envers moi. Puisqu'il m'insultait, je n'étais plus rien, je disparaissais avec lui. Le lendemain matin, je n'avais même pas le courage de croiser le regard de Bacca, laquelle, le remarquant, venait me lécher les mains. Honteux de sa conduite, de l'état auquel il s'était réduit, Pietro se lavait le visage, muet.

BRIGANTESSA

C'était lui et ce n'était plus lui. « Réagis », me disais-je. Et je réagissais en espérant que cela balaierait ma honte. Mais Pietro avait des bras et des épaules aussi épais que les troncs d'arbre qu'il avait abattus toute sa vie, la peau durcie par les blessures de guerre, et une langue acérée. De surcroît, l'alcool le rendait insensible. Un jour, alors qu'il ôtait sa ceinture pour me corriger, j'ai attrapé dans l'âtre un tison ardent et l'ai frappé avec. Il a hurlé, mais l'a saisi à mains nues et jeté au loin. Bacca grognait, le poil hérissé et les oreilles dressées. Comme Pietro ne reculait pas, elle lui a sauté à la gorge et l'a renversé sous son poids ; sans doute l'aurait-elle tué. Alors j'ai ramassé le tison et l'approchant du visage de Pietro, de ses yeux d'ivrogne, je l'ai menacé de mort.

« Tu me dégoûtes ! Et si tu te voyais, tu te dégoûterais toi aussi.

– Je suis l'homme que tu as choisi ! Vas-y, brûle-moi ! Brûle le fou qui mène cette folle guerre contre son père putatif ! »

J'ai manqué de courage. Pietro a fondu en larmes et Bacca a lâché prise. Le lendemain matin, le visage tuméfié, il m'a présenté ses excuses. Au bout de quelques jours, Maria lui a pardonné. Pas Ciccilla : si les bleus s'effaçaient peu à peu, les insultes restaient.

38

Au cours de l'hiver a également débuté la spoliation des réserves d'or de la Banque de Naples, lesquelles étaient censées rembourser la dette que le Royaume piémontais avait contractée pour financer sa guerre contre le Sud. Une loi préparée en toute hâte sur le « cours forcé » permettait ainsi de convertir en or la monnaie de la Banque de Naples, le ducat, contrairement à celle de la Banque d'Italie, la lire. La Banque d'Italie vendait aux banques du Sud des titres de crédit et recevait en échange des ducats, avec lesquels elle achetait l'or que contenaient les réserves de la Banque de Naples. Un escamotage qui dépouillerait le Sud et ses banques, lesquelles recevraient en échange des coffres bourrés de vieux papiers.

Pour cette raison, nous formulions des demandes de rançon en ducats et les multipliions par deux lorsqu'on nous offrait des lires. Nous accumulions ainsi une véritable fortune.

Nous nous déplacions la nuit, à la lumière de la lune, et nous postions sur les hauteurs du Mont Scorciavuoi. Les bersagliers se présentaient dans les parages après plusieurs journées de marche, fatigués, bruyants, désorganisés, et se blottissaient derrière les rochers, les troncs, les arbustes. « Qui est leur chef ? interrogeait

Pietro en observant leurs mouvements désordonnés. Garibaldi l'aurait fusillé pour incompétence. »

Nous nous placions les uns et les autres à des intervalles de cent mètres, après quoi Pietro tirait de façon à attirer les soldats vers un groupe de mélèzes d'une vingtaine de mètres de hauteur. Une fois les bersagliers tapis derrière les troncs les plus larges ou sur les branches les plus robustes, Marchetta tirait à son tour. Je l'imitais ensuite, tout comme Florette. Désorientés, les militaires s'agitaient et jetaient des regards à la ronde en serrant la crosse de leurs fusils entre leurs mains. Nous patientions. Au bout d'un moment, l'un des leurs, la plupart du temps un jeune, faisait feu, suivi des autres.

« Italiens ! s'écriaient-ils en gaspillant leurs munitions. Italieeeens ! »

Par mépris, ils nous accolaient le nom qu'ils voulaient nous obliger à porter. Tandis qu'ils vidaient leurs chargeurs à l'aveuglette, nous attendions.

« Italieeens ! »

Nous avions ainsi tout le temps de nous agenouiller, de nous signer et, le coude posé sur le genou, de mettre en joue le soldat le plus proche, de presser la détente en jurant.

C'était du tir à la cible. Nous pointions d'abord nos fusils vers les hommes à terre, puis vers ceux qui s'étaient perchés dans les arbres. *Boum. Boum. Boum.*

Ils s'écroulaient en battant des bras, sans la dignité du milan que j'avais affronté dans la forêt. Leurs camarades s'efforçaient de ne pas bouger. Mais, *boum, boum, boum*, ils tombaient à leur tour en lançant vers le ciel, en guise de dernier mot, leur appartenance à la patrie. « Italieeens. »

Ils étaient toutefois nombreux, très nombreux, et quelques-uns parvenaient à nous échapper. Nous les laissions se sauver, certains qu'ils ne se montreraient plus à cet endroit avant longtemps.

Au cours des derniers mois plusieurs villageois, tels qu'Antonio Monaco, un cousin de Pietro, avaient demandé à se joindre à nous, et nous formions désormais un bataillon d'une dizaine d'individus.

S'il était plus jeune que Pietro, Antonio lui ressemblait par sa physionomie et son caractère. Il était en effet grand, fort et impétueux, mais moins loquace et moins intelligent que lui. Particulièrement féroce, il ne perdait jamais l'occasion d'actionner son fusil à deux coups. Il avait immédiatement tenté de s'ériger en bras droit de son cousin, ce dont les autres membres de la bande l'avaient dissuadé.

« Ciccilla est Ciccilla, disaient-ils. On ne la remplace pas. Si tu essaies, elle te le fera regretter. »

Nous projetions depuis longtemps de toucher en plein cœur les chouettes en enlevant Donato et Vincenzo Morelli ; ils nous accorderaient ce que nous réclamions, ils n'auraient pas le choix car nous étions désormais très nombreux, et un tel succès nous mènerait à la victoire, nous en étions persuadés. À l'extérieur de la Calabre, Carmine Crocco, Ninco Nanco, Giuseppe Caruso, Nicola Summa et d'autres bandes combattaient en Basilicate. L'ancien sergent bourbonien Romano, Pizzichicchio et Papa Ciro Annicchiarico luttaient dans la Capitanate et la Terre de Bari[1]. Les bandes de la brigade Fra' Diavolo, d'Antonio Cozzolino et de Luigi Auricchio

---

1. Ancienne division administrative du Royaume des Deux-Siciles dont la ville de Bari était le chef-lieu.

étaient à l'œuvre sur la Terre de Labour. Nous devions toutefois affronter une armée de cent vingt mille soldats – bersagliers, carabiniers, gardes royaux et gardes nationaux – qui avaient pour seul désir de voir nos têtes fichées sur un pieu.

Un matin, au mois d'août, nous avons entendu des bruits de pas, de branches brisées et de voix qui se rapprochaient de notre cabane. Pietro et moi nous sommes aussitôt emparés de nos fusils. Bacca s'est mise à grogner au bord de l'escarpement.

Mais Marchetta a bientôt surgi, suivi de Florette et d'un homme grand, massif, aux cheveux longs attachés sur la nuque. À sa vue, Pietro a lâché son arme et s'est précipité vers lui. Ils se sont étreints et ont échangé des bourrades affectueuses.

« Que fais-tu là, canaille de Napolitain ?

– La seule chose que je puisse faire, a répondu le nouveau venu. Me battre à vos côtés. »

Je ne l'avais pas encore reconnu quand Pietro s'est écrié : « Ciccilla, viens donc ! Lâche ton fusil, qu'est-ce que tu fiches ?

– Maria... » a alors dit l'homme avec un sourire.

C'était Raffaele, mon frère. Je ne l'avais pas vu depuis treize ans et sa présence me paraissait maintenant irréelle. Un instant, j'ai eu la sensation que le monde était de nouveau en paix, comme si rien n'avait changé, comme si nous étions encore à la maison, enfants, occupés à faire voler les patrons de tissage des Gullo. Nous nous sommes longuement embrassés. Il se dégageait de lui un parfum de bonté, et c'était tout ce dont j'avais besoin à ce moment-là. Il semblait être venu tout exprès pour me consoler de la brutalité de Pietro.

« Maman t'envoie son amour, a-t-il annoncé. Vincenza et Salvo parlent sans cesse de toi. »

La forêt n'était plus ma seule demeure : à présent, ma demeure était entrée dans la forêt.

« Soit brigand, soit émigrant », a affirmé mon frère en serrant son fusil.

Puis le 15 août 1863 a été approuvée une loi militaire spéciale, la loi Picca, qui suspendait le Statut albertin et privait de tous leurs droits les combattants de la guerre civile. Nous n'étions plus des citoyens comme les autres ; des récompenses étaient offertes sur nos têtes ; n'importe qui pouvait nous fusiller, nous vendre ou nous torturer. Des tribunaux militaires, et non civils, s'occupaient de nous : des généraux savoyards et non des juges.

La fin se rapprochait, nous le savions. Il fallait nous hâter d'enlever les Morelli et de nous réapproprier ce qui nous appartenait. C'était notre seule chance de salut.

Mais auparavant nous avions à effectuer un autre rapt, dont nous n'entendions pas nous priver, parce qu'il prenait pour cible des symboles. Il aurait lieu à Acri, un gros bourg situé à l'autre bout de la Sila, dans la vallée du Mucone, à l'ombre du Mont Noce.

Nous sommes partis de nuit, deux semaines à l'avance, pour étudier scrupuleusement les mouvements de chacun. Par une aube glaciale, nous avons observé une halte dans une clairière et bu un doigt d'eau-de-vie dans nos gobelets en fer-blanc. Marchetta avait un peu de pain rassis, Dragon un morceau de lard et un bout de pecorino. Ayant épuisé nos réserves de nourriture, nous devions nous partager ces maigres ressources.

« Le plus important est avec nous », ai-je dit en indiquant les deux sacs accrochés à mon dos qui contenaient notre or, caché sous une couche de feuilles de hêtre. Après la loi sur le cours forcé, nous avions converti en or les ducats des rançons : un véritable trésor. « Je ne m'en sépare pas.

– Alors, on peut se passer de manger ! a répliqué Florette en riant. Avec ça, on ne manquera de rien. »

Nous avons trinqué à l'avenir et continué notre marche.

Pendant deux semaines, déguisés en bergers et en charbonniers, nous avons suivi les chouettes. Nous sommes passés à l'action un dimanche de la fin août, un couteau à la ceinture et un fusil à l'épaule.

Nous nous sommes divisés en deux groupes et cachés aux abords d'Acri de façon à surveiller la fontaine du Pompio où les rapaces se rafraîchissaient chaque dimanche avant d'effectuer leur promenade en ville. Il nous a suffi d'un instant pour les ligoter tous : d'abord Angelo Falcone, le frère aîné de Raffaele, l'exterminateur de brigands, Mgr De Simone et deux prélats qui l'accompagnaient. Puis les quatre plus jeunes : Michele Falcone, neveu de Raffaele ; Carlo Baffi, le fils de la baronne Ferrari ; Domenica Zanfini, le notaire et protecteur légal des Morelli, enfin Angelo Feraudo, l'ancien garibaldien devenu une chouette.

Il y avait, à la fontaine, trois ânes et trois mules qui servaient à transporter de l'eau au village. Nous avons installé sur leur dos les plus âgés et filé vers le raccourci qui conduisait de San Zaccaria à la Sila. On ne nous trouverait jamais.

39

Le lendemain de l'enlèvement, le général Giuseppe Sirtori a été nommé lieutenant général des Calabres et chargé d'éliminer les brigands par tous les moyens possibles et au mépris de toutes les lois. Un ami métayer nous a apporté l'avis, arraché au mur d'un café.

Aux brigands et à leurs familles,

Je suis venu dans les Calabres éradiquer le brigandage de ces provinces bénies du ciel et affligées par les hommes. L'amour que je porte à l'Italie, l'affection que j'ai pour les Calabrais, m'ont poussé à accepter cette grave et douloureuse mission.
Je considère le brigandage comme la plaie la plus pernicieuse qui puisse exister pour toutes les classes sociales et en particulier pour les pauvres gens. Si les Calabrais, et en particulier les pauvres, voulaient écouter ma voix, qui est la voix d'un ami, d'un frère, d'un père, ils m'assisteraient dans l'extirpation du brigandage et, en l'espace de quelques jours, il n'y aurait plus de brigandage en Calabre.
Je m'adresse surtout aux familles des brigands et à ces mêmes brigands, pour lesquels j'éprouve non de la haine,

mais une profonde compassion. Souvent, le cœur débordant de chagrin, je me dis : Oh, si je pouvais parler à l'un de ces brigands et à leur famille, leur faire entendre la voix de la vérité, la voix de l'amour, ils se rendraient à mes paroles. Une brebis égarée regagnant la bergerie réjouirait davantage mon cœur, disciple de l'Évangile, que cent brebis demeurées fidèles. Que les brigands ayant commis les pires crimes le sachent : ils peuvent se présenter à moi comme à un père. Je veillerai à ce qu'ils bénéficient des réductions de peine que la loi autorise.

Mais s'ils n'écoutent pas la voix de l'amour, les autorités militaires, civiles, et moi-même serons obligés d'utiliser contre les brigands les armes terribles que la loi nous confie.

Pour l'honneur et le bonheur des Calabres, tout particulièrement dans l'intérêt des pauvres gens, il faut que le brigandage cesse « par l'amour ou par la terreur ».

Catanzaro, 1er septembre 1863
Le lieutenant général
Commandant de la division militaire des Calabres
Giuseppe Sirtori

Vu pour la publication
Le maire
Morelli

Pietro était hors de lui. C'étaient donc là les mots de ce Sirtori qu'il connaissait bien ! Et ces mots, affichés dans toute la Calabre, s'adressaient à lui, son protégé, l'homme qui l'avait décoré de ses mains après l'expédition des Mille.

« Comme un père ! Comme un frère ! hurlait-il. Comment ose-t-il mentionner l'amour pour les pauvres, lui qui ne sait rien des pauvres ! Ce n'est qu'un traître, un opportuniste ! »

Il était si enragé qu'il aurait volontiers tué les otages qui, attachés et bandés dans une étable, se plaignaient, réclamant de l'eau et de la nourriture. N'ayant pas fermé l'œil, les plus âgés – l'évêque, les prêtres et Angelo Falcone – montraient des signes de faiblesse. En entrant, j'avais trouvé le prélat renversé sur le sol. Angelo Falcone était lui aussi épuisé : il respirait à grand-peine, le visage dans la poussière.

Après avoir lu l'avis de Sirtori, Pietro a obligé Falcone à se lever et a pointé son fusil à deux coups sur sa gorge.

« Je vais te tuer », lui a-t-il dit.

Dans ses yeux brillait la même lumière que les nuits où il me battait. Il était vraiment capable de tirer.

Falcone a fondu en larmes. Le spectacle de cet homme puissant qui implorait notre pitié, à genoux à nos pieds, était presque risible.

« Je vais te tuer », a répété Pietro.

Le visage couvert de larmes et de mucus, l'homme a demandé pardon pour le mal qu'il nous avait fait, pour tout ce qu'il nous avait volé. D'une main, Pietro le tenait par les cheveux tout en pressant le canon de son arme sous son menton.

« Non, nooon. Ne me tue pas, ne me tue pas, je t'en prie... je t'en supplie. »

Pietro s'est baissé et, le regardant droit dans les yeux, a redit d'une voix glaciale : « Je vais te tuer. »

Désormais, Falcone gémissait et se plaignait. « Non... je t'en supplie, non. »

S'approchant au point de lui toucher le nez du sien, Pietro a repris : « Tu es prêt ? Un... deux... » Puis il a crié : « *Boum !* » comme l'après-midi où il m'avait montré son pistolet réglementaire dans le bois, de nombreuses années plus tôt. « *Boum !* » Mais il n'a pas pressé la détente.

Falcone s'est effondré par terre. Il semblait vraiment mort. Puis il s'est mis à sangloter comme un enfant.

« Attachez-le ! a ordonné Pietro. Et ôtez-le de ma vue. »

Au cours de cette période, nos complices et soutiens nous apportaient les premières pages de *L'Indipendente*, dont Garibaldi avait confié la direction à son ami, l'écrivain français Alexandre Dumas. L'enlèvement d'Acri avait accru notre renommée. On disait que j'étais la femme la plus célèbre d'Italie ; tous, du nord au sud, connaissaient Ciccilla. Dumas avait également écrit mon histoire en sept épisodes, racontant ma vie et celle de Pietro dans la forêt. Il nous dépeignait comme des bêtes qui attaquaient impitoyablement les puissants, et moi comme un monstre ayant des serpents pour cheveux, des griffes pour mains, des crocs à la place des dents et une longue queue fourchue.

Nos camarades riaient et trinquaient, mais je sentais nos ennemis se rapprocher, je savais qu'un seul geste balaierait notre résistance, qu'à l'avenir l'Italie nous traiterait de misérables et de criminels dépouillant les riches, que la guerre civile serait oubliée. Ces pages avaient toutefois eu un effet positif : elles avaient créé autour de nous une réputation d'assassins impitoyables, ce qui avait effrayé les familles des otages.

Ainsi, quelques semaines plus tard, alors que l'automne rougissait les feuilles des hêtres et suscitait en nous une étrange mélancolie pour la vie que nous avions définitivement abandonnée, la rançon a été payée et les chouettes ont recouvré la liberté de voler.

Mais, après ce dernier enlèvement et la chasse que nous livrait Sirtori avec l'armée la plus fournie que l'Italie eût jamais eue, il nous fallait quitter la Main du Diable. Imitant mes camarades, j'ai brûlé la maison en bois, et nous nous sommes une nouvelle fois scindés.

Raffaele, Marchetta, Florette, Antonio, Dragon, Démon, les frères Magliari et les autres s'engageraient dans la vallée du Trionto en passant au pied du Mont Botte Donato, où ils se scinderaient encore. Pietro, Bacca et moi nous dirigerions vers les gorges de la vallée du Savuto.

Nous nous retrouverions devant une ferme en ruine, dans le bois de Fallistro.

Nous avons emporté les sacs d'or et quelques objets, puis nous nous sommes mis en route. La première nuit, nous avons fait un feu en raison du froid et avons dormi à la belle étoile, recroquevillés sur un lit d'aiguilles de pin et de feuilles mortes. Nous sommes repartis avant l'aube et, en milieu de matinée, avons pénétré, sous un faible soleil, dans le bois de Gariglione. Depuis un moment Bacca dressait la tête et hurlait, le poil hérissé. Pietro et moi lui disions « Sage, Bacca, sois sage, ce n'est rien » et lui caressions le dos. Mais elle continuait son manège.

Soudain, au sortir d'une clairière, nous nous sommes heurtés à la paroi du Mont Scorciavuoi. Nous nous étions perdus : les mélèzes avaient occulté la montagne, nous n'aurions pas dû l'aborder de ce côté.

C'était une falaise verticale, noire, épouvantable, qui paraissait vouloir nous tomber dessus. Pour atteindre notre destination, il nous fallait la longer ou l'escalader, économisant ainsi trois journées de marche. Or j'étais incapable de me lancer dans une telle aventure : la paroi était trop abrupte.

C'est alors qu'un coup de feu a retenti. Tiré dans le bois, il a rebondi sur la roche. *Boum*. Bacca s'est brusquement retournée, le nez et les oreilles tendus.

Un deuxième coup a résonné, plus atroce que le précédent. *Boum*. Et un troisième. *Boum*.

Pietro a chargé son fusil à deux coups et je l'ai imité sans réfléchir.

Les tireurs étaient invisibles, mais ils étaient bien là, cachés dans le bois.

Et ils étaient sans doute très nombreux, car le vent nous apportait le vacarme sombre et effrayant de pas effectués à l'unisson.

Sirtori, le « père » de Pietro, était venu nous arrêter.

Bacca s'est élancée le long du pierrier qui longeait le mur du mont : elle ne pouvait pas monter avec nous, elle nous rejoindrait à Fallistro.

Nous n'avions pas le choix : nous devions escalader la paroi sans tarder.

Le Mont Scorciavuoi se dressait, gigantesque, devant nous.

40

Cette montagne était la preuve qu'il existait une autre loi. Puisque la forêt et son ciel étaient la lutte, cette paroi verticale pouvait être la mort. Pietro connaissait le Scorciavuoi comme il connaissait toute la Sila, il savait que non loin de là, derrière une hauteur, se trouvait une vire. Là s'ouvrait une longue et étroite fissure, un *camin* entre deux arêtes rocheuses qui menait jusqu'à la crête. Nous grimperions par cette voie.

Nous l'avons atteinte à toute allure, franchissant le haut plateau qui dessinait un virage, alors que les bersagliers se dirigeaient déjà vers nous. Pietro a rapidement lié des cordes de chanvre en les passant deux fois autour de sa taille, de ses cuisses et de ses épaules, opération qu'il a répétée avec moi en assurant par un nœud les sacs d'or. Il a entamé l'ascension du *camin* et, en moins de temps qu'il n'en faut pour le dire, il avait parcouru vingt mètres.

Il montait comme les araignées : avec des mouvements mesurés et véloces. Il a ancré la corde à un éperon rocheux et m'a invitée à le rejoindre : de son harnais partait un filin attaché au mien.

Un coup de feu a retenti dans le bois.

Nous étions invisibles, derrière l'arête : les soldats tiraient à l'aveuglette, mais ils se rapprochaient. Nous n'ignorions pas que figuraient parmi eux des chasseurs alpins qui, s'ils n'étaient pas familiers de nos montagnes, l'étaient de l'escalade.

Le *camin* était vertical et noir.

Pietro a tiré sur la corde. Je me suis accrochée aux points d'appui qu'il avait choisis un peu plus tôt. Il importait d'en avoir trois, et donc de ne jamais oublier le troisième, le pied qui s'élevait.

J'ai commencé à grimper tout doucement. Vue de l'intérieur, la fissure était encore plus sombre et le rocher gelé. Au-dessus des parois verticales de gauche et de droite, le ciel était lui aussi couvert par un surplomb rocheux, et l'on n'en percevait qu'un reflet de lumière claire. Tout ce qui, d'en bas ou de loin, paraissait uniforme était irrégulier. Pietro avait maintenant repris son ascension à la recherche d'un éperon où assurer sa corde.

Serrant les dents, je me suis hissée dans le noir, aveuglée et essoufflée. Sans m'en rendre compte, j'ai atteint le point où il avait fait halte.

« Accroche-toi à mon éperon ! » s'est-il écrié.

Il avait lui-même gravi la moitié de la paroi et il se tenait à cinquante mètres du sol.

Au-dessus de lui, le rocher qui bouchait la vue me paraissait infranchissable.

Soudain je me suis aperçue que mes doigts étaient raides et violets. J'ai tenté de fermer et d'ouvrir la main. En vain.

« Ne regarde pas en bas ! » m'a ordonné Pietro. J'ai levé la tête. Il avançait en diagonale. « Monte, a-t-il dit. Lentement. Ménage tes bras. »

J'ai cherché un premier soutien pour mon pied droit et un second, plus haut, pour le gauche tout en concentrant mes efforts sur mes jambes : les muscles de mes mains ne tarderaient pas à me trahir. Le sifflement menaçant du vent qui soufflait au-dessus de la pente rocheuse, entre les crêtes, me parvenait aux oreilles, tout comme le ruissellement de l'eau du Savuto, dans la vallée.

Soudain deux autres coups de feu ont résonné.

Boum. Boum.

Maintenant Pietro regardait vers le bas.

« Ces fumiers savent grimper », a-t-il commenté.

J'ai compris que les bersagliers avaient traversé le bois et le pierrier, qu'ils s'acheminaient vers la vire. S'ils la parcouraient, ils déboucheraient à nos pieds, à soixante mètres de nous. Ils se livreraient à une partie de tir aux pigeons et nous mourrions, attachés à nos cordes – en admettant qu'elles tiennent –, ou tomberions. Dans le premier cas, ils seraient obligés de monter pour s'emparer de l'or que je portais dans mon dos.

Pietro m'a crié une nouvelle fois de ne pas regarder en bas. J'ai tourné les yeux vers la roche grise et scintillante, de plus en plus raide et lisse. Un filet d'eau coulait de la crête et descendait vers la vire en formant une petite cascade. Des mousses vertes et violettes avaient poussé dans les interstices. Il fallait passer de l'autre côté pour gagner un replat où Pietro avait assuré sa corde, à une quinzaine de mètres au-dessus de ma tête, et je ne pouvais pas risquer de glisser sur la roche mouillée. Voilà pourquoi il avait, lui, coupé en diagonale. Or, mes doigts avaient perdu leur sensibilité ; si je dérapais, la corde résisterait-elle ? À côté de la petite cascade, une fente d'un empan de largeur montait jusqu'au sommet. Était-ce là que Pietro était appuyé ? Je ne voyais rien.

BRIGANTESSA

J'ai écarté la jambe et me suis appuyée sur le pied droit, à l'intérieur de la fente.

Ma chaussure a glissé sur l'eau, ce qui m'a déséquilibrée. Mes mains ont lâché prise et je suis partie en arrière.

J'ai effectué un vol d'une quinzaine de mètres et senti une puissante déchirure à la poitrine et au dos, une sorte d'explosion.

Puis une force m'a violemment tirée vers la droite, je me suis rétablie et me suis mise à osciller comme un pendule.

« Laisse-toi aller ! hurlait Pietro. Ne bouge pas ! Ne bouge pas ! »

Je comprenais à grand-peine ce qu'il disait. Mais, avec la chute, mes muscles s'étaient détendus, mes jambes ne tremblaient plus.

Un coup de fusil a retenti en bas et j'ai commis l'erreur de baisser les yeux.

J'étais accrochée à un éperon rocheux situé vingt mètres plus haut. Au-dessous, cinquante mètres de vide.

Je voyais la vire et le pierrier ; plus bas, la forêt et encore plus loin le torrent.

J'étais paralysée, la terreur me figeait sur place.

Un deuxième coup de feu a résonné, puis un troisième.

Pietro continuait de crier, mais je ne l'entendais pas. Je n'entendais plus rien, je n'avais qu'une seule envie : que tout prenne fin, que je meure. J'ai fermé les yeux et me suis laissée aller.

J'ai senti une première secousse, puis une seconde. Pietro avait réussi à descendre sur le replat où il avait assuré la corde et il me remontait maintenant à la force de ses bras. C'est ainsi que je l'ai rejoint.

En contrebas, les bersagliers traversaient l'éboulis.

Ils arriveraient bientôt sur la vire et entameraient son ascension. Une trentaine de mètres nous séparaient encore de la crête. Une fois celle-ci atteinte, nous nous engagerions sur le pierrier qui menait à la forêt, du côté de la montagne exposé au soleil.

J'ai levé les yeux.

La corde de Pietro était accrochée à une espèce de clou, une quinzaine de mètres au-dessus de nos têtes.

« On y est presque, Maria. Dépêche-toi. »

Il pouvait monter et me tirer jusqu'au clou, m'y attacher jusqu'à ce qu'il ait gagné le sommet. Mais je ne répondais pas, incapable de bouger.

« Maria, Maria ! Réveille-toi, sinon ils nous tueront ! »

J'ai réussi à me redresser et il a recommencé à grimper.

Les voix des soldats s'insinuaient dans la gorge en créant un écho.

En quelques mouvements, Pietro a atteint le clou. Il s'est arc-bouté sur ses pieds et, rassemblant ses dernières forces, il est parvenu à me hisser.

J'étais maintenant suspendue au clou, les pieds posés sur un éperon rocheux.

Il ne restait plus à Pietro qu'à gravir les dix derniers mètres, ce qu'il a fait en un instant.

Je l'ai suivi aussitôt après.

Nous étions sauvés. La guerre n'était pas encore perdue.

41

Nous avons retrouvé nos compagnons devant la ferme en ruine située dans le bois de Fallistro. Bacca était avec eux. Elle avait été attaquée pendant le trajet : elle présentait des plaies sanglantes à la poitrine et avait perdu en partie une oreille. Si je boitais et avais grand-peine à tenir debout, elle gémissait de douleur. Je l'ai soignée avec des emplâtres de résine de mélèze et une décoction d'agarics blancs pour désinfecter ses plaies. Elle avait surtout soif. Elle me laissait lui frotter la poitrine et l'oreille, allongée, tout en restant sur le qui-vive, en montrant les crocs. Je la caressais et lui demandais : « Ils étaient nombreux ? » Elle comprenait le trouble profond qui m'habitait. Elle me fixait, la tête baissée, de la même façon que Vincenzina dans son enfance, elle me léchait les mains, les bras, les joues. J'avais besoin d'être assurée que j'étais bien en vie.

Pietro faisait les cent pas dans le bâtiment, en proie à une grande nervosité.

« On nous a trahis, ai-je murmuré en avalant le dernier doigt d'eau-de-vie. Les bersagliers ne pouvaient pas connaître notre position. Quelqu'un la leur a indiquée. Nous avons accueilli trop de monde dans la bande. »

Il m'écoutait en se tourmentant les mains et la barbe. Il observait d'un air rageur nos camarades, pendant que nous étions probablement observés. Je l'évitais, et Bacca se plaçait toujours entre nous ; dès qu'il s'approchait, elle grognait, prête à attaquer.

Nous étions à la mi-novembre, et bizarrement la neige n'était pas encore arrivée. Pour éviter d'être bloqués dans un refuge ou une grotte, nous avons décidé de quitter la Calabre : nous passerions l'hiver dans la Terre d'Otrante.

Nous nous sommes mis en chemin à la fin du mois, pris d'une agitation inhabituelle.

Nous avons parcouru la Grande Sila et abordé le massif du Pollino. En l'espace de quatre jours nous avons rallié la Basilicate, traversé le Crati à Doria et coupé vers Policoro. Nous comptions poursuivre notre chemin pour les Gravine : au Mont Imperatore, l'un de nos soutiens nous installerait dans un coin sûr pour l'hiver.

Mais aux alentours de Policoro, après dix jours de marche, un complice de Carmine Crocco, le chef des brigands de la Basilicate, est venu à notre rencontre et nous a avertis que Sirtori avait engagé ses soldats à Bernalda, dans l'intention de les faire marcher jusqu'en Calabre.

Ils fondaient sur nous dans la direction opposée.

« Des traîtres, ai-je dit entre mes dents. On les a avertis, c'est certain. L'un des nôtres a révélé nos mouvements. » J'ai dévisagé Dragon, Démon et les frères Magliari, en proie aux soupçons.

Nous avons couché deux nuits dans une ferme, tels des lièvres sur la route des renards, et avons rassemblé les membres de la bande le matin du troisième jour. Pietro et moi avions discuté de notre projet toute la nuit.

« Séparons-nous », a dit Pietro. Démon a tenté de s'y opposer, mais Pietro lui a aussitôt cloué le bec.

Nous imaginions laisser derrière nous ceux qui nous avaient trahis. Quoique guérie, Bacca était nerveuse, elle ne cessait de grogner et de hurler à la mort.

Pietro, Marchetta, Florette, Antonio, Raffaele et moi regagnerions la Calabre. Nous fêterions Noël chez nous : nous sentions que la fin était proche et nous voulions revoir nos familles. Les autres – Dragon, Démon, les frères Magliari et tous ceux qui nous avaient rejoints au cours des derniers mois – étaient libres de prendre la route de leur choix.

Marchetta et Florette connaissaient un lieu apparemment parfait, une ancienne tour de cueilleurs de châtaignes, un bâtiment en ruine, un nid d'aigle sur une arête tout près des escarpements du Jumiciellu, à une heure et demie de marche de Casole et de Macchia.

C'était un endroit abrité et difficile d'accès, un bâtiment où l'on faisait sécher autrefois les châtaignes avant de les décortiquer et de les vendre. Une bonne cachette, d'où il serait facile de fuir par surcroît, car elle était située au bout du *raidelong*, l'ancien sentier muletier qui menait de Pedace au Timpone Tenna et au Timpone Bruno, les montagnes dominant la vallée du Crati. Entre ces deux reliefs se trouvait la route de la mer qui conduisait en l'espace de six ou sept jours à Sibari.

Pietro a tenu à ce que je m'installe avec lui dans le vieux séchoir en ruine et j'ai accepté.

Il s'agissait d'une pièce circulaire, imprégnée d'une odeur douceâtre de résine et de châtaigne. D'un côté, à un mètre de haut, une claie composée de perches de châtaignier soutenait des planches. Jadis on entretenait sous cette espèce de plancher une braise constante afin que la fumée libère les châtaignes des parasites et que la chaleur les sèche. Une fois séchées, on les décortiquait et vendait les coques pour en faire du combustible.

J'ai préparé au pied de la claie une couche avec des aiguilles de pin et glissé les sacs d'or sous les poutres de châtaignier. Marchetta, Florette, Raffaele et Antonio dormiraient pour leur part à l'intérieur de deux grottes voisines. L'air était limpide, le vent glacial et cinglant. Quelques jours nous séparaient maintenant de Noël, et il n'avait toujours pas neigé.

Dans la nuit du 22 au 23 décembre, Raffaele, malgré le danger, est parti pour Casole avant l'aube.

Il voulait conduire maman, Vincenza, Salvo et Angelino dans ce nid d'aigle afin que nous déjeunions ensemble. Antonio est allé pour sa part convier Francesca et Elina : ainsi nous fêterions Noël avant l'arrivée de la neige et des temps difficiles. Nous nous étions ravitaillés chez un fermier, nous avions assez de nourriture et de vin pour préparer un vrai repas de Noël. Nous n'avions pas vu nos familles depuis des années.

Le 23 décembre, le soleil se frayait un chemin dans un ciel encore blanc quand ils sont arrivés, épuisés, au bout du sentier muletier qui menait à la tour des cueilleurs de châtaignes.

Maman marchait derrière Raffaele, appuyée sur une canne. Elle boitait : elle s'était cassé une jambe et, comme elle n'avait pas de quoi payer un médecin, la fracture s'était mal recomposée. Réchauffée par la marche, elle tenait de son bras libre le manteau qu'elle avait ôté. Mais c'était bien maman. Je me suis précipitée vers elle et l'ai étreinte ainsi que j'avais un jour, au comble de la solitude, étreint mon mélèze. On aurait dit que les mois et les années écoulés nous avaient conduites à cette étreinte. Vivre sans refuser quoi que ce soit de la vie, voilà ce que maman signifiait. Vincenza, ma petite Vincenzina, était devenue une femme de dix-huit ans d'une beauté à couper le souffle. Elle m'a pressée contre elle, les larmes aux yeux, et a murmuré à mon oreille de sa voix fluette et douce : « Nous t'avons pardonné, nous t'avons pardonné dès le lendemain. Pas seulement nous, les villageois aussi. Tout le monde détestait Teresa. » Salvo, qui était resté à l'écart, a couru m'embrasser à son tour, tout comme Angelino. C'étaient à présent deux grands gaillards et ils se ressemblaient beaucoup, ils avaient le regard bon de papa.

Nous avons détaché les planches des claies pour former une longue table et avons posé sur le sol des coussins de branches et de feuilles de hêtre.

La mère de Pietro avait préparé un gratin de pâtes avec des œufs et de la *soppressata* ; Elina, des *turdilli* au vin cuit et au miel. Maman n'avait apporté que des *grispelle*[1], en forme d'Enfant Jésus,

---

1. Les *turdilli* et les *grispelle* sont respectivement des gâteaux et des beignets qu'on prépare en Calabre à Noël.

elle se maudissait de n'avoir rien pu cuisiner d'autre, mais Raffaele s'était présenté à l'aube et avait obligé tout le monde à se dépêcher.

Bacca n'a rien mangé, elle n'a même pas touché à l'assiette d'œufs et de saucisson que nous lui avions réservée ; elle s'agitait, très inquiète, elle hurlait et s'engageait sur le *raidelong* qui menait au Timpone Bruno.

Je l'ai rejointe à plusieurs reprises au milieu des arbres, armée de mon fusil. Or il n'y avait là rien ni personne et elle paraissait errer dans le néant, comme perdue.

Devant le *flambon*, le grand feu qui servait à éloigner les mauvais esprits, Jurillu a empoigné sa *ciaramedda*. Nous avons bu, dansé et chanté : Vincenza avec Antonio, Salvo avec Elina, maman avec Pietro, Francesca avec Marchetta qui la faisait tourner au point de lui donner le tournis, comme si nous n'étions pas en guerre, comme si l'ennemi n'était pas tout près, comme si l'Italie était un pays juste. Au cours de ces quelques heures, tout a repris sa place, tout s'est suspendu, le monde s'est nimbé d'une lumière magnifique, celle du soleil couchant. Puis tout s'est terminé : nous n'avions plus de temps à notre disposition. Nos familles devaient rentrer avant la nuit. Raffaele et Antonio les accompagneraient jusqu'aux abords de Casole et de Macchia.

Nous nous sommes séparés en nous promettant de nous revoir bientôt, même si nous savions qu'il n'en serait rien et que, si tout se passait bien, si nous échappions aux bersagliers de Sirtori, nous nous retrouverions à la fin de la guerre, en secret, par certaines nuits de pleine lune.

BRIGANTESSA

Maman, Vincenza, Salvo et Angelino se sont donc engagés sur le *raidelong* avec la mère et la sœur de Pietro, et l'ombre des hêtres les a engloutis en un instant.

Au même moment, Bacca s'est mise à aboyer pour attirer mon attention et celle de Pietro. Elle nous a regardés fixement, d'une façon insolite. Puis elle s'est acheminée derrière le groupe.

Je me suis aussitôt élancée vers elle en l'appelant, en lui criant de revenir. Mais elle a fait un bond de côté et s'est éloignée dans la forêt, où elle a disparu.

Je me suis précipitée sur ses traces, tandis que Pietro se munissait de notre lampe à pétrole.

« Bacca ! Baccaaa ! hurlions-nous. Bacca, reviens ! Bacca ! Où es-tu ? » Or seules revenaient vers nous nos propres voix après avoir rebondi sur les troncs.

Nous l'avons cherchée pendant des heures entre les hêtres en courant et en criant son nom. Elle n'était plus là. Elle avait décidé de nous quitter. Elle avait pressenti, j'en suis sûre à présent, ce qui allait se produire.

Quand Antonio et Raffaele nous ont rejoints, nous avons passé un moment à boire de l'eau-de-vie autour du *flambon*. Pietro était très agité.

Dans le ciel limpide et glacial de décembre, la pleine lune nous éclairait. Notre nid d'aigle dominait la vallée, suscitant en nous un sentiment de solitude.

Bacca était partie et des pensées de trahison me traversaient l'esprit, mêlées à des pensées de mort. Mais la neige, dont l'odeur se diffusait depuis le Timpone Tenna, avait le pouvoir de balayer les mauvais présages et de vous brouiller les idées.

Après minuit, Pietro et moi sommes allés nous coucher dans le séchoir, tandis que les autres regagnaient les grottes. Il avait commencé à pleuvoir – une pluie drue, glaciale.

Ivre, Pietro a aussitôt tenté de me prendre sur notre couche. Je me suis défendue bec et ongles. Ce refus – l'énième refus – a suffi pour déchaîner sa colère.

« Je t'ai sauvé la vie dans la montagne, et tu te refuses ! Ta vie ne vaut rien sans moi. »

Il imaginait en effet qu'après avoir repoussé ses assauts pendant des semaines, je l'autoriserais à agir à sa guise pour le remercier de m'avoir sauvé la vie. Mais ses injures étaient plus cruelles que le saut dans le vide auquel j'avais échappé sur le Scorciavuoi. Je me serais écrasée au sol et tout se serait terminé ; ses injures, en revanche, ne cessaient de me poursuivre. Une partie de moi-même était morte, j'entendais bien maintenir en vie le peu qui me restait.

Cela le mettait hors de lui.

« Tu es ma femme ! Tu es ma femme ! Tu dois coucher avec moi ! »

Il m'attrapait les poignets et les tordait.

Je me dégageais, lui donnais des coups de pied.

La violence, je le sentais, allait se produire comme une crue furibonde qui nous entraînerait tous deux dans la vallée, elle se déverserait sur nous tel un éboulement ou un séisme ; oui, sa violence était un terrible séisme qui l'emportait, lui, avant de me cueillir à mon tour.

Il a déboutonné son pantalon et, d'un mouvement subit, m'a jetée au sol. Puis, sautant sur moi comme une furie, il a entrepris de m'arracher mes vêtements en harponnant l'étoffe. Je ruais, mais la crue était trop puissante pour que je puisse la repousser. Pietro était arrivé au bout du chemin, après une vie de batailles et de défaites. Je pestais, tentais de lui assener un coup de genou entre les jambes pendant qu'il me possédait. Pour m'immobiliser il me frappait les hanches, les bras ; l'éboulis était invincible, il m'emportait. Je n'avais pas d'issue. J'essayais malgré tout de me lever, de respirer, de trouver un peu d'air et un moyen de me sauver, face à cette cascade irrépressible. Le corps de Pietro s'agitait, désireux de se vider. Il a fini par atteindre son but.

Alors, comme tous les cataclysmes, il s'est apaisé et un silence irréel s'est abattu sur nous. Telle une grande montagne d'ordures, Pietro s'est laissé aller sur le côté.

Il s'est endormi immédiatement, ou presque.

Libéré, il respirait d'un souffle aussi léger qu'un enfant sans se soucier du mal qu'il avait causé.

Soudain, au milieu de la nuit, une détonation a brisé le silence et une lumière aveuglante a éclairé le séchoir.

Je me suis redressée brusquement, un sifflement dans les oreilles et une odeur de poudre dans les narines.

Près de moi, Pietro a remué les bras, comme pour se protéger.

Un coup de fusil, tiré de l'extérieur, avait déchiré l'air. Il avait pour but, je l'ai compris soudain, d'illuminer les ténèbres. Un moment s'écoulerait, un moment infini, et il serait suivi d'un second.

Une ombre sur le seuil, je la voyais maintenant, brandissait un fusil à deux canons.

Pietro, totalement réveillé, a fixé sur elle des yeux écarquillés, atterrés. Son regard en disait long : il comprenait, comme je l'avais compris, que la trahison était à l'œuvre.

Tel un chat sauvage, il a tenté de se lever, de se jeter sur le côté, de rouler sur lui-même pour éviter l'inévitable. Mais je me suis agrippée d'instinct à lui – la montagne qui m'avait écrasée un peu plus tôt – et je l'ai retenu. C'était une grande montagne, elle me protégerait enfin.

De même que le plus fort des mélèzes était brusquement tombé, de même, par une nuit de pluie, le geai que j'étais a brusquement ouvert ses ailes pour la première fois. Il ne les refermerait jamais, je le savais.

C'est ainsi que, le 24 décembre 1863, dans ce séchoir à châtaignes, j'ai planté un verger entre la peur et moi, un grand, un imposant, un majestueux verger en m'accrochant au dos de mon mari et en me servant de son corps comme d'un bouclier.

Boum.

Un éclair.

Subit, comme nous nous y attendions.

Et une forte, très forte détonation, un vacarme inouï.

Boum.

L'ombre a tiré sur la montagne que je retenais et l'éclair a révélé une seconde ombre, derrière, aussi coupable que la première.

Ils nous avaient trahis, ils nous trahissaient. Deux de nos camarades venaient de tuer Pietro.

BRIGANTESSA

Puis le fusil est tombé.

Puis les deux traîtres se sont enfuis à toute allure, sur la terre mouillée et les feuilles mortes.

Et mon mari reposait, mort, entre mes bras.

42

En entendant les coups de feu, Raffaele et Antonio se sont précipités hors de leur grotte, certains que les bersagliers de Sirtori étaient arrivés. Aussitôt ils ont commencé à tirer en direction du sentier muletier qui menait au village.

Mais il n'y avait pas trace de bersagliers, et Marchetta avait disparu tout comme Florette.

« Les traîtres ! » se sont-ils écriés à l'unisson.

Ils se sont élancés vers le bois, au cœur de la nuit, et les ont cherchés pendant des heures, aveuglés, affolés, guéant la rivière, s'aventurant vers Serra Pedace, escaladant les pics, fouillant les grottes.

Je suis restée tout ce temps-là immobile dans le séchoir, le corps de mon mari entre les bras, pleurant la mort, la trahison et le geste qui m'avait permis de surmonter ma peur. La balle avait traversé le torse de Pietro pour ressortir dans son dos, me touchant au poignet.

Avec une bande de tissu arrachée à ma *camise* je me suis fait un garrot. Puis j'ai observé, recroquevillée, le jeune geai qui apprenait à ouvrir ses ailes. La position de l'armée italienne la plus proche était le couvent de San Domenico, celui-là même où Fumel m'avait emprisonnée. Nous disposions de six heures, peut-être sept, pour quitter ce maudit nid d'aigle, avant que Marchetta et Florette ne reviennent en compagnie des bersagliers.

J'ai réussi non sans mal à hisser Pietro sur la claie. Après l'avoir lavé de son sang, je suis allée m'asseoir dehors, devant le brasier fumant du *flambon*, en attendant que se lève le premier jour de ma nouvelle vie.

À l'aube, Raffaele et Antonio sont rentrés, épuisés, abattus.

« Rien, a déclaré mon frère. Nous ne les avons trouvés nulle part.

– Il faut que nous partions, ai-je dit. Les soldats de Sirtori ne vont pas tarder.

– Qu'est-ce qu'on fait ? » a interrogé Antonio en indiquant du regard la tour où le corps de Pietro Monaco reposait.

Nous connaissions tous la réponse à cette question, mais c'était moi, le chef de la bande Monaco, qui devais la livrer.

« On le brûle. On brûle tout. »

Je ne pouvais permettre que Sirtori s'empare de son corps et le décapite. Nous avons récupéré les sacs d'or et incendié le vieux bâtiment.

Nous avons passé les deux nuits suivantes dans une ferme. Hantée par la voix et le visage de Pietro, je n'ai pas fermé l'œil. Puis, montés sur trois chevaux, nous avons atteint le bois du Corbeau, dans le territoire de Spezzano Grande. Désormais nous pouvions frapper rapidement et nous enfuir aussi vite que des milans impériaux.

Ayant dû renoncer aux enlèvements, nous pillions les fermes de toutes les chouettes de la Sila, barons, notables. Nous agissions de nuit, comme la première fois chez les Gullo. Nous nous présentions, armés jusqu'aux dents : deux revolvers, un fusil et deux couteaux chacun. Nous ordonnions à un journalier de nous ouvrir et de nous conduire dans la chambre de ses patrons, que nous ficelions, avant de voler tout ce que nous trouvions. Après quoi, nous convertissions les ducats en or et le distribuions aux paysans.

Mais bientôt nos complices nous ont signalé avec une insistance croissante que les soldats de Sirtori se rapprochaient. Nous avons donc décidé d'interrompre nos activités jusqu'à l'arrivée du printemps. Nous ne pouvions plus nous battre, du moins pour le moment. Nous perdions peu à peu la guerre et refusions de le voir. Nous avons franchi le fleuve Neto : des grottes nous accueilleraient dans le bois de Caccuri.

Nous nous sommes cachés pendant des semaines, comme des ours. Dans le silence des bois naissaient des fantômes et de nouveaux espoirs.

Je m'étais installée seule dans une grotte ; Raffaele et Antonio en occupaient une plus vaste.

Je mangeais des feuilles et des insectes, chassais à la fronde pour plus de discrétion. L'après-midi, aux heures les plus chaudes, j'allais à la rivière, me déshabillais et me baignais, toute nue. Je cueillais des champignons ; parfois j'attrapais un lièvre et le rôtissais. À l'intérieur de mon antre je faisais du feu et priais Dieu devant un ridicule petit autel en bois et cailloux. Je bouchais l'ouverture de la grotte avec de nombreuses pierres, ne laissant qu'un minuscule trou. Dehors, les faucons et les milans volaient en toute liberté.

Au fil des jours j'élaborais un plan de fuite.

Nous gagnerions la mer : je connaissais un endroit où voler une embarcation. Nous remonterions la Sila et accueillerions tous ceux qui voudraient se joindre à nous. Après avoir formé une grande armée, comme Spartacus, nous prendrions nos ennemis à revers et débusquerions Sirtori dans son quartier général.

Je pensais à Bacca. De temps en temps, j'imaginais qu'elle revenait. En lorgnant à travers le trou de ma grotte, je la voyais se rapprocher, gravissant lentement les pentes des ravins, fière, énorme, le poil long et brillant. Mais ce n'était qu'une illusion.

Un jour, j'ai décidé d'enterrer les sacs d'or. La terre de la Sila était riche, racontait-on dans les villages : elle abritait l'or des brigands. C'est vrai, si l'on sait où chercher, on ramasse des fortunes.

J'ai choisi un mélèze tordu et j'ai enfoui notre butin entre ses racines.

« Je reviendrai le chercher », me suis-je dit.

Puis ils nous ont trouvés, et ça a été la fin de tout. Nos actions, les années passées à nous battre dans les montagnes, tout a pris fin, comme les rêves au matin.

Le soir du 8 février, les soldats ont commencé à tirer en direction des grottes.

Nous nous sommes barricadés toute la nuit et la journée du lendemain.

Raffaele, découvrirais-je ensuite, a réussi à s'enfuir. Mon frère au moins était sauf. Antonio Monaco, touché à la tête, a péri dans sa grotte.

J'ai résisté, seule, jusqu'à la nuit du 9 février.

La brèche que j'avais utilisée pour épier le monde constituait désormais mon seul espoir. J'ai visé et tué un bersaglier.

J'ai visé une nouvelle fois et j'en ai tué un autre.

Puis le commandant du 57e régiment d'infanterie, le capitaine Baglioni, a ordonné à deux de ses soldats de creuser le sol au-dessus de ma grotte, tandis que le sous-lieutenant Ferraris et ses hommes continuaient de tirer vers l'ouverture. Ils tiraient comme des fous, épuisant leurs munitions, ils ne cessaient d'appeler des renforts comme si, en me tuant, ils gagneraient la guerre.

Mais je n'avais pas de nourriture, je n'avais pas d'eau et j'étais à court de balles. Dehors, mes adversaires étaient nombreux, très nombreux, et j'étais seule. Avais-je le choix ?

Ils ont creusé un trou et percé le haut de la grotte. Sans prendre la peine de se couler à l'intérieur, ils m'ont enjoint de leur remettre mes armes. J'aurais pu descendre un troisième homme avec mon couteau ou mes dents, mais à quoi cela aurait-il servi ? Ils m'auraient tuée sur place.

J'ai donc rendu les armes et revu la lumière. Dehors, le sous-lieutenant Ferraris m'observait, atterré, au milieu de ses camarades.

Je l'ai regardé à mon tour, à la dérobée, et j'ai compris qu'il n'était pas comme les autres : il avait les yeux fixes, petits et humides des montagnards. Des yeux d'animal, comme les nôtres.

BRIGANTESSA

Ils m'ont attachée et jetée au sol.

Puis ils sont entrés dans la grotte à la recherche de l'or. Ils ont détruit l'autel, les fumiers, ils ont balayé mon lit de branchages et déplacé les pierres. Je connaissais leur façon de procéder : ils capturaient un brigand, lui coupaient la tête pour l'apporter en guise de trophée à un général ou à un ministre et recevaient de l'or en échange.

Accroupie par terre, j'ai éclaté de rire à l'idée qu'ils ne dénicheraient jamais mon or. Alors ils m'ont frappée avec les crosses de leurs fusils et les pointes de leurs bottes.

Puis l'un d'eux a ouvert ma *camise* avec le canon de son arme. « Des nénets ! s'est-il écrié. Des nénets ! a-t-il continué tandis que les autres se donnaient des coups de coude, hurlaient et riaient.

– C'est Ciccilla, c'est la terrible Ciccilla ! C'est terminé ! On a capturé Ciccilla ! La guerre civile en Calabre est finie ! On a gagné ! »

Ferraris, je me rappelle, les a fait taire. Peu après j'ai reçu un coup de pied dans la tête et me suis évanouie.

Voici ce que je sais : on m'a conduite à la prison de Cotronei.

Voici ce que je sais : nous sommes aujourd'hui le 10 février 1864 et je suis enfermée dans une cellule minuscule et crasseuse, aux murs ruisselants d'eau, dans l'attente de mon procès qui se tiendra au Tribunal militaire extraordinaire de Catanzaro.

Je ne serai pas jugée par un juge, mais par un général.

Voici ce que je sais : nous avons perdu la guerre civile, et le peuple n'aura pas accès de sitôt à la terre. Nous avons rempli notre rôle.

Voici ce que je sais : c'est Sirtori lui-même qui me jugera.

QUATRIÈME PARTIE

LIBERTÉ

43

Dimanche 14 février 1864

Demain, c'est la Saint-Faustin. Onze heures sonnent au clocher de la prison. Le sous-lieutenant Ferraris a beau être un homme fait, il arbore un visage maigre et pointu de renard, semblable à celui de mon frère Raffaele. Presque chaque jour, à l'heure où l'on m'apporte l'ordinaire des soldats – du pain, des pâtes avec de moins en moins de sauce –, il laisse entrer son jeune camarade et monte la garde derrière la porte. Hier, je l'ai entendu tousser. Ne pouvant ravaler un élan de pitié, je lui ai parlé. Tandis que je saisissais la gamelle, je lui ai conseillé un moyen de calmer sa toux en feignant de m'adresser au jeune homme. Maman savait nous guérir de toutes les maladies. « La forêt vous soigne de tout », disait-elle. Elle tenait cet enseignement de sa propre mère qui tirait de chaque plante un remède.

Ferraris n'a pas répondu, mais il m'a écoutée parce qu'il a asséné à la porte deux coups de talon au lieu d'un. Dès le premier instant, alors que les soldats ouvraient la grotte, m'inondant de lumière, j'ai compris que cet homme avait souffert. Pietro appartenait à une autre espèce, il se moquait de la souffrance. La première fois où il m'a emmenée dans la forêt, il m'a raconté une histoire de violence et d'amour. Enfant, il avait vu son père écorcher au couteau un agneau mort-né pour sauver un de ses semblables, orphelin. Il avait cousu la toison du premier sur le dos du second de façon que la mère reconnaisse l'odeur du petit qu'elle avait perdu et allaite l'autre. Il avait réussi à le sauver. Pietro manifestait son amour de cette manière, une manière que j'ai adoptée à mon tour. Voilà pourquoi j'ai conseillé au pauvre Ferraris de faire chauffer une pierre, de l'envelopper dans une couverture avec des brins de menthe et de la poser sur sa poitrine avant de se coucher. En échange, je lui ai demandé des bougies, car ici l'obscurité est totale. Des bougies, un crayon et des feuilles de papier pour écrire ces pages avant d'être fusillée.

Lundi 15 février 1864

Je m'appelle Maria, juste Maria. Ciccilla est morte dans la grotte où nous avons perdu la guerre civile. C'est terminé, et je suis maintenant soulagée. Ne plus devoir combattre constitue déjà une victoire.

Mon bras est très douloureux. Il est bandé et noué à mon cou en écharpe, mais j'ai peur que la blessure ne s'infecte dans cette cellule fétide et humide. La cellule numéro 13, la pire, dit-on. Hier, le sous-lieutenant Ferraris m'a regardée d'une façon étrange. Puis il a renvoyé son camarade et m'a posé une question encore plus bizarre : il a voulu savoir si j'avais le sentiment d'être une héroïne. « De quoi ? » ai-je répondu. « Du Sud », a-t-il dit avec son accent du Nord. « Nous ne serons jamais un pays uni », ai-je déclaré avant d'éclater de rire. Il est reparti. J'aurais aimé qu'il reste, mais on l'avait peut-être appelé, à moins que mon rire ne l'ait blessé. Le seul salut réside peut-être dans ce vertige, me dis-je au cours de ces heures qui me séparent du procès. J'y réfléchis en me bouchant le nez : la cellule sent mauvais, les murs et le plafond suintent. Il m'a déjà fallu quatre fois déplacer le matelas pour éviter qu'il ne soit trempé. Cet endroit dégoûte jusqu'aux rats.

Mardi 16 février 1864

Aujourd'hui on m'a interrogée pendant des heures interminables. On a voulu tout savoir de ma vie et, pour couper court, j'ai répondu que j'étais « tisserande, catholique, illettrée ». Cela a fonctionné. Pour eux, une ouvrière qui choisit le maquis est forcément une idiote. Sirtori s'est adjoint un jeune médecin dans sa campagne contre le brigandage, un petit homme replet dont j'avais entendu parler. Assis près de la cour durant tout l'interrogatoire, il hochait la tête, prenait des notes et m'observait de son air comique, un monocle encastré dans l'orbite. Il s'appelle Cesare Lombroso et a été expédié dans le Sud pour prouver que nous sommes criminels par nature[1]. Il examine les crânes des brigands décapités

---

1. Allusion à la théorie des « criminels-nés », selon laquelle un être humain serait prédisposé au crime en fonction de sa morphologie. C'est l'une des thèses majeures de Lombroso (1835-1909), professeur de médecine légale et l'un des pères de la criminologie moderne.

pour repérer les malformations qui conduisent à l'action révolutionnaire. Tant mieux pour moi, cela m'a épargné des bavardages inutiles, puisqu'on me coupera la tête et que ce sera bientôt terminé. Mais l'idée qu'elle échoue sur la table du Dr Lombroso me déplaît. Comme elle est encore bien solidement attachée à mon cou, je la touche de temps en temps, et cela me semble à la fois bizarre et triste. Si j'ai la vie sauve, je mènerai l'existence dont j'ai toujours rêvé depuis l'enfance, dans la montagne. J'arrangerai la maison de tatie *Tremble-Terre* et ferai du fromage.

Je suis assistée par un avocat, je ne savais même pas qu'on m'en accorderait un. Mais qu'ai-je à perdre ? Je n'aurai qu'un seul regret jusqu'à la dernière seconde : ne pas avoir parlé du petit mélèze tordu à Salvo, à Vincenzina, à maman. Ce trésor enrichira la Sila jusqu'à ce qu'on en ait coupé tous les arbres et laissé les montagnes nues s'émietter sous le poids du vent.

Je suis accusée de cinq crimes, et le premier suffirait pour qu'on me condamne à mort, ce qui implique qu'il me faudra bientôt dire adieu à ce monde. Sirtori, cet homme atteint de strabisme pour lequel Pietro éprouvait de l'estime et de la crainte et qui ne produit sur moi aucun effet, a clairement dit que je pourrais être la première femme condamnée à mort de l'Italie unifiée. « Bien, ai-je répondu, au moins je serai détentrice d'un record. » L'avocat m'a enjoint de me taire et je lui ai retourné son ordre. À quoi bon me taire, puisqu'on me tuera ? Il ne me reste plus rien, si l'on excepte ma langue et mon écriture. Grâce à Mme Donati, grâce à Foscolo et à Manzoni, à tous ses écrivains de l'Italie unie, grâce à Verdi et à son *Nabucco*. Grâce à eux, je possède des mots pour raconter mon histoire.

Voici donc les accusations. Premièrement : brigandage. Deuxièmement : meurtre de ma sœur Teresa Oliverio. Troisièmement : meurtres de Vincenzo Basile et Antonio Chiodo, en vérité commis par Pietro et Marchetta. Quatrièmement : agression contre Giovanni Pirillo, soldat de la Garde nationale de Rovito, dont Démon est le vrai responsable. Cinquièmement : rébellion armée au moment de mon arrestation et meurtre de deux bersagliers. J'ai tenté d'expliquer à mon avocat que ces accusations sont en partie fausses, mais j'ai compris qu'il ne me croyait pas. Peu importe, les autres sont réelles et elles suffiront pour que je sois décapitée. Pendant que Sirtori s'exprimait, un journaliste s'est insurgé contre la peine de mort, la qualifiant dans un cri de barbarie, mentionnant un écrivain français, Victor Hugo, qui se bat pour son abolition, et Alexandre Dumas qui soutient la même cause ici, en Italie. Ce Dumas même qui nous a transformés en bêtes assoiffées de sang. Mais il a raison sur ce point. Quand un État commence à couper des têtes, il ne vaut pas mieux qu'un bersaglier. Ou qu'un brigand.

Samedi 20 février 1864

Cette nuit, incapable de m'endormir, j'ai repensé à la petite histoire du condamné à mort que m'avait racontée Florette. Un juge a proposé à un condamné à mort de vivre au sommet d'une montagne, sur un écueil, sur un rocher, dans un lieu très élevé et entouré de vide, de solitude, de ténèbres, de nuages, d'océan, ayant juste assez d'espace pour tenir debout. Et lui, qu'a-t-il choisi ? Il a choisi la vie.

Vivre, vivre, de n'importe quelle manière, mais vivre ! Quelle lâcheté... Néanmoins, personne n'a le droit de me traiter de lâche s'il n'a pas connu les conditions qui sont les miennes aujourd'hui. Moi aussi, je souhaite vivre – pas sur un rocher toutefois. Vivre, me disais-je cette nuit, vivre à tout prix. Cette perspective a déclenché mes rires et le garde est venu taper à la porte en fer pour me faire taire. Mais elle ne m'a pas quittée de toute la matinée, de toute la journée, et elle m'occupe encore l'esprit à présent. Vivre. Je dois vivre ! Si je vis, je le jure solennellement, je vivrai en paix. Nous nous sommes battus pour obtenir ce qui nous appartenait et nous avons perdu. Pourtant nous avons gagné la guerre la plus importante : nous avons cru que c'était possible. L'Italie finira par donner la terre au peuple, je le sais. Et quand cela se produira, ce sera grâce à notre guerre dans la montagne.

Mercredi 24 février 1864

Le Dr Lombroso est venu m'examiner il y a quelques jours. Il s'est précipité dans la cellule avec son air de spécialiste des cochons et m'a observée pendant un laps de temps interminable. J'écrivais, recroquevillée sur le matelas que j'avais écarté du mur pour éviter que l'eau suintant du plafond ne tombe dessus, et cela lui a de toute évidence paru un détail important parce qu'il a mesuré l'intervalle ainsi créé. Je m'apprêtais à lui adresser la parole quand Ferraris, sur le seuil, m'en a empêchée. Lombroso m'a ordonné de me lever et je me suis levée. Il m'a ordonné d'écarquiller les yeux et je les ai écarquillés. De tirer la langue, et je l'ai entièrement tirée. De montrer les dents, et je les lui ai montrées. Puis il a palpé mon bras bandé, en écharpe, blessé par la balle qui a tué Pietro. « Bien, bien », répétait-il. Il m'a fait asseoir et m'a tâté durant une demi-heure le front, le nez, les pommettes, les oreilles et le crâne. À mon avis, il imaginait déjà ce dernier sur sa table. On raconte qu'il note sur le crâne des brigands leur nom de famille, leur âge et les crimes qu'ils ont commis. « Il t'appartiendra bientôt », ai-je lancé, et Lombroso s'est rembruni, vexé. Ferraris a souri et, depuis ce jour-là, il me rend de très brèves visites. Il dit à ses camarades qu'il entend m'étudier en tant que cas clinique, mais c'est une excuse, je le sais. Il parle, debout, le dos tourné à la porte close.

J'avais raison, c'est un montagnard. Ses yeux sont toujours à la montagne, ils s'égarent dans la plaine. Né dans une ville du nom de Sondrio, il est descendu à Milan le 18 mars 1848, jour où les jeunes gens de la ville ont décidé d'en chasser sans aucune aide les envahisseurs autrichiens, m'a-t-il appris.

« Vivent les morts ! » entendait-on crier dans les rues de Milan pendant ces journées, m'a-t-il raconté. Les camarades de Ferraris savaient qu'ils allaient au-devant de la mort, pourtant cela ne les a pas arrêtés. Ils étaient comme nous, mais sans fusils ni munitions. Des garçons et des filles ont travaillé nuit et jour pour fondre des projectiles et emballer de la poudre noire. Puis ils ont tous assisté à la messe, remplissant le Dôme de Milan comme il ne l'avait jamais été, pour recevoir l'extrême-onction. Ceux qui en avaient les moyens ont acheté des armes, les autres sont entrés dans les musées et ont volé arbalètes, arquebuses, lances, épées, dagues, poignards, hallebardes, cuirasses, tout ce qu'ils trouvaient. Ils se sont aussi rendus au théâtre, à la Scala, et y ont pris les armes de scène, pour effrayer les Autrichiens. D'autres se sont munis de tuiles, de pierres, de briques, de barres de fer. Puis ils ont construit en une nuit des barricades, y compris avec un piano à queue. À l'aide d'un ballon en papier gonflé d'air chaud, ils ont lancé des messages dans les campagnes dans le but d'enrôler les paysans. Pour surveiller l'ennemi, ils utilisaient un télescope de l'observatoire astronomique. C'était une folle guerre, mais ils l'ont menée.

« En fin de compte, nous sommes comme vous, a commenté Ferraris.

– Quoi ? Vous vous croyiez différents ? » ai-je rétorqué.

Il a baissé la tête, comme s'il pensait en avoir trop dit. Nous sommes égaux, ce sont les chouettes qui sont différentes, aurais-je aimé ajouter. Mais il sortait déjà.

Lundi 29 février 1864

À travers cette minuscule fenêtre, j'assiste à l'avancée de l'hiver. Par chance, j'ai un ami dehors, le grand marronnier dont les feuilles semblent caresser de temps en temps les barreaux de fer. Il les a colorées : sentant venir la fin, il entend célébrer la vie qui a été la sienne. Je devrais peut-être l'imiter, me colorer pour tirer un sourire à la mort le jour où elle se présentera.

Lorsque ces pensées m'assaillent, je m'immobilise, j'essaie de me calmer. Ferraris prétend que je ne serai pas condamnée à mort : ce serait, en effet, la première fois pour notre Italie tout juste unie et cela constituerait un mauvais signal à donner au peuple. Mais je suis persuadée qu'on me condamnera et qu'on offrira mon crâne au Dr Lombroso – voilà mon obsession. C'est une véritable lutte : ces pensées reviennent toujours à la charge et je m'efforce de les repousser. Parfois, en revanche, tout est démesuré en moi et je crois qu'une vie future est possible. Dans cette cellule infecte, je sens monter en moi une force qui m'effraie ; j'aimerais renverser le monde, le secouer, me battre pour tout changer. C'est une force qui m'éblouit, qui m'insuffle le sentiment d'être en vie. Il faut qu'il y ait une révolution ; sans révolution, mieux vaut que le pays soit ravagé par un incendie avant l'arrivée de la nuit. Voilà ce que je me disais hier, allongée sur mon matelas crasseux, puis je me suis endormie.

Mercredi 2 mars 1864

Ferraris était marié à une jeune fille prénommée Caterina. Ils s'étaient rendus ensemble à Milan pour se battre sur une barricade mobile, comme ils les appelaient, au cours de ces cinq journées contre les Autrichiens. « Elle était forte, a-t-il dit, elle n'avait peur de rien. » Tout le monde l'appelait Gigogin, comme la fille de la chanson[1], parce que Caterina était exactement comme elle, rien ne l'effrayait. Je connaissais cette chanson : les bersaglieri la chantaient

---

1. Composé en 1858 par Paolo Giorza, *La bella Gigogin* est un chant patriotique, Gigogin étant l'allégorie du nord de l'Italie. Il est ici demandé à Victor-Emmanuel II de « faire un pas en avant » pour libérer l'Italie des envahisseurs.

aussi dans nos montagnes, nous l'entendions retentir dans la Sila, elle annonçait leur arrivée. Elle était tellement célèbre, m'a raconté Ferraris, que les Autrichiens l'avaient apprise : ils voyaient en elle une comptine, alors qu'elle était dirigée contre eux. Lors de la bataille finale, à Magenta, dix ans plus tard, les deux armées avaient chargé aux premières mesures de la chanson de Gigogin[1].

Je l'ai prié de me la chanter. Il a refusé. Mais quand je lui ai confié que je demanderais qu'on me coupe le bras avant la tête, parce que je ne supportais plus la douleur peut-être due à la gangrène, il l'a entonnée tout bas pour me faire plaisir : « *Et la belle Gigogin, trois mille tradéridéra, se promène avec son amoureux, trois mille tradéridéra. À quinze ans je faisais l'amour : allez, fais un pas en avant, délice de mon cœur. À seize ans, je me suis mariée : allez, fais un pas en avant, délice de mon cœur. À dix-sept ans, je me suis divisée : allez, fais un pas en avant, délice de mon cœur.* »

J'ai ri, j'ai dit que sa femme devait vraiment être forte. Il a failli fondre en larmes, planté là comme un imbécile. Sa Caterina est morte sur ces barricades en 1848 et il est retourné seul dans ses montagnes.

Vendredi 18 mars 1864

Ferraris a prié les médecins de la prison d'écrire une lettre pour me faire changer de cellule. Il me l'a montrée aujourd'hui. Nous

---

[1]. La bataille de Magenta, le 4 juin 1859, opposait la coalition franco-sarde, emmenée par Napoléon III, aux Autrichiens. Elle fut remportée par la première.

verrons ce qu'en dira le directeur. J'ai de plus en plus mal au bras et il m'est impossible de dormir à cause de l'eau qui goutte partout, de la puanteur et des blattes.

À M. le Directeur de la Prison judiciaire de Catanzaro.

Par devoir d'humanité, nous devons informer M. le Directeur que la prisonnière Maria Oliverio, dont nous soignons la blessure grave qui l'affecte à l'avant-bras gauche, ne peut continuer d'occuper la malheureuse cellule n° 13, laquelle est presque totalement plongée dans l'obscurité et ruisselle d'eau. Ces circonstances s'opposent puissamment à la guérison de sa blessure aux os. M. le Directeur, dont les sentiments charitables sont bien connus, ne se privera pas d'intervenir auprès des individus concernés, fort des facultés dont il est revêtu, afin que la malheureuse Oliverio obtienne une amélioration de détention, faute de quoi l'empressement que nous mettons à la soigner ne pourra atteindre le but désiré.

Les médecins

Dimanche 3 avril 1864

J'ai changé de cellule il y a deux jours. Ferraris, dont les yeux semblent poser d'incessantes questions, tandis que sa bouche n'en articule aucune, est un brave homme. C'est moi qui l'ai interrogé aujourd'hui, assise sur un matelas qui, enfin, ne sent pas la pisse de chien, et il a étrangement répondu, comme d'habitude tout droit devant la porte.

Il provient d'un village de montagne semblable à Casole et dénommé Boirolo. Après la mort de sa femme, il a vécu pendant près de dix ans dans un petit refuge à trois mille mètres d'altitude, une ruine située au sommet de Ron. Pour vivre, il menait des chèvres au pâturage, produisait du fromage et exerçait le métier de porteur. Je lui ai demandé en quoi ce métier consiste, parce qu'il n'existe pas chez nous. Il m'a répondu qu'il conduisait au sommet, chargé de leurs besaces, les rares individus qui ne craignaient pas de rencontrer des diables ou des esprits mauvais : des cartographes. Ces individus gravissaient le Piz Bernina, nom qui m'a amusée, pour dessiner des cartes en signalant avec précision les frontières entre les États, tandis que les soldats, au pied de la montagne, se faisaient la guerre pour déplacer ces mêmes confins. Je l'ai questionné également sur son épouse : je suis intriguée par cette femme forte du Nord. Il n'a pas répondu, il a changé d'humeur et quitté la pièce.

On m'a soigné le bras et aujourd'hui enfin je me sens mieux, raison pour laquelle j'ai décidé d'être heureuse malgré tout, au moins aujourd'hui. Mais quand je pense à ce qui s'est passé, je me demande si j'y parviendrai. Attendre la condamnation ici me rend folle. Je peux juste m'asseoir sur le seuil de cet instant et tenter de tout oublier, ma vie, ma famille, Teresa, la forêt et la montagne, Pietro et les coups, les espoirs, le mariage, la trahison… Je dois apprendre à me tenir droite sur ce point, sans vertiges ni peur. Tout peut s'achever et tout s'achèvera peut-être, me dis-je. Cela me comble. Comme chez les animaux, ma soif part de la terre et aspire au ciel, à tout.

Mercredi 20 avril 1864

La condamnation sera prononcée à la fin de la semaine prochaine. Je suis suspendue à la décision d'un juge militaire savoyard. Ferraris a répété que ce ne sera pas une sentence de mort. En tant que femme, prétend-il, je serai condamnée à quelques années de détention, après quoi je pourrai retourner à ma vie. Je l'espère, il me tarde de regagner la cabane de tatie, de bien l'arranger, d'y inviter Vincenza et maman et de les emmener marcher. Je vivrai de ce qu'il y a jusqu'à la naissance d'une nouvelle Italie. Je m'efforce de ne pas y songer, de me concentrer sur le printemps qui est arrivé, sur les marronniers. À travers la fenêtre de ma nouvelle cellule, j'en vois deux, tout près, couverts de fleurs roses. Grâce à eux, je m'essaie au vol chaque jour. C'est peut-être risible, mais je n'ai pas le choix, enfermée entre ces quatre murs. Je fuis la médisance, je dépose la pitié et la haine. J'aime tous les hommes libres. Pas tous les hommes, seulement ceux qui sont libres. Surtout les femmes, les femmes libres. Maman choisissait le sapin blanc. Et quel animal aurait-elle choisi ? Mémé Tinuzza était un milan. Certains individus décident de se jeter corps et âme dans la révolution. Nous, nous voulions construire une Italie vraiment unie. « Socialiste », comme le disait Pietro en répétant les paroles de son ami Pisacane. Une Italie qui trouverait son unité dans l'égalité des paysans et du peuple, du nord au sud, dans le fait que Ferraris et moi avons les mêmes pensées, et non dans une guerre infâme qui a traité la partie conquise ainsi que Christophe Colomb a traité les Indiens. Nous ne sommes pas des Indiens d'Amérique et nous souhaitions devenir italiens. Nous n'y sommes pas parvenus.

Je crois que les révolutions échouent toujours. Mon erreur a consisté non à vouloir faire la révolution, mais à tenter d'être à sa hauteur. J'aurais dû m'en moquer, j'aurais dû tuer et boire du sang, j'aurais dû être telle que me décrit Dumas et ne penser qu'à moi, uniquement. Ainsi j'aurais survécu. Ainsi je serais libre à présent.

Vendredi 29 avril 1864

Je connaîtrai demain ma condamnation. Ferraris m'a apporté mon assiette et a trouvé intacte celle de la veille. Il m'a priée de ne pas m'inquiéter et m'a effleuré la main, suscitant en moi un frisson. Il a ajouté que je lui rappelle sa femme et qu'il aurait aimé connaître Pietro. Le monde est avare de femmes telles que Caterina et moi, a-t-il dit. Nous nous sommes remémoré les paroles de ce parlementaire de la Terre de Bari, ces paroles qui couraient depuis des années sur les lèvres des femmes d'Italie, en particulier des analphabètes : « Mesdames, le monde appartient à ceux qui savent le conquérir. Profitez de ce moment où l'Italie se tourne vers de meilleurs destins. » Ferraris a ensuite commenté : « Vous, vous faites partie de cette espèce qui sait conquérir le monde. » Il m'a raconté que, comme Pietro, il s'était enrôlé dans l'armée de Garibaldi, mais non parmi les Mille. Il a été chasseur alpin, il a participé à la seconde guerre pour bouter les Autrichiens hors de la

Lombardie. Voilà pourquoi il a regagné la plaine, après dix années de vie en solitaire à la montagne. C'est justement sa connaissance de la montagne qui lui a valu d'être expédié ici. « Pour faire la chasse aux brigands », a-t-il dit. Il souriait. Nous nous sommes tus. Pour la première fois, j'ai peur. Pas de mourir. Parce que je suis enfermée entre ces quatre murs et que je ne peux rien faire pour l'éviter. Cette impuissance me rend fragile, et ma fragilité m'effraie. Mais si je vis, mon fromage sera un jour le meilleur de toute la Calabre, je le jure.

Samedi 30 avril 1864

CONDAMNATION DE MARIA OLIVERIO, VEUVE MONACO

Le Tribunal militaire de guerre pour la province de Calabre ultérieure seconde[1], situé à Catanzaro :

Condamne Maria Oliverio, veuve Monaco, à la peine de mort par exécution dans le dos et aux frais du jugement.

Il déclare que les fusils, les revolvers, l'argent et autres objets trouvés sur elle sont confisqués. Cette sentence sera imprimée, publiée et affichée selon la loi.

30 avril 1864

---

1. Subdivision de la Calabre ultérieure créée en 1816, elle correspond à l'actuelle province de Catanzaro.

Dimanche 1ᵉʳ mai 1864

Je vais être fusillée dans le dos. On ne m'a pas précisé quand. Ce sera peut-être dans un jour, dans une semaine, dans un mois, peut-être plus tard encore. De ma cellule, j'entends le vacarme des ouvriers : le brigand Coppola a été tué sur la grand-place et le peuple s'est soulevé, provoquant incendies et destructions depuis des jours. Comment réagiront-ils le jour où l'on tirera dans le dos de Ciccilla ?

« Qui a marché sur le pain ? Qui a marché sur le pain ? » Les drames de mon enfance reviennent à mon esprit. Quand un morceau de pain tombait par terre, c'était la fin du monde. Il fallait nettoyer ce pain avec un chiffon, souffler dessus et le marquer d'un signe de croix pour éviter qu'il ne jette le mauvais œil. Qui a marché sur le pain ? me dis-je à présent.

Il fait nuit, la bougie est allumée, je n'arrive pas à dormir. J'énumère comme par jeu ce que je regrette, maintenant que je suis presque morte. Je regrette de ne pas avoir toujours dit la vérité. C'est ce qui conduit à la damnation, mais c'est aussi la seule chose qui m'ait sauvée. Car me voici seule devant la mort et, moi exceptée, je n'ai personne à qui mentir. Je regrette la fin de ma jeunesse. Je regrette le moment où j'ai commencé à exercer le métier de tisserande pour les Gullo, parce que j'ai omis de me rebeller. Je regrette de ne pas avoir été plus heureuse. Chez nous, le mot « bonheur » est interdit, or je savais qu'il existait et j'aurais dû y croire. Lorsque le courage nous manque, nous nous contentons d'arguer que les mots ne sont que des mots, alors que ce sont des armes pour changer le monde. Si je pouvais sortir d'ici j'irais immédiatement escalader le Mont Botte Donato. Comment ai-je pu gaspiller ma vie de la sorte ? Je regrette d'avoir eu honte d'aimer quelqu'un. Je n'ai jamais dit à papa que je l'aimais, je n'ai jamais embrassé mémé Tinuzza, je n'ai jamais prononcé les mots « je t'aime », pas même à l'adresse de maman. Je ne les ai dits qu'à Vincenza, à elle seule, parce qu'elle était petite. Et à Pietro, une fois. Je détestais ses lettres où, de loin, il promettait de l'amour alors que de près il n'offrait que des coups. Je regrette d'avoir désiré qu'on me fiche la paix, d'avoir refusé de croire qu'il était possible de serrer les choses entre ses mains. De ne pas avoir voulu me faire d'ennemis. Aujourd'hui je serais peut-être chez moi, mais je n'aurais pas vécu un seul jour. J'ai oublié le temps où j'ai risqué ma vie. Je veux, définitivement, prendre soin du verger que j'ai planté entre ma peur et moi par cette nuit de pluie, dans le séchoir. Même lorsque je serai morte.

Jeudi 5 mai 1864

Les émeutes qui ont suivi l'exécution du brigand Coppola apportent des surprises. Le sous-lieutenant Ferraris m'a remis une lettre dans laquelle Sirtori demande au roi de me gracier en commuant ma peine en une peine de travaux forcés à vie. Si Pietro pouvait lire ce que cet hypocrite dit de lui... Entre les travaux forcés à vie et la mort, je préfère la mort.

Catanzaro, 1ᵉʳ mai

Ministère de la Guerre, Turin
Général La Marmora, Naples

Veuve chef de bande Pietro Monaco, Maria Oliverio, âgée vingt-deux ans, brigande, condamnée mort par ce tribunal Guerre. Exécution suspendue paragraphe cinq cent trente et un code pénal militaire. Demande Grâce Souveraine, commutation peine capitale en travaux forcés à vie car femme entraînée au mal par la méchanceté de son mari et à cause autre peine capitale exécutée dans cette ville il y a quinze jours contre brigand déserteur Coppola. Après exemple rigueur exemple clémence royale fera bon effet. Transmets Général La Marmora condamnation procès.

Général Sirtori

Dimanche 8 mai 1864

Turin, 8 mai

Au commandement 6ᵉ Département de Naples
Reçu ce matin documents concernant veuve Monaco.

BRIGANTESSA

Sa Majesté Victor-Emmanuel a commué peine mort en peine travaux forcés à vie. Vous prie avertir Commandement Division Catanzaro.

Le Ministre A. Della Robbia

Ferraris a ouvert grande la porte dans un mouvement d'euphorie. Victor-Emmanuel m'a graciée. En échange, on me conduira à la prison masculine de Fenestrelle, dans le Piémont. C'est, dit-on, la plus grande fortification au monde, après la muraille qui existe en Chine. Il s'agit d'une terrible forteresse perchée sur une montagne, dont il est impossible de s'évader et où aucune femme n'a jamais mis les pieds. Je serai la première. C'est un endroit pour âmes perdues, la pire prison d'Europe, un lieu de féroces tortures. Ils ont troqué ma mort contre les travaux forcés jusqu'au dernier jour de ma vie. Après le soulèvement du peuple, le roi se donne le bon rôle et m'inflige une peine plus atroce. Vivent les morts ! me dis-je à chaque seconde, comme les jeunes gens à Milan. Vivent les morts !

Mardi 10 mai 1864

Je quitte demain cette prison militaire. On me conduit à la forteresse de Fenestrelle. Cela ne pouvait pas se terminer plus mal. Ferraris m'escortera dans une voiture des bersagliers jusqu'à Naples, où il me remettra aux carabiniers, lesquels m'emmèneront à Turin. C'est ma seule chance.
Il faut que je m'échappe. Que je m'échappe et me cache. Pour vivre, enfin, en paix.

44

Ferraris a frappé avec fermeté.

Il est entré. J'ai demandé l'heure, je venais de m'endormir.

« Il est cinq heures, a-t-il répondu. Nous voyagerons toute la journée et n'atteindrons Cosenza que ce soir. Prenez vos affaires. »

C'était juste une façon de parler : il savait que je n'avais d'autre bien que les pages qui m'avaient tenu compagnie pendant deux mois.

« Prenez vos papiers. »

Il m'a tendu une besace dans laquelle les ranger avec un bout de chandelle et trois petits crayons.

« Mettez-les avec ça. » D'autres feuilles blanches, une belle liasse. « Elles vous seront utiles à Fenestrelle. »

On m'interdira de les utiliser, ai-je pensé, et on m'ordonnera de brûler mes pages.

Mais j'ai dit : « Merci. »

Avant de sortir, Ferraris a refermé les menottes sur mes poignets.

Dans la cour, nous attendait le capitaine Baglioni. Il a bredouillé quelques mots avec son accent piémontais à propos de la grâce reçue. Puis il a contrôlé les menottes et invité Ferraris à se hâter : l'aube était là, derrière le mur de la prison.

La voiture, une berline noire, est marquée au milieu de la portière du blason des Savoie et, plus bas, de celui des bersagliers, plus petit. Sur le siège du cocher, deux jeunes soldats ensommeillés en vareuse noire, pantalon blanc et chapeau empanaché. L'attelage se compose de deux grands chevaux calabrais à la robe baie.

Ferraris m'a laissée monter et, avant de me rejoindre, a adressé un salut militaire à Baglioni. Puis il a refermé la portière.

Le trajet pour Naples durera deux ou trois jours, peut-être quatre : cela dépendra de l'état des torrents que nous rencontrerons entre Cosenza et Paola. Il faut parcourir de longs tronçons de route sur la grève des cours d'eau et franchir ces derniers à plusieurs reprises sur un bac, car il n'y a pas de ponts. Si les berges sont boueuses, nous mettrons probablement quelques jours de plus.

Nous avons trouvé une route sèche entre Paola et Sapri, mais elle présentait une succession de minuscules sentiers muletiers et de chemins que le cours des torrents a creusés dans le rocher. Après Sapri, on s'engage sur la voie consulaire, la route militaire qui parcourt les collines du Cilento et aboutit à Naples. Ferraris m'a dépeint le trajet, même si je le connais : je l'ai emprunté pour rejoindre Pietro à Naples et fêter l'arrivée de Garibaldi avant la libération.

« Êtes-vous déjà allée à Naples ? m'a-t-il demandé.

– Non », ai-je répondu.

À Catanzaro, nous avons continué vers Gagliano et sommes entrés dans la Petite Sila par un sentier muletier large et sec.

Nous avons traversé le bois en direction de Gimigliano : la vue des hêtres et des châtaigniers m'a aussitôt apaisée.

Ferraris, en revanche, était étrangement nerveux, il observait le paysage sans mot dire. Je gardais le silence, moi aussi, je n'avais aucune envie de parler, je me tenais sur le qui-vive dans l'attente du bon moment pour m'enfuir.

À l'heure du déjeuner, nous nous sommes arrêtés dans une clairière où nous avons mangé du pain et du fromage, bu de l'eau contenue dans deux dames-jeannes fixées au toit de la voiture.

Les deux garçons ne prononçaient pas un mot. Ils exécutaient les ordres de Ferraris et mangeaient avidement tout ce qu'ils pouvaient. Ils ne m'avaient pas détaché les mains, ce qui ne m'empêchait pas de porter le pain à ma bouche.

Mais cela me rendrait toute fuite impossible.

J'espérais que nous resterions dans le bois, or au bout d'un moment, nous nous sommes engagés sur une route qui menait à Soveria Mannelli. Après Soveria, nous avons poursuivi notre chemin en direction de Balzano, puis de Rogliano.

Entre-temps le soleil s'est couché. La nuit tombait dans des éclairs roses.

« Nous arriverons à Cosenza en pleine nuit », a annoncé Ferraris dans l'habitacle cahotant, ouvrant la bouche pour la première fois depuis cinq ou six heures.

Toujours très agité, il tourmentait la visière de son képi et jetait des coups d'œil dehors. « Nous coucherons dans une caserne. »

J'ai tourné moi aussi le regard vers l'extérieur. Seule la lumière des phares avant nous guidait.

« Il faut que je m'arrête pour faire mes besoins, ai-je dit.

– Pas maintenant. Nous nous arrêterons bientôt. »

Au bout d'un moment, après un carrefour, il a tapé du poing contre le panneau antérieur et s'est penché à la portière.

« Arrêtons-nous ! a-t-il lancé aux deux soldats. Coupons par le bois.

– Comment ? a interrogé l'un d'eux.

– Pas pour Donnici, c'est trop tard, a dit Ferraris.

– Comment ?

– Prenons le sentier muletier qui va dans le bois. À droite... » Sa voix tremblait un peu. « Nous passerons par Piane Crati. Par Aprigliano. »

Le soldat s'est tourné vers le bois. « Vous êtes sûr, lieutenant ?

– Nous gagnerons ainsi huit kilomètres.

– Mais le bois...

– Dans le bois, j'ai dit ! »

La voiture a rebroussé chemin et nous sommes entrés dans la grande hêtraie de Pietrafitta.

C'était ma forêt, c'était là que j'étais née, là où se portait le regard de maman quand elle voulait se sauver, ce qu'elle continuait sans doute de faire. À quelques heures de marche se dressait la maison de tatie *Tremble-Terre*, ou du moins ce qui en restait.

J'ai été saisie de mélancolie, puis de tristesse. J'avais parcouru ce sentier mille fois, j'aurais pu y cheminer les yeux bandés. Malgré le grincement des roues, quelques bruits parvenaient à mes oreilles : là un hibou. Près d'une fontaine, une grenouille coassait. Au loin, tintaient les cloches des vaches dans l'étable d'une ferme ; un chien a aboyé. Le parfum douceâtre de la résine des hêtres envahissait l'habitacle, se mêlant à la poussière du sentier muletier et à l'odeur âpre des bogues de châtaignes.

Soudain Ferraris m'a saisi les mains et les a pressées.

Il m'avait déjà effleurée une fois, dans la cellule.

J'ai frissonné.

Pensant qu'il s'agissait d'une manifestation de tendresse ou de pitié, je m'y suis soustraite.

Mais il a réitéré son geste de façon plus frénétique.

Il a serré mes mains dans les siennes, a massé paumes et doigts en me regardant droit dans les yeux.

Il a fouillé sa poche, puis a recommencé son manège en remontant vers les poignets.

Un bruit métallique a retenti, suivi d'un déclic sec.

Les menottes. Elles étaient ouvertes.

J'ai tenté de lui dire quelque chose, mais il m'a devancée : « Taisez-vous. Glissez vos papiers sous votre veste. Nous allons nous arrêter. Nous avons gagné la guerre civile en Calabre, nous la gagnerons bientôt dans tout le Sud, il n'est pas juste de s'acharner. Je dirai que vous deviez faire vos besoins. Je vous laisserai seule, vous vous enfoncerez entre les arbres. Vous passerez en bas, le long de l'escarpement, vers le bois de Pratopiano. »

J'ai obéi sans piper. J'ai cherché son regard, or la pleine lune, qui brillait haut dans le ciel, n'éclairait que le bas de son visage.

Alors il a tapé une nouvelle fois contre le panneau antérieur.

BRIGANTESSA

La voiture a ralenti.

« Nous devons nous arrêter ! » s'est-il exclamé en se penchant à l'extérieur.

Les deux soldats sont descendus et ont poussé quelques soupirs de fatigue.

« Cette dame doit faire ses besoins, leur a expliqué Ferraris.

– Devons-nous vous escorter ? » a demandé l'un d'eux. Et comme le sous-lieutenant répondait que c'était inutile, il a répliqué : « D'accord. Dans ce cas, nous en profiterons, nous aussi. »

Ils se sont approchés de deux troncs.

De l'autre côté de la voiture, Ferraris m'a accompagnée à l'intérieur de la hêtraie.

« Je vous surveille ! a-t-il lancé tout fort. Pas de blagues ! »

J'ai avancé. Il m'a suivie sur un tronçon au milieu des arbres durs. Mes jambes tremblaient, le bruit des pas, le bruissement des feuilles et des branches m'assourdissaient.

« Pas de blagues ! a répété le Piémontais d'une voix assez forte pour que les soldats l'entendent. Vous avez un revolver pointé sur vous ! »

Je me suis immobilisée et j'ai pivoté.

À présent, la lumière de la lune filtrait à travers les troncs et éclairait entièrement Ferraris. Son pantalon blanc semblait briller sous sa vareuse foncée. Les ombres lui creusaient le visage, lui donnant un air vieux et triste. On aurait dit un Polichinelle, comme celui des images que j'avais vues à Naples.

J'ai fait un premier pas vers ma liberté, puis un deuxième.

Je me suis de nouveau retournée. Il était toujours là, à la même place.

J'ai entendu les soldats remonter sur leur siège.

J'ai regardé droit devant moi. La lune m'ouvrait la route.

Alors j'ai retenu mon souffle et me suis élancée.

Au bout d'un moment, une détonation a retenti au loin, derrière moi, suivie de la voix chagrinée de Ferraris qui brisait le silence.

« Plus un geste ! Plus un geste ! » hurlait-il. Et à l'attention des soldats : « Par ici, par ici, venez ! Dépêchez-vous ! »

Mais j'étais déjà loin, j'étais déjà en sécurité.

Au cinquième coup de feu tiré vers le ciel de la nuit calabraise, j'étais libre.

J'ai inspiré profondément. Une hirondelle qui s'était égarée a traversé le ciel. L'air était bon. Il sentait le repos du combattant.

45

J'ai vécu cinq mois dans le bois de Fallistro, jusqu'à ce que les feuilles se mettent à tomber, que l'alouette et le vanneau s'envolent vers le sud. J'attendais que les eaux se calment pour retourner à la cabane de tatie *Tremble-Terre*. De temps en temps, j'allais lui jeter un coup d'œil de loin : son toit s'était écroulé, mais elle tenait toujours debout. Comme ma vie. Un jour, je la réparerais. Le bois et la montagne avaient changé, ce n'étaient plus ceux où nous nous étions battus, c'étaient ceux que je connaissais depuis l'enfance. Le matin, l'air froid me surprenait et me réjouissait. Le ciel était jeune, aussi jeune que moi, et à sa vue je mesurais ma chance : j'avais connu la trahison et la folie, mais j'étais encore en vie. Vivent les morts, avais-je pensé pendant la guerre. Vivent les vivants ! pensais-je à présent. Cependant rien n'avait été inutile, je me sentais renaître.

Le bruit selon lequel Ciccilla s'était sauvée et qu'elle arpentait de nouveau les bois s'était répandu, et quelques brigands m'avaient approchée dans le but de former une nouvelle bande.

Mais je fuyais tout le monde.

J'avais toutefois accepté un fusil avec lequel je chassais le cerf et le sanglier, que je fumais et conservais sous des planches de bois.

J'en donnais un peu à l'autour et au milan brun, ou encore à la buse, parce que ce sont des oiseaux honnêtes, avec lesquels j'aime partager la nourriture. Jamais à la chouette.

Je savais que les bersagliers et la Garde nationale me cherchaient dans toute la Sila, j'aurais pu passer en Capitanate, en Basilicate ou, plus au nord, dans la Terre de Labour, dans les Abruzzes, mais je refusais de fuir ma terre. C'étaient mes bois, mes montagnes, j'y demeurerais jusqu'à mon dernier jour.

J'aurais aimé revoir maman, mes frères et ma sœur, or des gardes étaient postés dans le village, tel le renard qui attend l'accouchement du lièvre, me privant de ce plaisir. Bientôt, quand ils auraient gagné la guerre dans tout le Sud, ils s'en iraient tous.

Je suis retournée, en revanche, à la tour du séchoir, presque réduite en cendres. Une main avait planté, devant, une petite croix en bois portant l'inscription suivante :

EN SOUVENIR DE PIETRO MONACO,
HONNÊTE BRIGAND QUI DISTRIBUAIT AUX PAYSANS

Au pied de cette croix gisaient des fleurs des champs rouges et jaunes, ainsi qu'un bouquet de chardons séchés.

Il y avait aussi des mots de remerciement fixés avec de gros clous. Ce qui restait de Pietro avait été emporté ou enseveli. La tour était devenue un lieu de culte. Des légendes circulaient sur la vie de Pietro.

Je suis allée jusqu'au mélèze tordu qui se dressait sur la rive du fleuve Neto. J'ai déterré le trésor et l'ai rapporté dans le nid d'aigle. Par un après-midi pluvieux de la fin octobre, je l'ai enfoui sous la croix. Le vent cinglait la crête et sifflait bruyamment entre les rochers.

Je viendrais le récupérer plus tard. À moins que quelqu'un ne le trouve en cherchant les restes de Pietro dans la terre.

Il m'était arrivé au cours de ces cinq mois d'entendre sonner les trompettes et les cors des bersagliers. J'avais aperçu des soldats à trois reprises dans les hêtraies ou les clairières, mais la vie voisine toujours avec la mort, et un feu à moitié consumé est destiné à s'éteindre de la même façon que la flamme la plus haute. Loin de m'en inquiéter, j'espérais plutôt que le vent serait assez clément pour me donner de la pluie et me désaltérer.

Un matin de la mi-novembre, je me suis aperçue que les oiseaux migrateurs avaient déserté le ciel et que l'air sentait la neige qui coiffait le Mont Botte Donato.

Bientôt, tout serait blanc autour de moi.

Depuis plusieurs jours j'affrontais un cerf, le plus grand que j'eusse jamais vu. Sa traque m'obligeait à escalader des parois verticales, que la mousse rendait glissantes, mon fusil en bandoulière ; quand j'arrivais au sommet, il m'attendait pendant un long moment. Je le savais et il le savait. C'était notre rendez-vous. Il m'invitait sur un promontoire, avant de bondir et de disparaître. Je ne l'avais jamais eu à portée de tir pendant plus d'une seconde.

Ce matin-là nous avions atteint le bois de Fallistro, sur le Monte Scuro, bois antique et sacré, peuplé de gigantesques arbres centenaires. Sous sa large ramure, le cerf me scrutait d'un regard assuré et franc. J'ai escaladé sans difficulté le rocher sur lequel il m'attendait. Mais au moment où je l'ai mis en joue, il s'était déjà évanoui dans la forêt.

C'est alors qu'un bersaglier est apparu à cinquante pas de là, dans la clairière.
Le fusil pointé sur lui, j'aurais pu tirer, mais j'ai préféré m'enfuir comme le grand cerf.
Le rocher était la seule issue.
Jetant mon fusil, j'ai entamé la descente.
Aussitôt les bersagliers ont sonné au cor le rassemblement.
J'ai dévalé la pente, comme un bouquetin.
Ma main droite a raté un appui et j'ai failli faire une chute de vingt mètres.
Le rocher pointu a déchiré ma chemise et mon pantalon, lacéré ma poitrine et mes genoux. Malgré une douleur atroce, j'ai réussi à me rétablir, tandis que mon sang mouillait l'étoffe et coulait dans mes bottes.
Il n'y a pas de repos pour les êtres libres, ai-je pensé tout en essayant comme une forcenée d'atteindre le sol, il n'y a pas de repos pour le milan et l'autour : seules les chouettes se reposent le jour, pendant que les âmes honnêtes chassent la vie à la lumière du soleil.
Un dernier saut, et j'ai rejoint la terre, où je me suis élancée, à bout de forces.
Le bois de mélèzes séculaires d'où j'étais sortie s'ouvrait devant moi. C'était là que je devais me rendre ; une fois à l'intérieur, je serais en sécurité : il menait à la cabane de tatie *Tremble-Terre*, à ma nouvelle vie ; les soldats repartiraient sur mes traces, furibonds,

comme fous ; ils couperaient de nouveau des arbres et brûleraient le sous-bois, mais ils ne me débusqueraient pas.

C'est alors que j'ai été saisie d'un désir, peut-être pour la dernière fois : regarder dans les yeux l'individu qui m'obligeait à me cacher. Comment me protéger en effet contre un être invisible ?
Je me suis immobilisée. Puis je me suis retournée et j'ai levé la tête vers le sommet du rocher.
Le soleil, qui s'était levé, éclairait par-derrière une silhouette. Cette lumière. La lumière qui me faisait renaître chaque jour depuis mon retour dans la montagne ne pouvait pas me blesser.
J'ai plissé les paupières et porté les mains à mon front.
Ferraris se tenait là, dans sa vareuse noire, la tête nue. J'aurais reconnu entre mille son visage émacié de renard.
Nous nous sommes observés sans bouger.
Moi en bas : sa proie.
Lui en haut : le prédateur.
Je ne mourrai pas, me suis-je juré. Pas cette fois-ci.
Cela a été l'affaire d'un instant.

Derrière Ferraris ont surgi trois soldats aux fusils dégainés.
À leur vue, j'ai pivoté et me suis de nouveau élancée vers les arbres. J'ai couru plus vite que je n'avais jamais couru.
Boum.
Une détonation a retenti, brisant le silence.
Boum-boum.
Deux autres, rapprochées.
Je me suis retournée encore, surprise.
De ses bras levés, Ferraris faisait signe aux soldats de ne pas tirer.

C'était trop tard.

« Italienne ! » s'est écrié l'un d'eux, tandis que je repartais. Ces sons ont résonné entre les arbres et la paroi rocheuse, dans mon dos.

Boum.

Un coup.

« Italieeenne ! » a hurlé un deuxième soldat.

Italienne, ai-je pensé, et j'ai souri.

Boum. Boum.

Soudain j'ai eu la sensation qu'un rocher, tombé de très haut, me brisait une jambe, qu'un taureau m'enfonçait la hanche.

Je me suis effondrée.

Le bois était tout proche.

Je le voyais là.

Je me suis redressée, j'ai repris ma course, puis je me suis effondrée une nouvelle fois. Maintenant j'avançais à la force de mes bras.

Boum. Boum.

Je courais à quatre pattes, comme Bacca, bien décidée à atteindre les mélèzes, mon salut, mais la fatigue m'écrasait ; je rampais de plus en plus, je grattais la terre, et mon souffle m'assourdissait, refusait de me laisser en paix ; ma hanche était creusée par la corne du taureau et ma jambe a émis le bruit sec de la branche qui se casse.

Boum.

« Italieeenne ! » répétait le soldat, au loin, pendant que son compagnon tirait, tirait encore.

Boum-boum.

« Italieeeenne ! »

Désormais ces sons n'étaient plus qu'un écho.

Il me semblait entendre Ferraris crier des instructions, il ordonnait qu'on cesse le feu, il ordonnait qu'on se taise. Oui, c'était lui, il hurlait bien ces mots.

J'ai jeté un coup d'œil derrière moi : j'avais laissé par terre, sur ma terre, un sillage de sang aussi dense que de la bave d'escargot.

J'ai de nouveau souri et pensé à ce à quoi on est réduit, à la fin.

Boum. Boum. Boum.

Trois autres détonations ont retenti et il m'a semblé que le Mont Botte Donato s'écroulait tout entier.

Boum. Boum. Boum.

« Italieeeenne ! »

Peut-être, ai-je songé, vont-ils arrêter maintenant.

Peut-être, ai-je songé, nous rendrons-nous compte maintenant que nous avons un jour été vivants.

Fausto Gullo, arrière-neveu de la fillette enlevée par Ciccilla et Pietro, nommé ministre de l'Agriculture du second gouvernement Badoglio, entre l'été 1944 et le printemps 1945, prend des décrets qui octroient la terre aux paysans et qui réglementent d'une façon plus favorable aux travailleurs les contrats de métayage et de fermage, honorant ainsi, quatre-vingts ans plus tard, la dette de Garibaldi. Pour avoir reconnu leurs droits, il passera à l'histoire comme le « ministre des paysans ». Il semble certain, sur le plan historique, que l'action criminelle de Ciccilla et de Pietro contre la famille Gullo ait influencé sa prise de position.

Dans le musée d'anthropologie criminelle de l'université de Turin sont exposées deux photos de Ciccilla prises après sa capture, où elle apparaît avec son fusil et son bras bandé à cause du coup de feu qui a tué son mari Pietro. Ces photos appartiennent aux archives de Cesare Lombroso, elles étayent la thèse médico-anthropologique du « criminel-né ».

NOTE DE L'AUTEUR

L'idée de ce roman est née il y a de nombreuses années des histoires que ma grand-mère me racontait dans mon enfance au sujet d'une aïeule brigande qui se battait dans la forêt avec son mari. Les premières sources que j'ai utilisées pour retracer la vie de Maria Oliverio ont été les articles qu'Alexandre Dumas lui consacra dans *L'Indipendente*, le journal qu'il dirigea de 1860 à 1864. En 1864, Dumas écrivit aussi son histoire en sept épisodes et conçut le projet d'un roman qu'il n'acheva pas. Cette année-là il rédigea *Robin des bois. Le prince des voleurs*, qui serait publié après sa mort en 1872, un ouvrage inspiré par Maria Oliverio et son mari Pietro Monaco.

L'étude très soigneuse de Peppino Curcio a été fondamentale dans mes recherches, tout comme les dossiers des procès intentés à Maria Oliverio et à la bande Monaco, déposés aux Archives nationales de Rome, aux Archives de l'État-Major de l'Armée à Rome, et aux Archives départementales de Cosenza, qui m'ont permis de reconstruire tous les événements avec la plus grande précision, jusque dans certains dialogues. Cela dit, ce livre reste un roman.

Certaines scènes de la vie des garibaldiens sont tirées des lettres, des journaux intimes et des témoignages de cette période, en particulier des Mémoires du bersaglier lombard Carlo Margolfo et des ouvrages d'Ippolito Nievo. Les premiers mots du chapitre huit sont un hommage à *Retour à Tipasa* d'Albert Camus et certaines scènes dans la forêt à quelques pages de Mario Rigoni Stern. Enfin, j'ai une dette envers Tommaso, qui m'a emmené marcher et dormir sur le Mont Botte Donato et dans les montagnes de la Sila.

Ce roman est également dédié à la mémoire et aux recherches d'Alessandro Leogrande, avec qui je ne me serais jamais lassé d'évoquer la faille qui sépare le nord du sud de l'Italie. Étant moi-même le résultat de cette faille, je la porte en moi.

COMPOSITION ET MISE EN PAGES
NORD COMPO À VILLENEUVE-D'ASCQ

ACHEVÉ D'IMPRIMER PAR CPI
EN MARS 2022